Tanizaki Jun'ichirō
Tagebuch eines alten Narren

Tanizaki Jun'ichirō

TAGEBUCH EINES ALTEN NARREN

Roman

Aus dem Japanischen übersetzt
von Oscar Benl

Nachwort von Eduard Klopfenstein

MANESSE VERLAG
ZÜRICH

16. Juni

Heute war ich in der Abendvorstellung des Theaters Dai-ichi-gekijo[1] in Shinjuku. Man spielte «Sukeroku»[2]. Meine Frau und Satsuko begleiteten mich. Jōkichi gesellte sich erst nach Büroschluss zu uns. Das Stück hatten bisher nur meine Frau und ich gesehen; Satsuko kannte es nicht.

Kan'ya[3] spielte die Titelrolle wohl zum ersten Mal, und seine Darstellung ließ mich, wie ich es nicht anders erwartet hatte, ziemlich kalt. Als Sukeroku trägt er, wie alle anderen Darsteller dieser Rolle, eng anliegende Hosen, und das nimmt mir die Stimmung. Mir wäre es lieber, sie zeigten ihre nackten gepuderten Beine.

Mit Tosshō[4] als Agemaki[5] war ich jedoch sehr zufrieden. Allein seinetwegen hat sich dieser Besuch gelohnt. Außer der von Utaemon[6] habe ich noch nie eine so prachtvolle Agemaki gesehen. Ich kann der Päderastie wirklich nichts abgewinnen; aber seit einiger Zeit spüre ich, dass junge Kabuki[7]-Frauendarsteller seltsamerweise einen erotischen Reiz auf mich ausüben. Ungeschminkt lassen sie mich gleichgültig. Sie müssen so aussehen wie auf der Bühne, also als Frauen verkleidet sein. Dabei fällt mir übrigens etwas ein. Vielleicht habe ich doch gewisse Neigungen zur Päderastie.

Als ich jung war, hatte ich, allerdings nur ein einziges Mal, ein sehr eigenartiges Erlebnis. Im modernen Shinpatheater[8] gab es einen jungen Frauendarsteller namens Wakayama Chidori[9]. Er gehörte zur Truppe des Masagoza-Theaters in Nakazu und spielte, als er älter war – etwa dreißig Jahre, aber er sah noch immer sehr hübsch aus –, im Miyatoza-Theater als Partnerin von Arashi Yoshisaburō[10]. Auf den ersten Blick wirkte er wie eine Frau mittleren Alters und überhaupt nicht wie ein Mann. Als ich ihn im Masagoza-Theater die Rolle der Tochter in Kōyō Sanjins[11] «Natsukosode»[12] spielen sah, fühlte ich mich zu ihr, die doch in Wirklichkeit gar keine Frau war, wunderlich hingezogen. Ich wünschte mir plötzlich, ich könnte ihn für eine Nacht zu mir kommen lassen, ihn bitten, Frauenkleidung anzulegen wie auf der Bühne, und mit ihm schlafen. Als ich dies scherzend zu der Besitzerin eines *machiai*[13] sagte, entgegnete sie: «Dazu kann ich Ihnen leicht verhelfen, wenn Ihnen wirklich so viel daran liegt.» Und so erlebte ich tatsächlich etwas, das ich nie ernsthaft für möglich gehalten hätte. Wir schliefen miteinander, doch es war alles wie erwartet und nicht anders als mit einer Geisha[14]. Er ließ mich bis zum Schluss nicht fühlen, dass er eigentlich ein Mann war: Er hatte sich ganz und gar in eine Frau verwandelt. Es war dunkel im Zimmer; sein Kopf mit dem gewaltigen Haarschmuck ruhte auf dem hölzernen Kissen, sein Untergewand aus *yuzen*-Seide[15] breitete sich auf dem Bett aus. Er kannte wirklich ungewöhnliche Techniken. Dabei war er keineswegs ein Hermaphrodit – er hatte einen prachtvollen Penis. Aber davon ließen mich seine Künste nicht das Geringste spüren.

Wie geschickt diese Technik auch sein mochte, das Ganze war eigentlich doch nicht nach meinem Geschmack. Ich stillte hier nur einmal meine Neugier und hatte nie wieder ein ähnliches Erlebnis mit einem Mann. Aus welchem Grund erscheint mir nun aber jetzt, da ich siebenundsiebzig Jahre alt bin und meine Manneskraft verloren habe, ein junger Mann in Frauenkleidung – und nicht etwa eine schöne Frau in Männerkleidung – von so betörendem Reiz? Ist meine Jugenderinnerung an Wakayama Chidori plötzlich wieder erwacht? Ich glaube nicht. Eher hat es mit dem Geschlechtsleben eines alten Mannes zu tun, der seine Potenz verloren hat. Mag der normale körperliche Vollzug der Liebe auch unmöglich geworden sein, irgendwie gibt es auch für einen alten Mann noch eine Art geschlechtlichen Lebens …

Meine Hand ist jetzt müde. Ich will für heute aufhören zu schreiben.

17. Juni

Ich möchte jetzt meine Aufzeichnungen von gestern fortsetzen. Wir haben Regenzeit. Doch obgleich es gestern Abend regnete, war es sehr heiß. Im Theater hatte man die Klimaanlage eingeschaltet, und das hatte unangenehme Folgen für mich. Die Nervenschmerzen in meiner linken Hand wurden stärker, und meine Haut fühlte sich taub an. Die Schmerzen ziehen sich gewöhnlich von den Fingerspitzen bis zum Handgelenk hin, aber nun tat es auch oberhalb des Handgelenks bis hinauf zum Ellbogen weh, ja manchmal erfasste der Schmerz sogar die Schultern.

«Das habe ich dir doch gesagt! Jetzt hast du es! Es lohnte wirklich nicht, hierherzukommen», bemerkte meine Frau vorwurfsvoll und fügte dann hinzu: «Es ist doch nur eine zweitklassige Aufführung!»

«Da bin ich nicht deiner Meinung! Allein das Gesicht der Agemaki ließ mich meine Schmerzen ein wenig vergessen!»

Da meine Frau mich tadelte, bestand ich nur noch hartnäckiger darauf, dass ich recht daran getan hatte, hinzugehen. Gleichwohl fühlte ich in meiner Hand eine zunehmende Kälte. Ich trug zu einem etwas wunderlich aussehenden Sommer-*haori*[16] einen dünnen Seidenkimono und ein langes Unterhemd aus Seidengaze. Meine linke Hand steckte in einem mausgrauen Wollhandschuh und umklammerte einen Platin-Wärmer, der in ein Taschentuch gewickelt war.

«Tosshō spielt wirklich hinreißend!», meinte Satsuko. «Ich kann gut verstehen, dass du begeistert von ihm bist!»

«Kimi!»,[17] wandte sich Jōkichi an sie, verbesserte sich aber sofort in das unter Eheleuten üblichere *omae* und fuhr fort: «Findest du ihn wirklich so gut?»

«Ich weiß nicht, ob er gut oder schlecht spielt, aber mir gefällt sein hübsches Gesicht und seine ganze Erscheinung. *Ojiisan*[18], willst du dir nicht morgen das Tagesprogramm ansehen? Sicher ist er als Koharu in ‹Kawashō›[19] ausgezeichnet! Ich komme dann mit dir! Wenn du es hinausschiebst, wird es noch heißer.»

Ehrlich gesagt, hatte ich auf das Tagesprogramm verzichten wollen, weil mir die Schmerzen in der linken Hand so zusetzten. Aber da meine Frau mit Satsukos Vorschlag nicht einverstanden zu sein schien, versteifte ich mich nun gerade darauf und war entschlossen, die Schmerzen zu ertragen und morgen wieder hinzugehen. Satsuko hatte blitzschnell durchschaut, was in mir vorging. Meine Frau mag sie wohl vor allem deshalb nicht, weil Satsuko sie bei gewissen Gelegenheiten übersieht und sich bemüht, meine Empfindungen zu begreifen. Vielleicht fand Satsuko sogar wirklich an Tosshō Gefallen, aber bestimmt interessierte sie die von Danko[20] gespielte Rolle des Jihei mehr.

Das Tagesprogramm begann um zwei Uhr nachmittags mit «Kawashō», es dauerte bis drei Uhr zwanzig. Es war klares Wetter und noch heißer als gestern. Die Hitze im Wagen war drückend. Aber die Klimaanlage machte mir noch mehr zu schaffen. Ich konnte die Schmerzen in meiner Hand kaum ertragen. Gestern Abend war der Verkehr auf den Straßen nicht sehr stark. Aber heute wollte Nomura, unser Chauffeur, möglichst rechtzeitig aufbrechen, da wir sonst irgendwo dem Demonstrationszug begegnen würden, der seinen Weg von der amerikanischen Botschaft zum Parlament nehmen sollte. Ich fügte mich dem Unabänderlichen, und wir fuhren schon gegen ein Uhr ab. Wir waren zu dritt. Jōkichi war nicht dabei.

Erfreulicherweise kamen wir rechtzeitig im Theater an. Danshirōs[21] *akutaro*-Spiel[22] war noch nicht zu Ende. Deshalb gingen wir zunächst in den Speiseraum und ruhten uns dort ein wenig aus. Da die anderen etwas tranken, wollte ich mir Eis bestellen, doch meine Frau zwang mich, darauf zu verzichten. In «Kawashō» spielten Tosshō die Koharu, Danko den Jihei, Ennosuke[23] den Magoemon, Sōjūrō[24] die Nyōbō Oshō, Dannosuke[25] den Tahei. Ich erinnerte mich an die Zeit, als der Vorige Ganjirō[26] im Theater Shintomiza auftrat. Seinerzeit spielte Danshirō den Vater Ennosukes, den Magoemon, und der Vorige Baikō[27] die Koharu. Die wichtige, aber schwierige Rolle des Jihei wurde von dem damals noch sehr jungen Danko kraftvoll und mit großer Hingabe, aber allzu pathetisch dargestellt. Ich hätte es besser gefunden, wenn man für die Hauptrollen nicht Schauspieler aus Ōsaka, sondern aus Tōkyō genommen hätte. Tosshō sah auch heute hinreißend aus, aber ich hatte ihn in der Rolle der Agemaki noch besser gefunden. Als Nächstes stand «Gonza to Sukeju»[28] auf dem Programm; wir sahen es uns aber nicht mehr an.

«Da wir gerade in der Stadt sind, sollten wir noch ins Kaufhaus Isetan[29] gehen!» sagte ich, machte mich innerlich jedoch auf den Widerspruch meiner Frau gefasst; und tatsächlich erwiderte sie: «Glaubst du denn, dass du die Klimaanlage dort verträgst? Sollten wir bei dieser Hitze nicht lieber gleich nach Hause fahren?»

«Da! Sieh dir das einmal an!» Mit diesen Worten zeigte ich ihr die Spitze meines Spazierstocks aus Schlangenholz und fügte hinzu: «Die Spitze ist schon wieder abgegangen! Ich begreife nicht, warum sie nicht hält! Alle zwei, drei Jahre fällt sie ab. Vielleicht finde ich im Isetan etwas Besseres.»

In Wahrheit verfolgte ich eine andere Absicht, aber die verschwieg ich.

«Nomura-*san*[30], wird die Heimfahrt nicht etwas schwierig werden?»

«Oh, ganz bestimmt nicht!»

Der Chauffeur erzählte, dass heute die Oppositionsgruppe des Zengakuren[31] demonstrierte. Die Studenten hätten sich um zwei Uhr im Hibiya-Park versammelt, um zum Parlament und zum Polizeipräsidium zu marschieren. Wenn wir diesen Zug nicht kreuzten, sähe er keine Gefahr.

Die Herrenabteilung befand sich in der zweiten Etage des Warenhauses; aber leider entdeckte ich dort keinen Spazierstock, der mir zugesagt hätte. Da gerade *chūgen*[32]-Verkauf war, gerieten wir in ein fürchterliches Gedränge. Eine Vorführung italienischer Sommermoden und extravaganter Modelle berühmter Couturiers interessierte uns besonders.

«Oh, wie schön!», rief Satsuko immer wieder; sie mochte gar nicht weitergehen. Ich kaufte ihr ein Halstuch französischer Mode für dreitausend Yen.

Vor einer, wohl in Österreich hergestellten beigen Handtasche aus weichem Leder, die zwanzigtausend Yen kostete, seufzte sie: «Ach, ist die schön! Aber sie ist zu teuer. Die kann ich mir nicht leisten.»

«Lass sie dir doch von Jōkichi schenken!»

«Dazu ist er viel zu geizig!»

Meine Frau sagte kein Wort.

«Jetzt ist es fünf Uhr. Wollen wir nicht auf die Ginza[33] und dort irgendwo zu Abend essen?», schlug ich vor.

«Wo denn?»

«Vielleicht bei ‹Hamasaku›. Ich möchte so gern mal wieder Meeraal essen.»

Ich bat Satsuko, bei «Hamasaku» anzurufen und Plätze für drei, vier Personen zu bestellen. Außerdem sollte sie Jōkichi anrufen und fragen, ob er nicht nach Büroschluss hinkommen wolle. Wie Nomura meinte, würde sich der Demonstrationszug vom Kasumigaseki[34] bis zur Ginza hinziehen und gegen zehn Uhr aufgelöst werden. Wenn wir jetzt gleich in die Ginza führen, könnten wir noch vor acht Uhr zu Hause sein und würden – mit einem kleinen Umweg über Ichigaya Mitsuke, Kudan und Yaesuguchi – überhaupt nicht auf den Demonstrationszug stoßen.

18. Juni

Fortsetzung von gestern. Wir trafen, genau wie beabsichtigt, um sechs Uhr bei «Hamasaku» ein. Jōkichi war bereits da. Wir nahmen in folgender Reihenfolge Platz: meine Frau, ich, Satsuko, Jōkichi. Das Ehepaar, Jōkichi und Satsuko, trank Bier, ich und meine Frau ließen uns *bancha*[35]-Tee in Gläsern reichen. Als Vorspeise aßen wir beide *takigawa*-Tofu, Jōkichi entschied sich für *edamame*, Satsuko für *mozuku*. Ich hatte noch Appetit auf *shiromiso-ae* zusammen mit *sarashi*-Walfisch und ließ es mir bringen. Als Sashimi bestellten wir eine Zweipersonenportion dünn geschnittener Meerbrasse und eine Zweipersonenportion Meeraal-*bainiku*. Die Meerbrasse aßen meine Frau und Jōkichi, den Meeraal ich und Satsuko. Als Gebratenes wollte ich in Sojasauce eingelegten, gerösteten Meeraal, die anderen ließen sich in Salz eingelegte, geröstete Forelle bringen. Als Suppe bestellten wir alle ein *dobinmushi* aus *samatsu*-Pilzen mit in Öl gebratenen Auberginen.

«Ich würde gern noch etwas essen», sagte ich.

«Das ist ja wohl ein Scherz! Hast du noch nicht genug?»

«Eigentlich bin ich satt, aber wenn ich hier bin, bekomme ich immer Appetit auf Speisen aus Kansai[36].»

«Es gibt hier leicht gesalzene *guji*[37]», bemerkte Jōkichi.

«*Ojiisan*! Hättest du nicht Lust, das hier aufzuessen?», fragte Satsuko.

Ihr Meeraal lag noch fast unberührt auf dem Teller. In der Absicht, ihn mir anzubieten, hatte sie nur ein oder zwei Stückchen davon mit ihren Essstäbchen genommen. Offen gestanden, hatte ich eigentlich schon lange darauf gewartet, dass sie mir den Rest ihres Gerichtes überlassen würde, ja vielleicht war ich sogar nur deshalb zu «Hamasaku» gegangen!

«Ja», seufzte ich, «ich habe leider schon alles aufgegessen; mein *bainiku* ist schon abgeräumt.»

«Von meinem ist noch etwas da», sagte Satsuko, schob mir mit dem Meeraal auch ihr *bainiku* zu und fragte: «Willst du dir nicht noch ein *bainiku* dazubestellen?»

«Das ist nicht nötig. Dies genügt.»

Obgleich Satsuko nur zwei Happen gegessen hatte, sah das Gericht fast unappetitlich aus. Sie hatte wirklich eine sehr wenig frauliche Art zu essen. Oder verband sie damit etwa eine Absicht?

«Ich habe den Rogen meiner Forelle für dich herausgenommen», sagte meine Frau.

Sie war stolz darauf, wie vollendet sie die Kunst beherrschte, die Gräten einer gebratenen Forelle zu entfernen. Sie schob Schwanz und Kopf des Fisches dabei auf eine Seite des Tellers und verzehrte das Fleisch, ohne auch nur das winzigste Stückchen übrig zu lassen, sodass man glauben konnte, eine Katze habe Mahlzeit gehalten. Sie hatte es sich angewöhnt, mir Milch oder Rogen übrig zu lassen.

«Ich habe auch noch Rogen für dich!», rief Satsuko und fuhr fort: «Ich bin im Fischessen leider sehr ungeschickt, deshalb sieht es auf meinem Teller nicht so fein und appetitlich aus wie bei *obaasan*[38].»

Die Gräte von Satsukos Forelle war ein Anblick für sich. Sie sah noch schlimmer aus als ihr *bainiku*. Lag auch darin Absicht?

Während des Essens erzählte Jōkichi, dass er in den nächsten Tagen geschäftlich nach Sapporo[39] reisen müsse. Er wollte eine Woche wegbleiben und meinte, Satsuko könne sehr wohl mitkommen. Satsuko hätte die Insel Hokkaidō gern einmal gesehen, aber sie sagte, sie wolle doch lieber darauf verzichten, da Haruhisa sie für den Zwanzigsten eingeladen habe, mit ihm zusammen einen Boxkampf anzuschauen. «Ach so!», erwiderte Jōkichi nur und drängte sie nicht weiter. Um halb acht Uhr waren wir wieder zu Hause.

Am Morgen des 18. Juni, nachdem Keisuke, mein Enkel, in die Schule und Jōkichi in seine Firma gegangen waren, trat ich in den Garten und ruhte mich dort im kleinen Pavillon aus. Es waren kaum mehr als dreißig Schritte, aber meinen Beinen fiel das Gehen von Tag zu Tag schwerer, und ich hatte heute mehr Mühe als sonst. Es mochte wohl auch daran liegen, dass die Regenzeit begonnen hatte und die Feuchtigkeit ständig zunahm. Im vorigen Jahr hatte ich mich während der Regenzeit bedeutend besser gefühlt. Zwar spürte ich in den Beinen weder Schmerz noch das widerliche Kältegefühl wie in der Hand, aber sie waren seltsam schwer, und ich schleppte mich nur mühsam dahin. Manchmal saß dieses Schweregefühl in den Knien, manchmal im Rist des Fußes oder in der Sohle. Es wechselte von Tag zu Tag. Über die Ursache gehen die Meinungen der Ärzte recht weit auseinander. Die einen behaupten, es handle sich um Nachwirkungen der leichten Gehirnblutung, die ich vor einigen Jahren hatte. Sie meinen, im Gehirn seien leichte Veränderungen eingetreten, und dies wirke sich auf die Beine aus. Andere stellten bei einer Röntgenuntersuchung fest, dass meine Wirbelsäule im Nacken und im Kreuz verkrümmt sei. Um sie wieder gerade zu richten, sollte ich auf einem schrägen Brett liegen und den Kopf nach unten hängen lassen. Außerdem sollte ich eine Zeit lang ein Gipskorsett tragen. Ich fand dies aber allzu bedrückend und lästig und wollte meine Schmerzen lieber geduldig ertragen wie bisher. Aber obwohl mir das Gehen schwerfällt, muss ich mich jeden Tag ein wenig bewegen. Sonst könnte ich, so droht man mir, bald überhaupt nicht mehr gehen. Da ich gelegentlich taumele und schon einige Male fast hingefallen wäre, obgleich ich mich auf einen Spazierstock aus dünnem Bambusholz stütze, begleitet mich immer jemand.

Meist Satsuko oder die Schwester. Heute Morgen begleitete mich Satsuko.

«Hier, Satsuko», sagte ich zu ihr, als wir im Gartenhäuschen ausruhten, und hielt ihr einige zusammengefaltete Geldscheine hin, die ich aus der Brusttasche gezogen hatte.

«Was ist denn das?», fragte sie neugierig.

«Fünfundzwanzigtausend Yen. Kauf dir die Handtasche.»

«Oh, das ist aber lieb von dir!» Schnell steckte sie die Scheine in ihre Bluse.

«Hoffentlich merkt *obaasan* nicht, dass du sie von mir hast, wenn du sie trägst», fuhr ich fort.

«Oh, sie hat die Handtasche gestern gar nicht gesehen. Sie ging doch ziemlich schnell vor uns her.»

Ja, das stimmte, fiel mir ein.

19. Juni

Obgleich Sonntag war, flog Jōkichi nachmittags vom Flugplatz Haneda ab. Unmittelbar darauf fuhr Satsuko mit unserem Hillman[40] weg. Da sie ziemlich unsicher fährt, vertrauen wir alle uns ihr höchst ungern an, und so ist der Wagen unversehens in ihren ausschließlichen Gebrauch übergegangen. Sie wollte nicht etwa ihren Mann zum Flugplatz bringen, sondern hatte vor, sich im Scala-Kino den Film «Nur die Sonne war Zeuge»[41] mit Alain Delon anzusehen. Auch heute ist sie vermutlich in Begleitung von Haruhisa. Keisuke lungert allein im Hause herum. Er scheint sehnsüchtig auf seine Tante Kugako und ihre Kinder zu warten, die heute aus Tsujidō[42] kommen.

Kurz nach ein Uhr erschien Dr. Sugita, um mich zu untersuchen. Meine Schmerzen waren so heftig geworden, dass die Krankenschwester ihn besorgt angerufen hatte, er möge doch kommen. Nach der Diagnose des Internisten Dr. Kajiura hatte sich der Krankheitsherd im Gehirn schon ziemlich reduziert. Meine Schmerzen seien keineswegs Symptome eines Gehirnleidens, sagt er, sondern rührten von einer Nervenentzündung her. Da mir Dr. Sugita empfohlen hatte, zu einem Orthopäden zu gehen und mich von ihm untersuchen zu lassen, bat ich das Toranomon-Krankenhaus um eine Röntgenuntersuchung. Dort deutete man mir an, falls sich an den Halswirbeln ein leichter Schatten zeige und der Schmerz in der linken Hand noch weiter zunehme, könne es sich um Krebs handeln. Deshalb ließ ich von den Halswirbeln noch eine Schichtaufnahme machen. Aber dann hieß es lediglich, der sechste und siebente Wirbel des Halses hätten ihre ursprüngliche Gestalt verändert, und auch die Hüftwirbel seien etwas deformiert, wenn auch nicht so stark wie die Halswirbel. Um meine Schmerzen und das Lähmungsgefühl in der linken Hand zu lindern, riet man mir, ein glattes Brett anfertigen und dieses mit einer Rolle versehen zu lassen; dieses Brett sollte ich in einem Winkel von dreißig Grad aufstellen und mich morgens und abends fünfzehn Minuten darauflegen. Außerdem sollte ich meinen Hals in eine Glissonschlinge stecken, eine Art Halsschlinge, die in einem Spezialgeschäft für medizinische Geräte nach den Maßen meines Halses eigens für mich angefertigt werden könnte. Durch das Gewicht meines Körpers würde der Hals gereckt werden. Wenn ich dies zwei, drei Monate hindurch, immer öfter und länger, praktizierte, würde ich mich bald besser fühlen. Da es entsetzlich heiß war, verspürte ich nicht die geringste Lust dazu. Aber Dr. Sugita hielt mir vor Augen, es gäbe keine wirksamere Heilungsmethode für mich, und bat mich, es wenigstens einmal zu probieren. Obgleich ich noch nicht endgültig entschlossen war, seine Anweisung zu befolgen, beauftragte ich schließlich einen Tischler, mir Brett und Rolle anzufertigen. Dann ließ ich jemanden von einer Firma für medizinische Geräte kommen und meine Halsmaße nehmen.

Um zwei Uhr nachmittags erschien Kugako mit den beiden Kindern. Der Älteste war zu einem Baseballspiel gegangen. Akiko und Natsumi liefen sogleich in Keisukes Zimmer. Kugako und die Kinder wollten anschließend in den Zoo gehen. Kugako begrüßte mich nur flüchtig und plauderte dann im Besuchszimmer umso angeregter mit meiner Frau.

Da ich heute eigentlich nichts Besonderes zu notieren habe, will ich einmal niederschreiben, was mich seit einiger Zeit beschäftigt.

Vielleicht geht es im Alter jedem so, aber neuerdings vergeht kein Tag, an dem ich nicht ans Sterben denke. So intensiv tue ich das erst seit Kurzem. Zwar habe ich schon mit zwanzig darüber nachgedacht; aber nun drängt sich mir der Gedanke daran geradezu auf. Zwei-, dreimal am Tage frage ich mich, ob ich wohl heute sterben werde. Dabei empfinde ich keinerlei Furcht. In meiner Jugend ängstigte mich der Gedanke sehr, aber nun genieße ich ihn sogar ein wenig. Ich stelle mir jetzt den Augenblick meines Sterbens bis in die Einzelheiten vor, auch was unmittelbar darauf geschehen wird. Die Abschiedsfeier soll nicht im Aoyama-Friedhof stattfinden; ich will, dass der Sarg ins Zehn-*tatami*[43]-Zimmer gestellt wird, das an der Gartenfront liegt. So ist es am bequemsten für die Trauergäste, die mir Weihrauch opfern wollen; sie können dann vom Außentor durch das Mitteltor über die Steinplatten herantreten. Ich möchte auch nicht, dass *shō*[44] und *hichiriki* geblasen werden; ich möchte am liebsten, dass jemand, vielleicht Toyama Seikin, das Stück «Der schmale Mond» auf der *koto* spielt:

Im Schatten von Kiefern
am Strand
das Leuchten des Mondes,
der im Meer draußen untergeht,
erweckt früh
aus der Traumwelt,
hell
wie die ewige Wahrheit!
In der Stadt dieses Mondes
möchte ich wohnen!

Mir ist, als sei ich schon tot und hörte Seikin dies singen, ich vernehme es deutlich. Ich höre, wie meine Frau weint. Auch Itsuko und Kugako, mit denen ich mich nie recht verstanden habe, schluchzen laut. Natürlich ist

Satsuko dies alles ziemlich gleichgültig. Ob sie wenigstens so tut, als weine sie? Wie werde ich wohl als Toter aussehen? Ich würde mich freuen, wenn meine Wangen ein wenig füllig wären, so wie jetzt, und ich fände es hübsch, wenn sie sich alle ein wenig darüber ärgerten!

Gerade hatte ich dies geschrieben, da rief meine Frau plötzlich: «*Ojiisan*!» und trat mit Kugako ein.

«Kugako hat eine Bitte an dich. Es handelt sich um Folgendes. Ihr Ältester, Tsutomu, studiert zwar erst im zweiten Jahr an der Universität, aber er hat sich verliebt und will nun unbedingt heiraten. Seine Eltern sind grundsätzlich einverstanden; aber der Gedanke, das junge Paar in einer Pension sich selbst zu überlassen, beunruhigt sie etwas, und so wollen sie die beiden wenigstens so lange bei sich aufnehmen, bis Tsutomu mit dem Studium fertig ist und eine Stellung findet. Dafür ist aber das Haus in Tsujidō nicht geräumig genug. Es ist ja schon für Kugako, ihren Mann und die drei Kinder zu klein. Wenn die beiden heiraten, so ist natürlich auch bald ein Kind zu erwarten. Deshalb will Kugako in ein etwas größeres und moderneres Haus ziehen. Nun wird gerade in Tsujidō, fünf-, sechshundert Meter von ihrer jetzigen Wohnung entfernt, ein Haus angeboten, das genau ihren Wünschen entspricht. Das möchten sie gern kaufen. Hierfür sind aber mindestens zwei bis drei Millionen Yen nötig. Eine Million könnten sie selber aufbringen, mehr aber im Augenblick nicht. Natürlich will Kugako dich keineswegs um diese riesige Summe bitten, die wollen sie bei der Bank aufnehmen. Kugako fragte mich nur, ob es nicht möglich sei, dass du ihnen mit zwanzigtausend Yen für die Zinsen des ersten Vierteljahres aushilfst? Sie würden dir das Geld im nächsten Jahr zurückzahlen.»

«Habt ihr denn keine Aktien, die ihr verkaufen könntet?»

«Dann hätten wir überhaupt keine Rücklagen mehr!»

«Ja, das ist wahr!», sprang meine Frau ihr bei. «Die sollten sie lieber nicht angreifen.»

«Die möchten wir als Reserve für Notfälle behalten.»

«Ach was, das ist doch Unsinn! Dein Mann ist doch noch jung! Wenn er schon mit vierzig Jahren so ängstlich ist ...»

«Kugako hat dich, seit sie verheiratet ist, noch nie um etwas gebeten. Es ist heute das erste Mal! Du solltest ihr diese Bitte wirklich nicht abschlagen.»

«Was sind denn zwanzigtausend Yen ... Und was wollt ihr nach drei Monaten machen, wenn die nächsten Zinsen fällig werden?»

«Dann wird sich schon ein Ausweg finden.»

«Ihr werdet aus den Schwierigkeiten nie herauskommen.»

«Mit meinem Mann», warf Kugako ein, «wirst du bestimmt keine Schwierigkeiten haben. Falls wir noch lange zögern, wird das Haus verkauft. Er bittet dich inständig, ihm vorübergehend auszuhelfen.»

«Könntest du denn die Zinsen nicht vorstrecken, *obaasan*?», fragte ich meine Frau.

«Das ist ja allerhand! Soll ich das etwa übernehmen? Satsuko hast du sogar einen Hillman gekauft!»

Im gleichen Augenblick, als sie das – zu meiner großen Überraschung – sagte, war ich entschlossen, auf jeden Fall Nein zu sagen.

«Ich will es mir noch einmal überlegen.»

«Wäre es nicht möglich, dass du uns noch heute Bescheid gibst?»

«Ich hatte in letzter Zeit so viele Ausgaben ...»

Missmutig grollend verließen die beiden mein Zimmer.

Wegen dieser unvorhergesehenen Belästigung hatte ich meine Tagebuchaufzeichnungen unterbrechen müssen. Nun will ich den Gedankengang von vorhin wiederaufnehmen.

Bis zu meinem fünfzigsten Lebensjahr war der Gedanke an den Tod eine Qual für mich. Jetzt ist das anders geworden. Vielleicht hat mich das Leben müde gemacht. Es ist mir nun ziemlich gleichgültig, wann ich sterbe. Als man mir neulich bei der Schichtaufnahme im Toranomon-Krankenhaus sagte, es könne Krebs sein, wurden meine Frau und die Pflegerin, die mich begleitet hatten, blass vor Schreck. Mir war es völlig einerlei. Ich war selber erstaunt, wie gelassen ich das hinnahm. Fast erleichtert dachte ich: «Nun hat also dieses lange, lange Leben bald ein Ende!» Ich hänge nicht mehr im Mindesten an diesem Dasein; aber solange ich auf Erden bin, fühle ich mich nun einmal unwiderstehlich zu den Frauen hingezogen. Ich glaube, das wird sich bis zu meinem letzten Atemzug nicht ändern. Ich habe zwar nicht die Vitalität eines Kubara Fusanosuke[45], der noch mit neunzig Jahren Kinder zeugte – dazu wäre ich nicht mehr fähig –, aber das Geschlechtliche beglückt mich noch immer, wenn auch indirekt und auf andere Art. Im Augenblick sind dies und der Genuss, den ich beim Essen empfinde, die einzigen Freuden meines Lebens. Ich glaube, nur Satsuko ahnt das dunkel. Sie ist die Einzige in diesem Haus, die etwas davon versteht. Manchmal versucht sie diese «indirekten Methoden», und es bereitet ihr Vergnügen, meine Reaktion zu beobachten.

Ich weiß selber sehr genau, dass ich ein hässlicher, welker alter Mann bin. Wenn ich abends mein Gebiss herausgenommen habe und mich im Spiegel betrachte, sehe ich wirklich abstoßend aus. Ich habe keinen einzigen Zahn mehr im Mund; auch das Zahnfleisch ist verschwunden. Wenn ich den Mund schließe, verschwimmen Ober- und Unterlippe weich ineinander, und die Nase hängt fast bis aufs Kinn herab.

Ich kann kaum glauben, dass dies mein Gesicht sein soll. Kein Mensch, ja nicht einmal ein Affe hat ein so abstoßend hässliches Gesicht. Wie kann man hoffen, trotz eines solchen Aussehens von den Frauen geliebt zu werden? Aber es liegt ein gewisser Vorteil darin, wenn alle Welt glaubt, man selber habe klar erkannt, dass man ein alter Mann sei, der zur Liebe nicht mehr fähig ist. Wenn dieser Vorteil einem auch sonst nichts einbringt, so ist es einem dadurch doch vergönnt, mit schönen Frauen zusammen zu sein, ohne Verdacht zu erregen. Da ich selber impotent bin, bringe ich diese Frauen mit schönen Männern zusammen und genieße die Verwirrung, die ich stifte.

20. Juni

Ich glaube, Jōkichi liebt Satsuko nicht sehr. Nach der Geburt von Keisuke scheint die Liebe zwischen den beiden langsam erkaltet zu sein. Jōkichi geht jedenfalls oft auf Geschäftsreisen, und wenn er in Tōkyō ist, nimmt er häufig abends Einladungen an und kommt spät nach Hause. Vielleicht hat er eine heimliche Geliebte, aber sicher bin ich mir nicht. Sein Beruf scheint ihn derzeit mehr zu fesseln als Frauen. Anfangs hat er Satsuko leidenschaftlich geliebt, glaube ich; aber seine Gefühle scheinen so schnell abzukühlen wie die seines Vaters.

Da ich allem gern seinen Lauf lasse, habe ich mich damals bei der Eheschließung nicht eingemischt, aber meine Frau war von Anfang an dagegen. Es hieß, Satsuko sei Tänzerin des Nihon Dancing Team[46] gewesen, aber dort, im Nichigeki, ist sie nur ein halbes Jahr lang aufgetreten. Was sie nachher getrieben hat, weiß niemand so recht. Offenbar war sie auch in Asakusa[47] und sogar in einem Nachtklub.

«Beherrschst du auch den Spitzentanz?», fragte ich sie einmal.

«Nicht sehr gut. Ich wollte Ballerina werden und habe in den zwei Jahren meiner Ausbildung gelegentlich auch auf Spitzen tanzen müssen – vielleicht kann ich es sogar noch ein wenig ...»

«Warum hast du das Tanzen aufgegeben, nachdem du schon so weit warst?»

«Weil es die Füße so verunstaltet, sie sehen dann grauenhaft aus!»

«Deswegen hast du aufgehört?»

«Ich konnte es nicht mit ansehen, dass meine Füße so hässlich wurden!»

«Wieso hässlich?»

«Oh, es war schrecklich! Ich bekam überall Schwielen an den Zehen, immer größere, und schließlich verschwanden sogar die Zehennägel!»

«Aber du hast doch immer noch hübsche Füße!»

«Früher waren sie viel schöner. Durch die Schwielen aber sind sie hässlich geworden, und als ich mit dem Tanzen aufhörte, gab ich mir alle erdenkliche Mühe, dass sie wieder so schön wurden wie früher. Ich rieb sie Tag für Tag mit kleinen Steinchen und grobem Sand ab. Aber sie sind nicht wieder so schön geworden, wie sie vorher waren.»

«Zeig doch einmal her!»

So hatte ich unerwartet Gelegenheit, Satsukos nackte Füße zu berühren. Sie legte beide Füße aufs Sofa, zog ihre Nylonstrümpfe herunter und zeigte sie mir. Ich nahm sie sofort auf meine Knie und betastete Zehe für Zehe mit den Fingern.

«Wenn man sie so anfasst, sind sie eigentlich sehr weich. Ich merke nichts von Schwielen.»

«Du musst sie fester anfassen! Drück sie doch einmal richtig!»

«Ah, hier?»

«Ja! Fühlst du es jetzt? Es ist noch nicht richtig verheilt. Keine Ballerina kann auf ihre Füße Rücksicht nehmen.»

«Dann hat die Lepeschinskaja[48] also auch solche Füße gehabt?»

«Natürlich! Selbst mir ist beim Üben oft das Blut aus den Schuhen getropft. Und auch die Waden magerten ab, und ich bekam richtige Arbeiterbeine! Bei vielen wird die Brust flach, und die Spitzen verschwinden; die Schultern werden so kräftig wie bei einem Mann! Auch Revuetänzerinnen bleiben nicht davon verschont. Aber mir ist das zum Glück erspart geblieben!»

Zweifellos hatte sich Jōkichi damals nur in ihren schönen Körper verliebt. Aber sie scheint auch Verstand zu haben, wenn sie auch offenbar kaum die Schule besucht hat. Sie möchte auf keinen Fall hinter anderen zurückstehen; nachdem sie zu uns gekommen war, lernte sie deshalb allein weiter, sodass sie nun ein paar Brocken Französisch und Englisch sprechen kann. Sie fährt leidenschaftlich gern Auto und liebt Boxkämpfe, aber sie interessiert sich auch für Ikebana[49], obwohl das eigentlich gar nicht zu ihr passt. Ein-, zweimal in der Woche kommt der Mann der einzigen Tochter der Issotei-Familie aus Kyōto mit ein paar seltenen Blumen zu uns und lehrt sie Ikebana nach der Kyofū-Schule. Heute stehen in meinem Arbeitszimmer in einer Porzellanschale *shima-susuki*[50], *mishiro-kusa* und *awamorisō*. Der Text der dazugehörigen Bildrolle von Nagao Uzan[51] lautet:

Weidenkätzchen kommen geflogen,
mein Gast aber erscheint noch nicht,
einsam fühlen sich die Nachtigallenblüten,
kein Traum hängt mehr am Himmel,

für zehntausend Münzen kaufe ich
herrlichen Wein aus der Hauptstadt,
Frühlingsregen schlägt an das Geländer,
wo ich stehe und auf die Päonien blicke.

26. Juni

Gestern Abend habe ich zu viel *hiyayakko*[52] gegessen, und das habe ich offenbar schlecht vertragen. Nach Mitternacht überfielen mich böse Schmerzen, und ich hatte auch einige Male Durchfall. Ich nahm drei Tabletten Enterovioform, aber es wurde nicht besser. Heute habe ich fast den ganzen Tag gelegen.

29. Juni

Nachmittags wollte ich mit Satsuko eine Autofahrt zum Meiji-Schrein[53] unternehmen. Wir bemühten uns, Schwester Sasakis Bewachung zu entgehen, aber leider entdeckte sie uns, drängte mir ihre Begleitung auf, und ich hatte keine Freude mehr an der Ausfahrt. Nach nicht ganz einer Stunde kehrten wir eilends nach Hause zurück.

2. Juli

Seit einigen Tagen steigt mein Blutdruck. Heute Morgen hatte ich 180/110, der Puls war 100. Die Pflegerin brachte mir zwei Tabletten Serpasil und drei Tabletten Adalin. Die Schmerzen und das Kältegefühl in meiner Hand haben sehr zugenommen. Selbst bei starken Schmerzen schlafe ich verhältnismäßig gut; aber gestern wachte ich gegen Mitternacht auf und weckte Sasaki, weil ich es nicht länger aushalten konnte. Ich ließ mir eine Nobulon-Spritze geben. Nobulon wirkt zwar immer, aber hinterher fühle ich mich schlecht.

«Das Korsett und das Gleitbrett sind gebracht worden! Wollen Sie beides nicht einmal ausprobieren?»

Ich verspürte im Grunde nicht die geringste Lust dazu, aber schließlich überredete ich mich selber, es wenigstens zu versuchen.

3. Juli

Heute versuchte ich, mich in das Halskorsett aus Gips zu zwängen. Der Hals wird gestreckt und das Kinn nach oben gedrückt. Es verursacht keine Schmerzen, aber ich kann den Kopf überhaupt nicht bewegen, weder nach rechts noch nach links, und auch nicht oben oder unten. Ich bin gezwungen, ständig geradeaus zu starren.

«Das ist ja ein Marterwerkzeug der Hölle!»

Da heute Sonntag ist, standen Jōkichi, Keisuke, meine Frau und auch Satsuko um mich herum und sahen mir zu.

«Ach, *ojiisan*, wie tust du mir leid!»

«Wie lange musst du es anbehalten?»

«Und wie oft sollst du das denn machen?»

«Hör doch lieber damit auf. Das ist doch wirklich zu quälend für einen alten Mann!»

Ich hörte sie rings um mich plappern. Aber da ich nicht imstande war, mich umzudrehen, konnte ich ihre Gesichter nicht sehen. Schließlich legte ich das Halskorsett ab, probierte das Gleitbrett aus und streckte den Hals mit Hilfe einer Glissonschlinge.

Das machte ich morgens und abends fünfzehn Minuten lang. Da die Schlinge aus weicherem Material angefertigt war als das Korsett und nur das Kinn nach oben zog, beengte sie mich nicht so arg wie das Korsett. Aber in beidem konnte ich den Kopf nicht bewegen, deshalb starrte ich unentwegt zur Decke hinauf.

«So, die fünfzehn Minuten sind vorüber!», sagte die Pflegerin mit Blick auf ihre Armbanduhr.

«Nun ist Schluss für heute!», rief Keisuke und lief auf den Korridor hinaus.

10. Juli

Vor einer Woche habe ich mit dem Halsstrecken begonnen. Die Behandlungszeit habe ich von fünfzehn auf zwanzig Minuten ausgedehnt, das Gleitbrett noch steiler gestellt und liege jetzt so, dass das Kinn noch stärker nach oben gezogen wird. Aber das alles zeigt nicht die geringste Wirkung. Die Schmerzen in meiner Hand lassen nicht nach. Nach Meinung der Pflegerin werde ich zwei, drei Monate damit fortfahren müssen. Mir erscheint es höchst zweifelhaft, ob meine Geduld dafür ausreicht. Alle im Haus diskutierten eifrig darüber. Satsuko meint, dass eine solche Heilmethode viel zu anstrengend für einen alten Mann sei; man solle wenigstens während der heißen Jahreszeit eine andere wählen. Sie habe neulich einen Ausländer gefragt und von ihm gehört, dass es in der American Pharmacy in der Stadt ein Mittel gegen Nervenschmerzen gebe. Es hieße Dulcin. Man könne das Übel damit zwar nicht beseitigen, aber wenn man täglich dreimal drei bis vier Tabletten einnähme, verschwänden wenigstens die Schmerzen. Das sei sicher! Deshalb habe sie es gekauft, und ich sollte es nun versuchen! Meine Frau sagte: «Sollten wir dich nicht von Herrn Suzuki aus Den-en-chōfu[54] akupunktieren lassen? Es könnte doch sein, dass das die Schmerzen lindert. Wollen wir ihn nicht darum bitten?» Hierauf telefonierte sie geraume Zeit mit ihm. Er sagte, er habe entsetzlich viel zu tun, und es sei ihm lieber, wenn ich zu ihm ins Haus käme. Müsse er jedoch zu mir kommen, dann schlage er eine

Behandlung dreimal in der Woche vor. Solange er mich nicht untersucht habe, könne er sich nicht genau dazu äußern, aber nach dem, was meine Frau erzählt habe, halte er eine Heilung für durchaus möglich. Die Kur werde zwei bis drei Monate dauern. Ich hatte mich vor einigen Jahren einmal von Suzuki behandeln lassen, als ich längere Zeit an Herzbeklemmungen und Schwindelanfällen litt, die mich sehr beunruhigten. Deshalb bat ich ihn auch jetzt, von der nächsten Woche an regelmäßig zu kommen.

Ich habe immer eine gute Konstitution gehabt; seit meiner Jugend bis etwa zu meinem vierundsechzigsten Lebensjahr war ich, bis auf eine Anus-Entzündung, derentwegen ich eine Woche lang ins Krankenhaus musste, eigentlich nie krank. Als ich dreiundsechzig Jahre alt wurde, stellten sich die ersten Anzeichen von hohem Blutdruck ein, mit sieben- oder achtundsechzig Jahren lag ich wegen eines leichten Gehirnschlages einen Monat lang im Bett, aber ich hatte keine Schmerzen. Die stellten sich erst etwas später ein. Ich konnte mich von Tag zu Tag weniger bewegen, es begann zunächst in der linken Hand, zog sich bis zum Ellbogen, dann vom Ellbogen bis zur Schulter, hierauf vom Fuß das Bein hinauf, und schließlich griff es auch auf die rechte Körperseite über. Es fragt sich, ob ich das Leben unter solchen Umständen noch genieße. Ich habe oft darüber nachgedacht, aber erstaunlicherweise bin ich zufrieden – soll ich sagen: glücklich? – mit meinem Appetit, mit meinem Schlaf und schließlich mit dem regelmäßigen Stuhlgang. Alkoholische Getränke, gewürzte Speisen und zu stark Gesalzenes sind mir zwar untersagt worden, aber meine Esslust lässt nichts zu wünschen übrig. Kein Arzt hat etwas einzuwenden, wenn ich Beefsteak und Aal esse, ich muss nur etwas maßhalten; und so bereitet mir das Essen großes Vergnügen. Schlaf habe ich fast zu viel; den Mittagsschlaf mitgerechnet, schlafe ich neun bis zehn Stunden täglich. Stuhlgang habe ich zweimal am Tage. Obwohl ich sehr oft Wasser lassen muss und deshalb in der Nacht zwei-, dreimal aufstehe, passiert es nie, dass ich nicht wieder in den Schlaf finde oder auch nur hellwach dabei werde. Ich schlage das Wasser noch halb im Schlafe ab und schlummere, kaum bin ich damit fertig, gleich wieder ein. Dann und wann wache ich zwar wegen der Schmerzen in der linken Hand auf, doch meist döse ich vor mich hin und schlafe unversehens wieder ein, während ich noch über die Schmerzen nachsinne. Wenn die Schmerzen unerträglich werden, lasse ich mir von der Pflegerin eine Nobulon-Spritze geben und sinke dann gleich wieder in Schlaf. Vielleicht hat mich all dies bis heute am Leben gehalten; sonst wäre ich sicher schon lange tot.

Einige sagen: «Du behauptest immer, deine Hand verursache dir so große Schmerzen und du könntest nicht gehen. Aber du genießt doch das Leben, nicht wahr? Wenn du so viel von Schmerzen redest, übertreibst du wohl ein bisschen!»

Aber ich lüge wirklich nicht. Manchmal habe ich grauenhafte Schmerzen, manchmal weniger starke, das wechselt ständig. Oft habe ich überhaupt keine Beschwerden. Ganz offensichtlich spielen auch das Wetter und die Luftfeuchtigkeit eine Rolle.

Seltsamerweise regt sich bei solchen Schmerzen mein Geschlechtstrieb. Vielleicht ist es zutreffender zu sagen: Ich empfinde ihn bei Schmerzen stärker. Oder sollte ich sogar sagen: Ich fühle mich gerade zu den Frauen hingezogen, die mir Leiden verursachen. Wenn man will, kann man das auch Masochismus nennen. Ich glaube nicht, dass ich von Jugend an dazu neigte, aber nun, da ich alt bin, ist es so.

Nehmen wir an, zwei junge, gleich gut aussehende Frauen gefallen mir. Die eine, A, ist freundlich, aufrichtig und rücksichtsvoll, die andere, B, ist unliebenswürdig, verlogen und hinterlistig. Wenn ich nun sagen sollte, zu welcher der beiden Frauen ich mich mehr hingezogen fühle, so wäre dies neuerdings B und nicht A. Allerdings muss B auf jeden Fall genauso schön sein wie A. Und mit «schön» meine ich, dass sie gewissen Vorstellungen von mir entspricht. Gesicht und gewisse Körperteile müssen ganz nach meinem Geschmack sein. Gesichter mit langen, allzu vorspringenden Nasen mag ich zum Beispiel nicht. Vor allem müssen die Füße weiß und hübsch geformt sein. Sind A und B gleich schön, dann gebe ich der Frau mit dem schlechteren Charakter den Vorzug. Manche Frauen haben etwas Grausames in ihrem Gesicht, und diese liebe ich mehr als alle anderen. Bei einer solchen Frau stelle ich mir vor, dass nicht nur ihr Gesicht, sondern auch ihr Wesen grausam sei, ja das wünsche ich mir geradezu. Sawamura Gennosuke[55] war einmal auf der Bühne in dieser Weise geschminkt, und da hatte ich etwa dieses Gefühl. Auch Simone Signoret, die in dem französischen Film «Die Teuflischen»[56] die Lehrerin spielt, und die unlängst bei uns berühmt gewordene Honoo Kayoko[57] sehen so aus. Diese Frauen mögen in Wirklichkeit gutartig sein, aber mich würde es beglücken, wenn sie böse wären und ich, wenn ich schon nicht mit ihnen zusammenleben kann, wenigstens in ihrer Nähe oder in ständigem Kontakt mit ihnen sein dürfte.

12. Juli

Bei einer solchen Frau darf aber die Bösartigkeit nicht allzu offensichtlich sein. Und je schlimmer sie ist, umso klüger muss sie sein. Es gibt ja verschiedene Grade der Schlechtigkeit. Stehlen und Morden etwa sind wirklich etwas Übles, obwohl ich Frauen, die dazu fähig sind, nicht von vornherein verwerfen möchte. Wenn ich wüsste, dass eine Frau, die mit mir schlafen möchte, mich gleichzeitig bestehlen will, so steigerte dies eher mein Interesse für sie, und ich würde mich ihr trotzdem gern nähern und der Verlockung kaum widerstehen können.

Unter meinen Studienkameraden befand sich ein Jurist namens Yamada Uruu. Er arbeitete später in der Stadtverwaltung von Ōsaka und ist früh gestorben. Aber sein Vater war einst Rechtsanwalt und hatte zu Beginn der Meiji-Zeit[58] Takahashi Oden[59] verteidigt. Er soll die Schönheit und den unvergleichlichen Zauber dieser Frau immer wieder vor seinem Sohn Uruu gerühmt haben. «Man kann sie bezaubernd oder sinnlich erregend nennen», pflegte er zu sagen, «jedenfalls bin ich einer so verführerischen schönen Frau in meinem ganzen Leben noch nicht begegnet. Verführerisch schön – ja, das ist sie. Ich hätte nichts dagegen, von einer solchen Frau umgebracht zu werden!» So schwärmte der Vater seinem Sohn vor. Da mir nicht viel an einem langen Leben liegt, wäre ich glücklich, einer solchen Frau zu begegnen und von ihrer Hand zu sterben. Zumindest zöge ich einen solchen Tod der Aussicht vor, die unerträglichen Schmerzen in der Hand und in den Füßen noch länger ertragen zu müssen.

Vielleicht liebe ich Satsuko deswegen, weil sie mir bis zu einem gewissen Grade zu dieser Illusion verhilft. Sie ist ein bisschen boshaft, ziemlich ironisch und lügt auch ganz gern. Mit ihrer Schwiegermutter und den Schwägerinnen versteht sie sich schlecht. Auch ihr Kind scheint sie nicht besonders zu lieben. In der ersten Zeit nach ihrer Heirat zeigte sich das nicht so deutlich, aber in den letzten zwei, drei Jahren dafür umso mehr. Mir macht es manchmal geradezu Spaß, sie noch mehr gegen die Frauen des Hauses aufzustacheln. Sie hat eigentlich keinen üblen Charakter. Sie ist im Grunde gutartig, aber unversehens überwältigt sie die Lust am Bösen, und dann brüstet sie sich geradezu damit. Ob sie es tut, weil sie merkt, dass mir das gefällt? Aus irgendeinem Grunde behandle ich sie liebevoller als meine Töchter, und ich sähe es nicht einmal gern, wenn sie sich besser mit ihnen verstünde. Je gehässiger sie zu ihnen ist, desto reizvoller erscheint sie mir. Neigungen dieser Art zeigen sich erst in letzter Zeit bei mir, aber sie prägen sich immer mehr aus. Vielleicht hat sich mein Charakter deshalb so verändert, weil mir meine Krankheit furchtbare Schmerzen bereitet und weil mir eine normale sexuelle Befriedigung versagt ist? Das erinnert mich an einen Streit, der neulich bei uns ausbrach.

Obgleich Keisuke schon sieben Jahre alt ist und bereits die Volksschule besucht, bringt Satsuko kein Kind mehr zur Welt. Meine Frau hegt den Verdacht, Satsuko verhindere eine Schwangerschaft künstlich. Ich halte das für möglich, leugne es aber natürlich vor meiner Frau. Da meine Frau diesen Gedanken nicht ertragen kann, sprach sie einmal mit Jōkichi darüber. Doch dieser erwiderte nur: «Das stimmt nicht!»

«Doch! Ich täusche mich nicht!»

Er wollte sich nicht weiter auf das Gespräch einlassen und sagte lachend: «Dann rede doch mit Satsuko darüber.»

«Was gibt es da zu lachen? Die Sache ist ernst genug. Du solltest Satsuko nicht so verwöhnen. Du stehst ja völlig unter ihrem Einfluss!»

Schließlich wurde Satsuko von Jōkichi gerufen, um die Sache zu klären. Hin und wieder konnte ich deutlich ihre hohe, durchdringende Stimme vernehmen. Nachdem sie etwa eine Stunde lang miteinander gestritten hatten, kam meine Frau, um mich hinzuzuziehen. Ich weigerte mich jedoch, deshalb erfuhr ich keine Einzelheiten. Satsuko sei, wie man mir nachher erzählte, sehr scharf geworden, weil meine Frau sie so heftig angegriffen habe. Sie habe erklärt: «Nun, so sehr liebe ich Kinder nun auch wieder nicht!» Und: «Wenn man überlegt, dass heute ständig vom Todesstaub der Atombomben geredet wird, wäre es doch widersinnig, viele Kinder in die Welt zu setzen!»

Meine Frau wollte jedoch nicht nachgeben und setzte Satsuko weiter zu: «Sprichst du nicht mit Jōkichi hinter meinem Rücken über mich? Und redet Jōkichi dich nicht nur in meiner Gegenwart mit *omae*, vor anderen aber mit *kimi* an? Und du bist sogar noch damit einverstanden?»

In derart kleinliche Zänkerei artete dieser Streit aus, und es war kein Ende abzusehen.

«Wenn du mich so hasst, werden Jōkichi und ich von hier wegziehen! Nicht wahr, Jōkichi?»

Als sich Satsuko mit diesen Worten an ihren Mann wandte, der neben ihr stand, verstummte meine Frau. Sowohl sie als auch Satsuko wussten nur allzu gut, dass ich das nie gestatten würde.

«Für *ojiisan* kannst du ja sorgen, und Sasaki-*san* auch! Bitte, Jōkichi, lass uns hier ausziehen!»

Als Satsuko sah, dass meine Frau kleinlaut wurde, wuchs ihre Kampflust. Ich bedauerte es nachher, dass ich nicht mit dabei gewesen war. Ich hätte mich sicher herrlich amüsiert.

«Nun geht die Regenzeit ja wohl zu Ende!», bemerkte meine Frau, als sie heute in mein Zimmer trat. Sie schien den Zwist von neulich noch immer nicht ganz verwunden zu haben und war offenbar etwas bedrückt.

«In diesem Jahr hat es eigentlich nicht viel geregnet, findest du nicht auch?», erwiderte ich.

«Heute ist schon der Kusa-ichi-Markt[60]. Dabei fällt mir ein, dass du dich noch gar nicht für einen Grabplatz entschieden hast.»

«Das eilt nicht. Wie ich dir ja schon sagte, will ich auf keinen Fall in Tōkyō begraben werden. Ich bin zwar in

Tōkyō geboren, aber ich mag das heutige Tōkyō nicht. Wenn man dort begraben liegt, weiß man nie, wann, aus welchem Grund und wohin man eines Tages umgebettet wird. Der Tama-Friedhof[61] gehört zwar nicht mehr zu Tōkyō, aber auch dort möchte ich nicht liegen.»

«Gut, das weiß ich jetzt also. Wenn du dein Grab in Kyōto haben willst, musst du dich aber bis zum Daimonji-Fest[62] im nächsten Monat entschieden haben!»

«Bis dahin ist es noch ein Monat, es eilt also nicht. Ich werde Jōkichi bitten, sich einmal dort umzusehen.»

«Willst du das nicht lieber selber tun?»

«Das würde mich bei meinem Zustand in dieser Hitze zu sehr anstrengen. Ich möchte lieber bis zum Higan-Tag[63] warten.»

Meine Frau und ich hatten uns vor einigen Jahren einen buddhistischen Namen für die Zeit nach dem Tod geben lassen. Da ich die Nichiren-Sekte[64] aber nicht mag, überlege ich mir seit einiger Zeit, ob ich nicht der Jōdo- oder Tendai-Sekte beitreten soll. Die Nichiren-Sekte missfällt mir hauptsächlich deshalb, weil die Statue von Nichiren am Buddha-Altar wie eine schmutzig braune Puppe aussieht, der man eine Baumwollmütze auf den Kopf gesetzt hat. Die soll ich nun also verehren! Wenn möglich möchte ich auf dem Friedhof des Hōnen[65] oder des Shinnyo-Tempels in Kyōto begraben liegen.

«Guten Tag!» Mit diesen Worten trat plötzlich Satsuko ein. Es war fünf Uhr nachmittags. Da sie unerwartet meine Frau hier antraf, machte sie eine komisch tiefe Verbeugung vor mir. Meine Frau räumte sofort das Feld.

«Du bist heute schon am frühen Morgen weggegangen, wo warst du denn?», fragte ich sie.

«Ich hatte allerlei einzukaufen und habe mit Haruhisa in einem Hotel-Grill zu Mittag gegessen. Dann habe ich im ‹Salon étranger› ein Kleid anprobiert, das ich mir dort anfertigen lasse, anschließend traf ich mich wieder mit Haruhisa und sah mir mit ihm im Yurakuza-Kino[66] den Film ‹Orfeu Negro›[67] an.»

«Dein rechter Arm ist ja von der Sonne ganz braun gebrannt.»

«Ja, weil ich gestern im offenen Wagen nach Zushi[68] gefahren bin.»

«Auch mit Haruhisa?»

«Ja, ja. Weil Haruhisa nicht chauffieren kann, musste ich hin- und zurückfahren.»

«Wenn die Haut nur an einer Stelle gebräunt ist, hebt sich das Weiß ringsum besonders deutlich ab …»

«Das Lenkrad im Auto ist rechts, und wenn man den ganzen Tag fährt, wird man ebenso braun.»

«Du wirkst ein bisschen erhitzt, man könnte fast meinen, du seist etwas erregt.»

«So? Ich bin nicht erregt; aber Breno Mello[69] war großartig!»

«Wer ist denn das?»

«Ein Schwarzer, er spielte die Hauptrolle in ‹Orfeu Negro›. Dem Film liegt die Orpheus-Sage aus der griechischen Mythologie zugrunde. Die Handlung ist in die Karnevalszeit in Buenos Aires verlegt, und ein Schwarzer spielt die Hauptrolle. Alle Rollen sind mit Schwarzen besetzt.»

«Und das hat dir so gefallen?»

«Breno Mello war früher Fußballchampion, und dies ist seine erste Filmrolle. Er spielt einen Schaffner der Städtischen Straßenbahn. Wenn er fährt, blinzelt er immer jungen Frauen auf der Straße zu, und dieses Blinzeln ist wahnsinnig aufregend!»

«Ich fürchte, mich ließe das völlig kalt!»

«Würdest du nicht – mir zuliebe – einmal hingehen?»

«Würdest du mich denn mitnehmen?»

«Siehst du dir den Film an, wenn ich dich begleite?»

«Ja ...»

«Ich könnte ihn immer wieder sehen! Sein Gesicht erinnert mich stark an Leo Espinoza[70], für den ich früher einmal sehr geschwärmt habe.»

«Was sind das alles für komische Namen!»

«Espinoza ist ein philippinischer Boxer, der um die Weltmeisterschaft im Fliegengewicht gekämpft hat. Sein Bild war damals auf jeder Streichholzschachtel zu sehen! Er ist auch ein Schwarzer, zwar nicht so hübsch wie Breno Mello, aber irgendwie sieht er ihm ähnlich. Besonders wenn er einer Frau zublinzelt. Espinoza boxt noch, aber er ist lange nicht mehr so gut wie früher. Damals war er fabelhaft! Heute im Kino habe ich an ihn denken müssen!»

«Ich habe nur einmal in meinem Leben einen Boxkampf gesehen.»

In diesem Augenblick traten meine Frau und die Pflegerin ein, um mich daran zu erinnern, dass es Zeit für das Gleitbrett sei. Da fing Satsuko aus Trotz erst recht an aufzuschneiden.

«Espinoza ist ein Schwarzer von der Insel Cebu; er war sehr stolz auf seine Geraden. Er schoss seine Linke blitzschnell heraus und ging sofort wieder in Deckung, er landete Treffer auf Treffer beim Gegner, einfach fabelhaft! Peng-peng, klatschte es – fantastisch! Jeder Boxer weicht dem Angriff des Gegners ja mit tänzelnden Schritten aus, Espinoza aber schlängelte sich geradezu nach hinten. Er hatte etwas seltsam Sanftes und Weiches!»

«Ach, jetzt begreife ich! Du hast Haruhisa deshalb so gern, weil er mit seiner dunklen Haut fast aussieht wie ein Farbiger!»

«Haruhisa hat Haare auf der Brust; aber die Schwarzen sind kaum behaart! Wenn sie in Schweiß ausbrechen, glänzt und funkelt ihre Haut wunderbar. Ich finde das hinreißend! Du musst unbedingt einmal zu einem Boxkampf gehen!»

«Boxer sehen doch meist nicht sehr gut aus, oder?»

«Viele haben eingeschlagene Nasen.»

«Magst du lieber Boxen oder Ringen?»

«Ringen ist meist nur eine Show. Die Ringer sind zwar oft erschreckend blutverschmiert, aber ihnen fehlt meist die wahre Leidenschaft.»

«Beim Boxen fließt doch auch oft Blut!»

«Ja, sicher. Gar nicht selten wirbelt der Mundschutz in drei Teilen durch die Luft, und der Mund blutet, wenn er einen Volltreffer abbekommen hat. Aber das alles ist keine Absicht wie beim Ringen, und deshalb fließt beim Boxen nicht weniger Blut. Nur bei Treffern in das Gesicht des Gegners platzen oftmals die Augenbrauen!»

«Gehen Sie wirklich hin, um sich das anzusehen?», rief Sasaki entsetzt. Meine Frau war von Anfang an sprachlos und wäre am liebsten hinausgelaufen.

«Nicht nur ich! Es sind viele Frauen dort!»

«Ich würde ohnmächtig dabei!»

«Wenn ich Blut sehe, finde ich das immer aufregend. Es ist ein Mordsspaß!»

Während dieser Unterhaltung begann meine linke Hand plötzlich heftig zu schmerzen. Gleichzeitig aber stieg ein unbeschreibliches Wohlgefühl in mir auf, und als ich in Satsukos herausforderndes Gesicht sah, wurden Schmerz und Lustgefühl immer stärker.

17. Juli

Kaum war gestern das Urabon-Feuer[71] zu Ende, als Satsuko abfuhr. Sie nahm den Nachtzug nach Kyōto, da sie sich dort, wie sie uns sagte, das Gion-Fest[72] ansehen wolle. Haruhisa war bereits am Tag zuvor hingefahren. Er wollte, was bei dieser Hitze zu bewundern ist, den Festumzug filmen. Sein Fernsehteam wohnt im «Kyōto-Hotel», Satsuko bei ihrer Schwägerin im Nanzenji-Viertel[73]. Am Mittwoch, dem 20., will sie zurückkommen. Da sie sich mit Itsuko nicht allzu gut versteht, ist wohl kaum anzunehmen, dass sie länger bleibt.

«Wann willst du nach Karuizawa[74] aufbrechen?», fragte mich meine Frau. «Wenn die Kinder erst hinfahren, wird es für dich wohl zu unruhig sein. Vielleicht solltest du dich möglichst bald auf den Weg machen. Denn ab dem Zwanzigsten beginnen die heißesten Tage!»

«Ja also, was soll ich tun? Ich habe keine Lust, so lange dort zu bleiben wie im vergangenen Jahr. Am Fünfundzwanzigsten will ich mit Satsuko, wie ich ihr versprochen habe, in die Korakuen-Halle[75], um mir den Alljapanischen Titelkampf im Fliegengewicht anzusehen.»

«Das ist doch nichts für alte Leute! Sieh dich bloß vor, dass du dort nicht auch verprügelt wirst!»

23. Juli

Ich führe ein Tagebuch, weil mir das Schreiben Freude bereitet. Ich habe nicht vor, es irgendjemandem zu zeigen. Da mein Sehvermögen erschreckend abgenommen hat, kann ich nicht mehr so viel lesen; und da ich mir die Zeit nicht anders vertreiben kann, verspüre ich oft Lust, ein wenig zu schreiben. Ich pinsele leicht lesbare, große Schriftzeichen. Da es mir peinlich wäre, wenn andere diese Tagebücher läsen, schließe ich sie in kleine Geldkassetten ein. Ich habe nun schon fünf solcher Kassetten. Am besten würde ich diese Hefte wohl verbrennen; aber der Gedanke, dass man sie eines Tages in meinem Nachlass findet, stört mich auch nicht. Wenn ich das bisher Geschriebene gelegentlich hervorhole und darin lese, bin ich immer wieder erschrocken, wie schnell ich alles vergesse. Ereignisse aus dem vorigen Jahr etwa sind mir schon völlig entfallen, und ich lese mit großem Interesse wieder von ihnen.

Trotz meiner Vergesslichkeit entsinne ich mich aber noch gut, dass ich im Sommer letzten Jahres, als wir in Karuizawa waren, die Schlafzimmer, das Bad und die Toiletten umbauen ließ. Blättere ich aber in den Aufzeichnungen aus jener Zeit, dann merke ich, dass ich es an Genauigkeit habe fehlen lassen. Jetzt habe ich jedoch Gründe, die es mir notwendig erscheinen lassen, noch einmal ausführlich darüber zu schreiben.

Bis zum vorigen Sommer schliefen meine Frau und ich in einem japanisch eingerichteten Zimmer Kissen an Kissen nebeneinander. Aber dann ließen wir die *tatami* durch einen Holzfußboden ersetzen und stellten zwei Betten auf. Das eine Bett gehört mir, das andere ist für die Pflegerin Sasaki vorgesehen. Meine Frau schlief schon bis dahin gelegentlich im Besuchszimmer, aber seit wir uns Betten angeschafft haben, nächtigt sie immer dort. Ich bin gewohnt, früh schlafen zu gehen und zeitig aufzustehen; meine Frau aber schläft morgens gern etwas länger und bleibt abends lange auf. Auch ziehe ich eine europäische Toilette vor, meine Frau jedoch wollte unbedingt eine japanische behalten. Außerdem mussten wir an Bequemlichkeiten für Arzt und Pflegerin denken. Rechts neben dem Schlafzimmer ist unsere Toilette: Für mich habe ich ein Sitzbecken anbringen und durch die Wand zwischen Schlafzimmer und Toilette eine Tür brechen lassen, sodass ich die Toilette benutzen kann, ohne auf den Korridor hinauszutreten. Links vom Schlafzimmer liegt das Bad. Auch dort haben wir im vorigen Jahr Veränderungen vorgenommen. Badewanne, Fußboden und Wand wurden mit Kacheln und Fliesen belegt, und eine Dusche wurde eingebaut.

Dies geschah vor allem auf Satsukos Wunsch; die Tür zwischen dem Bad und meinem Schlafzimmer lässt sich abschließen.

Hier muss ich noch bemerken, dass rechts neben der Toilette mein Arbeitszimmer liegt und daneben das Zimmer der Pflegerin. Sasaki bleibt nur während der Nacht bei mir und benutzt das Nebenbett, tagsüber hält sie sich gewöhnlich in ihrem Raum auf. Meine Frau bewohnt das Besuchszimmer, das sich am Ende des Korridors befindet. Sie hört fast den ganzen Tag Radio oder sitzt vor dem Fernsehschirm. Wenn es nichts Besonderes zu tun gibt, verlässt sie ihr Zimmer kaum. Schlaf- und Wohnraum für Jōkichi und seine Frau sowie Keisukes Zimmer liegen im ersten Stock. Außerdem haben wir noch ein Gästezimmer. Das Wohnzimmer des jungen Ehepaares ist recht luxuriös eingerichtet, aber da ich so unsicher auf den Beinen bin, wage ich mich nur selten die Wendeltreppe hinauf.

Als wir berieten, wie wir das Bad umbauen sollten, gab es einen kleinen Disput. Meine Frau wollte eine Holzbadewanne haben; in einer gekachelten, argumentierte sie, würde das Wasser zu schnell abkühlen, und im Winter führe das zu Erkältungen. Ich entschloss mich trotzdem für die Kacheln, vor allem auf Satsukos Bitte hin (natürlich habe ich diesen Wunsch von Satsuko vor meiner Frau geheim gehalten!). Aber die Entscheidung erwies sich als falsch – nein, am Ende hatte sie ihre Vorzüge. Die nassen Kacheln waren nämlich sehr glitschig und für alte Leute wie uns geradezu gefährlich. Meine Frau glitt tatsächlich eines Tages auf den Fliesen vor der Wanne aus und stürzte hin. Und auch ich habe es schon erlebt, dass meine Hände abrutschten, wenn ich in der Wanne lag und mich am Rand aufrichten wollte. Dann konnte ich nur mühsam aufstehen. Da meine linke Hand kaum zu gebrauchen ist, war das für mich höchst unangenehm. Wir haben nun auf die Fliesen einen Lattenrost gelegt, aber die Glätte in der Badewanne ist schlecht zu beheben.

Letzte Nacht geschah etwas Neues.

Die Pflegerin hat ein Kind, das bei Verwandten lebt. Gelegentlich besucht sie es, übernachtet dort im Haus und kommt erst am nächsten Vormittag wieder zu uns. Statt ihrer schläft dann meine Frau in meinem Zimmer. Ich bin gewohnt, um zehn Uhr schlafen zu gehen, nachdem ich kurz zuvor gebadet habe. Im Bad helfen mir Satsuko oder das Dienstmädchen, weil meine Frau es, seit sie im Bad ausgeglitten ist, nicht mehr kann. Satsuko ist aber nicht so geschickt und freundlich wie Sasaki. Sie bereitet zwar alles gut vor, zeigt sich dann aber völlig unbeteiligt und tut nur das Nötige. Äußerstenfalls findet sie sich dazu bereit, mir mit dem Schwamm über den Rücken zu fahren. Wenn ich aus dem Wasser steige, trocknet sie von hinten meinen Rücken mit dem Handtuch ab, streut Babypuder darauf und stellt den Ventilator an; aber sie tritt niemals vor mich hin. Ob sie zu schüchtern dazu ist oder ob es ihr widerstrebt, vermag ich nicht zu entscheiden. Am Schluss reicht sie mir den Bademantel, führt mich zum Bett und verschwindet schnell im Korridor. Was dann folgt, sei Aufgabe meiner Frau, sagt Satsuko, es gehöre nicht mehr zu ihren Obliegenheiten. Und dabei würde ich so gern noch ein wenig von ihr umsorgt, auch wenn ich schon im Bett bin. Aber sie lehnt das stets kühl und entschieden ab.

Auch meine Frau schläft nicht gern in einem fremden Bett. Sie bringt sich ihr eigenes Laken und eine Decke mit und legt sich mit einer Miene, die ihr Unbehagen ausdrückt, auf Sasakis Ruhestatt. Auch sie muss ihres Alters wegen nachts häufig aufstehen. Und da sie die europäische Toilette nicht benutzen mag, läuft sie immer den ganzen Korridor entlang zur japanischen und beklagt sich dann bitter, sie bekomme meinetwegen nicht genügend Schlaf. Insgeheim hoffe ich schon lange, dass Satsuko einmal in meinem Zimmer schläft, wenn Sasaki aus dem Hause ist.

Es mag Zufall sein, aber gestern um sechs Uhr bat die Pflegerin, wir möchten ihr abends freigeben. Sie ging fort, um ihr Kind zu besuchen. Nach dem Abendessen fühlte sich meine Frau plötzlich unwohl und legte sich im Besuchszimmer zur Ruhe. So musste sich Satsuko nicht nur im Bad, sondern auch nachher um mich kümmern. Im Badezimmer trug sie einen blauen, mit dem Eiffelturm bedruckten Kittel und eine lange Hose; sie sah darin besonders reizvoll aus. Ich weiß nicht, ob sie es mit Absicht tat, aber ich hatte das Gefühl, dass sie mich sorgfältiger mit Wasser begoss als sonst. Immer wieder berührte sie mich am Hals, an den Schultern und der Brust flüchtig mit den Fingerspitzen. Als sie mich dann zum Bett geleitete, sagte sie: «Ich bin gleich wieder da. Warte bitte einen Augenblick. Ich möchte auch noch schnell duschen.»

Damit zog sie sich ins Bad zurück. Sie ließ mich etwa eine halbe Stunde auf dem Bett sitzen. Ich fühlte eine seltsame Unruhe und hockte fast geistesabwesend da. Endlich erschien sie, diesmal in einem lachsroten, baumwollenen Nachtgewand und päonienroten, bestickten Satinschuhen, die wohl aus China stammten.

«Verzeih, dass ich dich so lange warten ließ!»

Als sie mit diesen Worten hereinkam, öffnete sich die Tür zum Korridor, und Oshizu trug einen zusammengeklappten Korbstuhl herein.

«Willst du noch nicht schlafen?», fragte mich Satsuko.

«Doch, mache ich doch schon. Was soll denn der Stuhl da?»

Wenn meine Frau nicht zugegen ist, rufe ich Satsuko mal *omae,* mal *kimi.* Oft sage ich ganz bewusst *kimi.* Von mir spreche ich dann als *ore*[76] oder *boku;* wenn wir allein sind, sage ich immer nur *boku.* Auch Satsukos Wortwahl ist dann seltsam nachlässig, aber das beglückt mich fast.

Satsuko zog den Korbstuhl zu einer Liege aus, legte sich hinein und schlug ein Buch auf, das sie mitgebracht hatte. Ich glaube, es war ein Lehrbuch der französischen Sprache. Sie legte eine kleine Decke über die Lampe, damit das Licht mich nicht blendete. Auch sie mochte also das Bett der Pflegerin nicht benutzen und wollte die Nacht offenbar auf diesem Liegestuhl verbringen.

Als sie sich schließlich zum Schlafen hingelegt hatte, streckte auch ich mich auf meinem Bett aus. Ich hatte die Klimaanlage meiner Hand wegen nur schwach eingestellt. In den letzten Tagen war es sehr schwül gewesen, die Luft war unerträglich feucht, deshalb hatten Arzt und Pflegerin geraten, die Klimaanlage einzuschalten, damit die Luft etwas trockener würde. Während ich so tat, als schliefe ich, betrachtete ich hingegeben die kleinen Spitzen von Satsukos chinesischen Schuhen, die unter ihrem Nachtgewand hervorsahen. So zierliche, zarte Füße sind in Japan äußerst selten.

«*Ojiisan*, bist du immer noch wach? Man hört dich ja gar nicht schnarchen! Sasaki-*san* hat mir gesagt, dass du sofort zu schnarchen anfängst, wenn du zu Bett gegangen bist ...»

«Ich weiß nicht, aus irgendeinem Grunde fällt mir das Einschlafen heute schwer.»

«Vielleicht, weil ich in deiner Nähe bin?»

Als ich keine Antwort darauf gab, lachte sie unterdrückt.

«Es ist Gift für dich, wenn du dich erregst!», sagte sie und nach einer Pause: «Ich will nicht, dass du meinetwegen erregt bist! Soll ich dir Adalin geben?»

So kokett, wie sie jetzt mit mir sprach, hatte ich sie bisher noch nie erlebt. Ich war wirklich sehr erregt, erwiderte jedoch: «Wie kommst du auf so etwas?»

«Schon gut! Ich gebe dir schnell etwas davon.»

Während sie hinausging, um die Medizin zu holen, fiel mir ein, wie ich mein Wohlgefühl noch steigern könnte.

«Soll ich dir gleich zwei Tabletten geben?», fragte sie. In der linken Hand hielt sie einen kleinen Teller, mit der rechten ließ sie aus der Adalin-Röhre zwei Tabletten herausfallen. Dann holte sie ein Glas Wasser aus dem Bad.

«So, jetzt mach deinen Mund ganz weit auf! Freust du dich nicht, dass ich es bin, die sie dir gibt?»

«Leg die Tabletten doch nicht auf den Teller. Steck sie mir lieber mit der Hand in den Mund.»

«Na gut. Ich wasche schnell meine Hände.»

Sie eilte ins Bad und kam gleich wieder.

«Das Wasser wird bestimmt danebenlaufen! Könntest du es mir nicht aus deinem Mund in meinen träufeln?»

«Nein, nein! Nutz doch nicht die Situation aus!»

Sie warf schnell die beiden Tabletten in meinen Mund und goss mit einer geschickten Bewegung das Wasser nach. Ich hatte mir eigentlich vorgenommen, mich so zu stellen, als wirke die Medizin auf der Stelle und als schliefe ich ein; aber ich schlummerte tatsächlich ein.

24. *Juli*

In der Nacht ging ich um zwei und um vier Uhr auf die Toilette. Satsuko schlief auf dem Liegestuhl. Ihr Französischbuch lag auf dem Boden, die Lampe hatte sie vorher ausgemacht. Da ich Adalin eingenommen hatte, erinnere ich mich nur daran – und auch das nur mit Mühe –, dass ich zweimal zur Toilette ging. Ich wachte wie immer morgens um sechs Uhr auf.

«Bist du schon wach?», fragte Satsuko.

Ich hatte geglaubt, dass sie noch in tiefem Schlaf läge, da sie immer lange schlief, aber sie richtete sich im gleichen Augenblick auf, als ich mich bewegte.

«Bist du schon lange wach?», fragte ich.

«Ich habe fast überhaupt nicht geschlafen!»

Als ich die Jalousien hochzog, entfloh sie hastig ins Bad, da sie offenbar nicht wollte, dass ich ihr verschlafenes Gesicht sähe.

Nachmittags um zwei Uhr zog ich mich aus dem Arbeitszimmer zu einer etwa einstündigen Mittagsruhe ins Schlafzimmer zurück. Ich öffnete gerade benommen die Augen, als sich die Tür des Badezimmers halb öffnete und Satsuko den Kopf hereinstreckte. Nur den Kopf, sonst war nichts von ihr zu sehen. Von ihrer Plastikhaube tropfte Wasser, und ich hörte das Rauschen der Dusche.

«Verzeih wegen heute Morgen! Ich dusche mich jetzt. Mir ist gerade eingefallen, dass du deinen Mittagsschlaf hältst, und da wollte ich einmal nach dir sehen!»

«Heute ist doch Sonntag! Ist denn Jōkichi nicht da?»

Ohne darauf zu antworten, fuhr sie fort: «Ich habe bisher nie abgeschlossen, wenn ich duschte. Die Tür ist immer offen.»

Bezog sie sich darauf, dass ich nur um neun Uhr abends badete, oder wollte sie damit andeuten, dass sie mir vertraue? Oder wollte sie mir gar zu verstehen geben, ich könne ihr beim Duschen zusehen, wenn ich Lust hätte, und ruhig hereinkommen, da die Anwesenheit eines so alten Mannes sie nicht störe? Ich wusste wirklich nicht, was ich von ihrer Bemerkung halten sollte.

«Jōkichi ist da. Er will heute Abend ein Gartenfest geben und ist schon völlig aus dem Häuschen!»

«Wer kommt denn alles?»

«Haruhisa und Amari. Auch aus Tsujidō scheint jemand zu kommen.»

Es war nicht anzunehmen, dass Kugako sich nach dem, was neulich zwischen uns vorgefallen war, in meinem Hause blicken lassen würde. Aber die Kinder kämen vielleicht.

25. Juli

Der gestrige Abend war ein großer Reinfall. Um sechs Uhr hatte die Party im Garten begonnen, und da die Stimmung sehr nett und fröhlich war, verspürte ich plötzlich Lust, mich unter die jungen Leute zu mischen. Ich setzte mich eine Weile auf den Rasen, obwohl meine Frau versuchte, mich davon abzubringen, weil ich mich erkälten könnte; aber Satsuko hatte gesagt: «Komm doch zu uns, *ojiisan*!»

Ich hatte jedoch nicht den geringsten Appetit auf Hammelfleisch und Hühnchen, die von allen gierig verschlungen wurden, und lehnte es ab, mit ihnen zu essen. Ich wollte lieber beobachten, wie Haruhisa und Satsuko sich zueinander verhielten; doch nach etwa einer halben Stunde merkte ich, wie die Kälte meine Beine hinauf in die Hüften stieg. Weil meine Frau mir vorher so ins Gewissen geredet hatte, wurde ich nun selber nervös und machte mir Sorgen. Schließlich hatte meine Frau wohl Sasaki gerufen, die mit ängstlicher Miene erschien und mich überreden wollte, ins Haus zu gehen. Daraufhin wurde ich – wie es nun einmal meine Art ist – eigensinnig und traf keine Anstalten, mich zu erheben. Gleichzeitig fühlte ich jedoch, dass ich immer stärker durchkühlte. Meine Frau merkte es und warnte mich noch einmal, aber nicht mehr so streng wie vorher. So stand ich schließlich auf, da Sasaki geradezu in Panik geriet, und kehrte, nachdem ich eine weitere halbe Stunde da und dort auf dem Rasen herumgestanden hatte, in mein Zimmer zurück.

Aber damit war die Geschichte nicht zu Ende. Heute Morgen gegen zwei Uhr wachte ich auf, weil meine Harnleiter furchtbar schmerzten und juckten. Ich ging schnell zur Toilette, mein Urin war weißlich trübe wie Milch. Dann legte ich mich wieder ins Bett, fühlte aber nach fünfzehn Minuten erneut den Drang, Wasser zu lassen. Der Juckreiz hörte nicht auf. Vier-, fünfmal lief ich hinaus, dann gab Sasaki mir vier Tabletten Shinomin, legte eine Wärmflasche auf meinen Unterleib, und schließlich beruhigte sich mein Organismus wieder.

Seit einigen Jahren leide ich an einer Schwellung der Prostata (in meiner Jugend, als ich mir einmal eine Geschlechtskrankheit zugezogen hatte, nannte man sie noch anders). Von Zeit zu Zeit sammelten sich Harnreste an, und zwei-, dreimal brachte man die Flüssigkeit mit Hilfe eines Katheters zum Abfluss. Harnverschluss ist, wie ich weiß, bei alten Männern gar nicht selten; ich hatte auch früher schon viel Zeit beim Wasserlassen gebraucht, und es war mir immer entsetzlich peinlich, wenn sich in der Theatertoilette eine lange Menschenschlange hinter mir bildete. Da die Operation des Prostatageschwulsts nur bis zum fünfundsiebzigsten Lebensjahr möglich ist, riet man mir, ich solle mich bald operieren lassen, denn nach einer solchen Operation fühle man sich sehr viel wohler, und der Urin fließe wie in Jugendjahren ohne jede Schwierigkeit ab; es sei einem zumute, als sei man plötzlich wieder jung geworden. Andere aber warnten: Es handele sich um eine komplizierte und höchst unangenehme Operation, ich solle lieber darauf verzichten. Da ich fortwährend schwankte, wie ich mich entscheiden sollte, wurde ich darüber älter und älter, und nun ist es offenbar für die Operation zu spät. Zum Glück fühlte ich mich in letzter Zeit recht wohl. Die Shinomin-Tabletten, die ich gegen dieses Leiden einnehme, sollen bei längerem Gebrauch schädliche Nebenwirkungen haben, ich soll sie nicht länger als drei Tage hintereinander nehmen – täglich je vier Tabletten –, jeden Morgen unbedingt den Harn untersuchen und, wenn sich Bazillen finden, sofort *uba-urushi*-Wasser[77] trinken.

Wegen der unruhigen Nacht, die hinter mir lag, verzichtete ich heute darauf, mir den Titelwettkampf in der Korakuen-Halle anzusehen. Die Schmerzen haben zwar nachgelassen, und ich hätte vielleicht doch hingehen können, aber Sasaki fand, es sei zu gewagt; und so fügte ich mich ihrem Rat.

«Es tut mir wirklich leid, *ojiisan*», sagte Satsuko, «aber dann gehe ich eben allein. Ich erzähle dir nachher ausführlich davon.» Und sie entschwand mit schnellen Schritten.

Ich blieb also notgedrungen im Bett und ließ mich zwischen zwei und vier Uhr von Suzuki akupunktieren. Es war heute mit ziemlichen Schmerzen verbunden, aber nach einer Stunde legten wir eine Pause von zwanzig Minuten ein.

Da die Schulferien angefangen haben, soll Keisuke in den nächsten Tagen zusammen mit den Tsujidō-Kindern nach Karuizawa fahren. Meine Frau und Kugako werden sie begleiten. Satsuko will im nächsten Monat hinreisen; sie bat die Abreisenden, sich inzwischen Keisukes anzunehmen. Auch Jōkichi will sich im nächsten Monat zehn Tage Urlaub geben lassen und nach Karuizawa fahren. Um die gleiche Zeit will auch Senroku, Kugakos Mann, dorthin. Haruhisa kann wegen seiner Fernsehaufnahmen nicht hinfahren. Als Bühnenbildner habe er tagsüber verhältnismäßig viel freie Zeit, abends und nachts hingegen sei er, wie Haruhisa betonte, ziemlich angebunden.

26. Juli

Mein Tagesprogramm sieht neuerdings folgendermaßen aus: Um sechs Uhr stehe ich auf, gehe zunächst auf die Toilette und nehme beim Wasserlassen die ersten Tropfen in ein desinfiziertes Reagenzglas ab. Dann wasche ich meine Augen mit Borax-Flüssigkeit, spüle Mund und Rachen sorgfältig mit doppelkohlensaurem Natron aus und putze meine Zähne mit chlorophyllhaltiger Colgate-Zahnpasta. Hierauf stecke ich das Gebiss in den Mund. Dann gehe ich eine halbe Stunde im Garten spazieren und lege mich anschließend, auch etwa eine halbe Stunde, auf das Gleitbrett zum «Halsstrecken». Das Frühstück ist die einzige Mahlzeit, die ich in meinem Schlafzimmer einnehme. Es besteht aus einem Glas Milch, Käse, einem Stück Toast, einem Glas Gemüsesaft, Obst, einer Tasse schwarzem Tee – und einer Tablette Arinamin. Dann lese ich in meinem Arbeitszimmer die Zeitung und mache Eintragungen in mein Tagebuch. Bleibt mir noch Zeit, dann greife ich zu einem Buch. Aber meist sitze ich ziemlich lange über dem Tagebuch, gelegentlich schreibe ich sogar nachmittags und nachts. Um zehn Uhr kommt Sasaki in mein Arbeitszimmer und misst den Blutdruck. Alle drei Tage gibt sie mir eine 50-mg-Vitamin-Spritze. Um zwölf Uhr esse ich im Speisezimmer zu Mittag, meist nur eine Schale *udon*-Nudeln[78] und etwas Obst. Nachmittags von ein bis zwei Uhr lege ich mich in meinem Schlafzimmer zur Ruhe. Dreimal in der Woche, Montag, Mittwoch und Freitag, akupunktiert mich Suzuki von zwei bis vier Uhr. Um fünf Uhr habe ich dreißig Minuten lang «Halsstrecken». Von sechs Uhr an gehe ich im Garten spazieren. Beim Morgen- und Abendspaziergang begleitet mich Sasaki, manchmal auch Satsuko. Um halb sieben Uhr gibt es Abendessen. Ich nehme meist eine Schale Reis zu mir; da die Beilagen möglichst abwechslungsreich sein sollen, gibt es jeden Tag etwas anderes dazu. In unserem Haus kommen sehr viele verschiedene Speisen auf den Tisch, da Alt und Jung nicht gern das Gleiche essen. Oft wird auch zu unterschiedlichen Zeiten gegessen. Nach dem Abendessen höre ich in meinem Arbeitszimmer Radio. Wegen meiner schwachen Augen lese ich abends nie und sitze auch höchst selten einmal vor dem Fernsehschirm.

Was Satsuko vorgestern, am Sonntagnachmittag, gesagt hat, will mir nicht mehr aus dem Kopf. Als ich um zwei Uhr nachmittags ganz benommen aus meinem Mittagsschlaf erwachte und meine Augen noch geschlossen waren, hatte Satsuko plötzlich den Kopf zu mir hereingesteckt und bemerkt: «Ich habe noch nie die Tür abgeschlossen, wenn ich dusche. Sie ist immer offen.»

Mochten diese Worte nun absichtlich oder zufällig von ihren Lippen gekommen sein, sie wühlten mich auf. An jenem Tag war die Gartenparty gewesen; gestern, als ich krank zu Bett lag, um mich etwas zu erholen, musste ich immerfort darüber nachdenken. Heute Nachmittag bin ich um zwei Uhr aufgewacht, dann in mein Arbeitszimmer gegangen und gegen drei Uhr wieder ins Schlafzimmer zurückgekehrt. Ich wusste, dass Satsuko, wenn sie zu Hause ist, meist um diese Zeit duscht. Ich drückte heimlich ein wenig gegen die Badezimmertür. Tatsächlich, sie war nicht verschlossen. Man hörte die Dusche rauschen.

«Was willst du?», rief Satsuko. Ich hatte die Tür nur ganz leise berührt, aber sie hatte es offenbar sofort bemerkt. Ich war verwirrt. Einen Augenblick später hatte ich mich jedoch wieder gefasst.

«Du sagtest neulich, die Tür sei nie abgeschlossen, da wollte ich einmal sehen, ob es stimmt.»

Während ich sprach, steckte ich nur meinen Kopf ins Bad. Sie stand unter der Dusche, ihr Körper war von einem grün gestreiften Badevorhang verdeckt.

«Weißt du nun, dass ich nicht gelogen habe?»

«Ja.»

«Was stehst du denn da herum? Komm doch herein!»

«Darf ich?»

«Möchtest du das nicht?»

«Ich habe dir eigentlich nichts Besonderes mitzuteilen ...»

«Nun, nun! Wenn du dich erregst, rutschst du noch aus. Beruhige dich! Sei ganz ruhig!»

Der Lattenrost war weggenommen, und das Wasser der Dusche rann über die Fliesen. Ich trat vorsichtig ein und machte die Tür hinter mir zu. Durch einen Spalt im Badevorhang sah ich ihre Schultern, ihre Knie und die Spitzen ihrer Füße aufleuchten.

«Wenn du willst, kannst du mir behilflich sein!»

Das Rauschen der Dusche verstummte nun. Satsuko wandte sich um und beugte mir durch den Spalt des Badevorhangs ihren Rücken entgegen.

«Nimm das Handtuch, das dort liegt, und reib mir den Rücken ab. Von meinem Kopf rinnt Wasser herunter.» Während sie die Badekappe abnahm, trafen mich ein paar Spritzer.

«Reibe nicht so ängstlich, kräftiger! Ach, deine Linke taugt ja nichts! Du musst ganz kräftig mit der Rechten reiben!»

Auf einmal umklammerte ich entschlossen ihre Schultern. Dann drückte ich auf die üppigste Stelle ihrer rechten Schulter meine Lippen und fuhr schnell mit meiner Zunge darüber hin – im gleichen Augenblick schlug sie, genau wie ich es erwartet hatte, mit der flachen Hand auf meine linke Wange.

«Das ist wirklich unverschämt! Ein alter Mann wie du!»

«Ich dachte, du würdest mir wenigstens das erlauben ...»

«Nichts erlaube ich! Ich werde es Jōkichi sagen!»

«Bitte, verzeih! Verzeih mir!»

«Geh sofort hinaus!»

Doch dann rief sie schnell: «Nur nichts überstürzen! Nur nichts überstürzen! Gib acht, dass du nicht ausrutschst!»

Als ich an der Tür war, fühlte ich die Spitzen ihrer weichen Finger ganz leicht in meinem Rücken. Ich setzte mich auf mein Bett und ruhte mich aus. Bald darauf kam sie herein. Sie stand in einem langen, gemusterten Gewand vor mir. Ihre päonienroten, bestickten Schuhe leuchteten vor meinen Augen.

«Entschuldige, *ojiisan*, dass ich das getan habe!»

«Ach, lass nur ...»

«Hat es dir wehgetan?»

«Nein, nein. Aber ich bin ein wenig erschrocken.»

«Ich habe es mir nun einmal angewöhnt, Männern gleich eine Ohrfeige zu geben, da ist mir einfach die Hand ausgerutscht ...»

«Das habe ich mir schon gedacht. Du hast diese Hand sicher vielen Männern zu spüren gegeben ...»

«Und trotzdem hätte ich es bei dir nicht tun dürfen, *ojiisan*! Verzeih!»

28. Juli

Gestern wurde ich akupunktiert und hatte daher keine Zeit. Aber heute Nachmittag um drei Uhr legte ich wieder mein Ohr an die Badezimmertür. Sie war nicht verschlossen. Ich hörte die Dusche rauschen. Plötzlich rief Satsuko von innen: «Komm herein! Ich habe schon auf dich gewartet. Verzeih mir, bitte, wegen vorgestern!»

«Ich musste heute unbedingt wieder kommen!»

«Je älter man wird, desto frecher wird man wohl ...»

«Nachdem du mich vorgestern geohrfeigt hast, habe ich eigentlich Anspruch auf eine kleine Entschädigung!»

«Absolut nicht. Schwöre mir lieber, dass du das nie wieder tun wirst.»

«Bitte, lass mich heute deinen Hals küssen!»

«Da bin ich viel zu empfindlich.»

«Wo würdest du es mir dann erlauben?»

«Nirgends. Ich hätte den ganzen Tag das Gefühl, als sei mir eine Nacktschnecke über die Haut gekrochen, und davor ekelt mir.»

«Wenn es sich um Haruhisa handelte, würdest du sicher anders denken», sagte ich aufgebracht, nachdem ich ihre Bemerkung geschluckt hatte.

«Ich werde dich wieder schlagen müssen! Ich habe dir ja neulich bewiesen, dass ich mich darauf verstehe!»

«Tu dir keinen Zwang an.»

«Meine Hand sitzt locker. Wenn ich richtig zuschlage, fliegen dir die Augen aus dem Kopf!»

«Genau das wünsche ich mir.»

«Du bist ein perverser, alter Mann! Mit dir hat man es wirklich schwer. Du bist grässlich!»

«Ich frage dich noch einmal: Wohin darf ich dich denn küssen, wenn nicht auf den Hals?»

«Unterhalb des Knies – aber nur einmal! Ja? Aber du darfst mich auf keinen Fall mit der Zunge berühren. Nur mit den Lippen, verstanden?»

Oberhalb der Knie war nichts von ihr zu sehen. Durch den Spalt des Badevorhangs aber schimmerten ihre Unterschenkel und Fußspitzen.

«Genau wie bei einer ärztlichen Untersuchung …»

«Sei nicht so dumm!»

«Küssen, ohne die Zunge zu gebrauchen, ist nun wirklich ein Unding!»

«Es soll auch gar kein Kuss sein. Ich erlaube dir nur, mich mit deinen Lippen zu berühren. Das sollte dir genügen, *ojiisan.*»

«Könntest du wenigstens solange die Dusche abstellen?»

«Nein, nein! Ich muss gleich Wasser über die Stellen laufen lassen, wo du mich berührt hast!»

Als ich sie küsste, hatte ich das Gefühl, nur Wasser zu schlucken.

«Ah, da fällt mir gerade Haruhisa ein. Ich möchte dich um etwas bitten!», sagte sie, als ich mich wieder aufgerichtet hatte.

«Um was?»

«Haruhisa klagte neulich, die Hitze setze ihm furchtbar zu. Er würde sich gern dann und wann unter unsere Dusche stellen; deshalb hat er mich gebeten, dich um Erlaubnis zu fragen.»

«Gibt es denn im Funkhaus kein Bad?»

«Doch, aber dort sind die Bäder für Künstler und Angestellte getrennt, und das für die Angestellten ist unvorstellbar schmutzig, sodass Haruhisa sich nicht überwinden kann, es zu benutzen. Jetzt geht er immer in das ‹Tōkyō-Bad› auf der Ginza. Wenn er hier duschen könnte, wäre ihm wirklich sehr geholfen, weil das Funkhaus ja ziemlich nahe ist! Ich habe ihm versprochen, dich darum zu bitten.»

«Tu doch, was du willst! Du brauchst mich nicht jedes Mal zu fragen.»

«Ich habe es ihm schon einmal stillschweigend erlaubt, aber es war ihm dann doch nicht recht, hier heimlich zu duschen.»

«Ich jedenfalls bin einverstanden. Aber du solltest auch *obaasan* fragen.»

«Mach du das doch. Ich habe ein wenig Angst vor ihr.»

Aber in Wirklichkeit hatte sie vor mir mehr Scheu als vor meiner Frau. Und daher hatte sie zuerst meine Zustimmung eingeholt.

29. *Juli*

Um halb drei Uhr begann das Akupunktieren. Ich legte mich aufs Bett, der blinde Suzuki setzte sich auf einen Stuhl und traf die Vorbereitungen. Er nahm eine Schachtel mit der Nadel aus seiner Tasche, desinfizierte sie mit Alkohol und bereitete alles vor, während sein

Gehilfe regungslos hinter ihm stand. Das Kältegefühl in meiner linken Hand und die Lähmungserscheinungen an den Fingerspitzen haben bisher noch nicht nachgelassen.

Zwanzig, dreißig Minuten später trat plötzlich Haruhisa vom Korridor her bei mir ein.

«Bitte, verzeihen Sie, dass ich Sie störe. Ich weiß, es ist unhöflich, Sie während der Behandlung zu stören, aber ich möchte Ihnen herzlich für Ihre Erlaubnis danken. Ich bin gleich heute gekommen, um von Ihrem Angebot Gebrauch zu machen. Ich bin Ihnen wirklich sehr dankbar.»

«Oh, ich bitte Sie! Sie brauchen sich nicht jedes Mal zu bedanken. Kommen Sie, sooft Sie wollen!»

«Vielen Dank! Ich werde, wenn Sie erlauben, gern öfter herkommen. Wenn auch nicht jeden Tag! – Sie sehen übrigens gesund und frisch aus!»

«Ach, ich merke jetzt von Tag zu Tag, dass ich alt und älter werde! Satsuko schilt mich oft!»

«Aber ich bitte Sie! Sie wirken doch noch so jung! Satsuko bewundert sie deswegen!»

«Nein, nein! Nicht im Geringsten. Ich lasse mich jetzt regelmäßig akupunktieren und halte mich dadurch gerade noch am Leben ...»

«Wie können Sie so etwas sagen! Sie werden noch sehr, sehr lange leben! – Verzeihen Sie, dass ich gestört habe. Ich möchte noch Ihre Frau begrüßen und dann wieder gehen.»

«Immer in Eile, sogar bei dieser Hitze! Erfrischen Sie sich erst einmal in aller Ruhe.»

«Vielen Dank. Ich kann leider nicht lange bleiben.»

Kurz nachdem Haruhisa hinausgegangen war, erschien Oshizu mit einem Tablett Erfrischungen für zwei Personen. Suzuki und ich gönnten uns eine kleine Pause, aßen Pudding und tranken kalten schwarzen Tee. Hierauf setzte Suzuki seine Behandlung bis halb fünf Uhr fort.

Während ich mich von Suzuki akupunktieren ließ, gingen mir die verschiedensten Gedanken durch den Kopf. Hatte Satsuko, als sie mich gebeten hatte, Haruhisa hier duschen zu lassen, wirklich weiter nichts im Sinn, oder verfolgte sie damit insgeheim andere Ziele? Hatte mich Haruhisa heute vielleicht absichtlich während der Behandlung aufgesucht? Etwa, damit er nachher nicht gestört würde? Ich dachte angestrengt über Satsukos Worte nach, dass er abends und nachts immer so beschäftigt sei und nur tagsüber Zeit zum Duschen habe. Kam er nur deshalb am Nachmittag hierher, weil Satsuko um die gleiche Zeit zu duschen pflegte? Er kam also immer, wenn ich im Arbeitszimmer war oder im Schlafzimmer akupunktiert wurde. Wenn er duschte, war die Badezimmertür sicher nicht offen, sie schlössen sie bestimmt ab. Ob Satsuko nicht schon ihre neue Gewohnheit bereute, die Türe unverschlossen zu lassen?

Und noch etwas anderes beunruhigte mich.

In drei Tagen, am 1. August, fahren meine Frau, Keisuke, Kugako mit ihren drei Kindern und das Dienstmädchen Osetsu, also insgesamt sieben Personen, nach Karuizawa. Jōkichi muss am 2. nach Kansai, am 6. kommt er nach Tōkyō zurück, und am 7., einem Sonntag, will auch er nach Karuizawa – dann ergeben sich für Satsuko viele günstige Gelegenheiten! «Ich hatte eigentlich vor», sagte sie heute, «im kommenden Monat öfter ein paar Tage nach Karuizawa zu fahren; aber obgleich Sasaki-*san* und Oshizu in Tōkyō bleiben, beunruhigt es mich dann doch, *ojiisan* allein zu lassen. Außerdem ist das Schwimmbad in Karuizawa viel zu kalt! Ich könnte natürlich immer wieder ein paar Tage nach Tōkyō zurückkommen, aber ich habe keine Lust, den ganzen Sommer hier zu verbringen. Ich möchte gern an die See!»

Als ich das hörte, entschloss ich mich, es irgendwie einzurichten, dass ich in Tōkyō blieb.

«Ich fahre voraus», sagte meine Frau, «wann willst du nachkommen?»

«Ja, ich weiß nicht recht. Suzuki-*san* hat nun gerade mit dem Akupunktieren begonnen. Ich möchte es eigentlich nicht schon wieder unterbrechen.»

«Aber du behauptest doch immer, es nütze nichts! Du solltest die Behandlung wenigstens in der heißen Zeit unterbrechen.»

«Lieber nicht, seit einigen Tagen glaube ich, eine Wirkung zu verspüren. Da die Behandlung noch keinen Monat dauert, fände ich es falsch, schon wieder Schluss zu machen!»

«Dann willst du also in diesem Jahr überhaupt nicht nach Karuizawa kommen?»

«Das wollte ich damit nicht sagen. Irgendwann fahre ich schon hin.»

So kämpfte ich mich durch das strenge Verhör meiner Frau.

5. August

Um zwei Uhr erschien Suzuki und begann sofort mit der Akupunktur. Kurz nach drei Uhr legten wir die übliche Pause ein. Oshizu brachte wieder Erfrischungen, diesmal Mokka-Eis mit kaltem schwarzem Tee. Als Oshizu eben das Zimmer verlassen wollte, fragte ich sie möglichst unbefangen: «Ist Haruhisa-*san* heute nicht gekommen?»

«Doch, aber ich glaube, er ist schon wieder fort», antwortete sie ausweichend.

Der blinde Suzuki brauchte ziemlich viel Zeit zum Essen. Sein Gehilfe führte ihm bedächtig den Löffel mit Eis zum Mund und gab ihm dazwischen Tee zu trinken.

«Entschuldigen Sie mich bitte für einen Augenblick.»

Mit diesen Worten erhob ich mich vom Bett, ging zur Badezimmertür und versuchte, den Handgriff zu drehen. Die Tür war verschlossen. Nun wollte ich es genau wissen. Ich tat, als wolle ich mir die Hände waschen, trat auf den Korridor hinaus, um von dort die Tür zum Bad zu öffnen. Sie stand offen. Im Bad selbst war niemand. Aber Haruhisas Sporthemd, Hose und Strümpfe lagen im Strohkörbchen. Vorsichtig öffnete ich die Glastür zum eigentlichen Baderaum. Ich war überzeugt, dass keiner darin war. Und wirklich konnte ich hinter dem Badevorhang niemanden entdecken. Die Fliesen und die gekachelten Wände waren nass vom Duschen. Diese Oshizu! Sie hatte mich also angelogen! Aber wo waren die beiden? Ich ging zur Hausbar im Esszimmer, um Satsuko zu suchen, traf dort aber unerwartet auf Oshizu, die gerade ein Tablett mit zwei Coca-Cola-Flaschen und zwei Gläsern in den ersten Stock hinauftragen wollte.

Oshizu erblasste und blieb am Fuß der Treppe stehen. Ihre Hand, die das Tablett hielt, zitterte. Ich war auch etwas verlegen. Es war recht ungewöhnlich, dass ich zu dieser Zeit auf der Außenveranda herumstreifte.

«Haruhisa-*san* ist also doch noch da?», sagte ich in bemüht heiterem und leichtem Ton.

«Ich hatte vorhin wirklich gedacht, er sei schon gegangen!»

«Ah, so?»

«Er erfrischt sich gerade etwas im ersten Stock.»

Es waren zwei Flaschen Coca-Cola und zwei Gläser. Sie «erfrischten» sich also beide da oben. Haruhisa hatte seine Sachen in das Strohkörbchen gelegt und sich wohl nach dem Duschen von Satsuko einen *yukata*-Kimono[79] geben lassen. Ob er allein geduscht hatte? Im ersten Stock war ein Gästezimmer. Ob die beiden wohl dort waren? Es war verständlich, dass Haruhisa sich einen *yukata* hatte geben lassen, aber es gab doch auch im Erdgeschoss ein Besuchszimmer, ein Empfangszimmer und ein Wohnzimmer, und diese Räume standen alle zur Verfügung, da meine Frau verreist war. Sie hätten nicht in den ersten Stock gehen müssen. Genauer gesagt: Die beiden hatten damit gerechnet, dass ich mein Schlafzimmer während der Akupunktur zwischen zwei und vier Uhr nicht verlassen würde.

Nachdem ich Oshizu nachgeblickt hatte, wie sie die Treppe hinaufstieg, kehrte ich in mein Schlafzimmer zurück.

«Entschuldigen Sie bitte!», wandte ich mich an Suzuki und legte mich wieder auf mein Bett. Ich war nur ein paar Minuten weg gewesen. Der Blinde war gerade erst mit seinem Eis fertig geworden.

Ich wurde weiter akupunktiert und musste meinen Körper vierzig, fünfzig Minuten lang Suzuki überlassen. Um halb fünf Uhr, überlegte ich, würde ich mich in mein Arbeitszimmer zurückziehen. Bis dahin konnten die beiden leise vom ersten Stock herabsteigen und verschwinden. Aber sie hatten sich trotzdem verrechnet! Ich war höchst unerwartet auf der Veranda erschienen und peinlicherweise mit Oshizu zusammengetroffen. Wäre ich Oshizu nicht begegnet, hätten die beiden gar nicht erfahren, dass ich alles wusste. So konnte ich es wohl Glück nennen, dass ich Oshizu getroffen hatte. Vielleicht hatte Satsuko sogar geahnt, dass ich Verdacht schöpfen könnte, und mit einkalkuliert, dass ich während der Behandlung auf die Veranda hinausgehen und die Lage erkunden würde. Vielleicht wollte sie mir absichtlich eine Gelegenheit zuspielen und hatte Oshizu nur deshalb beauftragt, Cola zu bringen, weil mir das Mädchen begegnen sollte. Vielleicht hielt sie es für günstiger, mich zum Mitwisser zu machen.

Im Geiste hörte ich Satsukos Stimme: «Schon gut, schon gut! Reg dich doch nicht so auf. Du kannst unbesorgt wegfahren!»

Von halb fünf bis fünf Uhr ruhte ich. Von fünf bis halb sechs Halsstrecken. Von halb sechs bis sechs Uhr pausierte ich erneut. Inzwischen, vermutlich schon vor dem Ende meiner Behandlung, hatte Haruhisa das Haus sicher verlassen. Ob Satsuko auch weggegangen war? Vielleicht saß sie beschämt im ersten Stock? Sie zeigte sich jedenfalls nicht. Ich habe sie heute nur beim Mittagessen gesehen (seit zwei Tagen essen wir zusammen). Um sechs erschien Sasaki und forderte mich auf, im Garten ein wenig auf und ab zu gehen, und da tauchte, als ich eben von der Veranda in den Garten trat, plötzlich von irgendwoher Satsuko auf.

«Wann ist Haruhisa eigentlich gegangen?», fragte ich sie sofort, als wir beim Gartenhaus angelangt waren.

«Bald danach.»

«Was heißt: danach?»

«Nachdem wir Cola getrunken hatten. Du hattest ja gemerkt, dass wir im ersten Stock waren, und Haruhisa fand es komisch, gleich wegzurennen.»

«Ich hätte gar nicht gedacht, dass er so ängstlich ist.»

«Er bat mich dringend, dir alles zu erklären, damit du nichts Falsches denkst!»

«Ach, was soll denn das viele Reden!»

«Wenn du es unbedingt falsch verstehen willst, kann ich dich nicht daran hindern. Wir sind nur deswegen in den ersten Stock gegangen und haben dort Cola getrunken, weil dort ein angenehmer Luftzug weht. Die Leute aus der alten Zeit sind immer gleich so misstrauisch. Jōkichi würde es schon verstehen!»

«Na gut. Es ist ja auch gleichgültig, was geschehen ist.»

«Es ist durchaus nicht gleichgültig!»

«Hör einmal: Ich glaube fast, du verstehst nicht, was ich meine.»

«Inwiefern?»

«Angenommen – ich sage, angenommen, verstehst

du? –, es war irgendetwas zwischen dir und Haruhisa – ich würde es niemandem erzählen …»

Satsuko blickte mir misstrauisch in die Augen und schwieg.

«Ich werde es weder *obaasan* noch Jōkichi sagen, sondern ich werde es tief in meinem Herzen verschließen!»

«Willst du mir damit nahelegen, ich solle ruhig so etwas tun?»

«Kann sein …»

«Du bist verrückt!»

«Auch das mag sein … Hast du das jetzt erst gemerkt? Bei deiner Klugheit!»

«Aber aus welchem Grund sagst du so etwas?»

«Da ich selbst nichts mehr erleben kann, will ich wenigstens andere zu Abenteuern verleiten und aus der Entfernung mitgenießen. Ja, es ist ein Jammer, wenn man erst einmal so weit heruntergekommen ist!»

«Weil du für dich selber nichts mehr erhoffen kannst, geht nun wohl alles in dir drunter und drüber …»

«Ein bisschen Eifersucht ist auch dabei. Du kannst ruhig ein wenig Mitleid mit mir haben.»

«Du argumentierst sehr geschickt. Gut, ich werde also Mitleid mit dir haben, aber ich will mich nicht opfern, damit du dein Vergnügen hast.»

«Von Opfer kann doch wohl kaum die Rede sein. Während du mir eine kleine Freude bereitest, beglückst du doch vor allem dich selber! Wirklich! Ein Mann in meiner Lage ist zu bemitleiden.»

«Nimm dich in Acht, dass ich dir nicht wieder eine Ohrfeige gebe!»

«Stell dich doch nicht so an. Es muss nicht unbedingt Haruhisa sein. Meinetwegen auch Amari oder irgendein anderer.»

«Sobald wir in diesem Gartenhäuschen sitzen, fängst du immer mit solchen Geschichten an. Wir wollen lieber spazieren gehen. Das bekommt nicht nur deinen Beinen besser, sondern vor allem auch deinem Kopf! Sieh mal, Sasaki-*san* beobachtet uns von der Veranda aus ...»

Der Weg war so breit, dass wir nebeneinandergehen konnten. Der Süßklee wucherte auf beiden Seiten so dicht, dass er uns behinderte.

«Das Zeug ist lästig. Halte dich nur an mir fest!»

«Ich wäre glücklich, wenn ich mich bei dir einhängen könnte ...»

«Das geht doch nicht! Du bist ja kleiner als ich!»

Plötzlich kam sie an meine rechte Seite.

«Gib mir deinen Stock. Und halte dich mit der Rechten hier fest!» Mit diesen Worten streckte sie mir ihre linke Schulter hin. Sie nahm den Stock und bog damit den Süßklee vom Weg zurück.

6. August

Fortsetzung von gestern.

«Wie steht eigentlich Jōkichi zu dir?»

«Das würde ich gern dich fragen. Was glaubst du?»

«Ich weiß es nicht. Ich denke kaum über Jōkichi nach.»

«Mir geht es ähnlich. Wenn ich ihn nach seiner Meinung über mich frage, sagt er mir nicht die Wahrheit. Aber ich glaube, er liebt mich nicht. Hast du nicht auch diesen Eindruck?»

«Wie würde er reagieren, wenn du einen Geliebten hättest?»

«Er würde wohl sagen: ‹Da kann man nichts machen! Lass dich bitte nicht stören!› Einmal sprachen wir im Scherz darüber, aber er schien es ernst zu meinen.»

«Ich glaube, jeder Mann würde so antworten, wenn seine Frau ihn danach fragte. Keiner will gern Verlierer sein.»

«Ich weiß, dass er heimlich eine Geliebte hat; auch sie war früher in einem Kabarett tätig wie ich. Als ich Jōkichi einmal sagte, ich sei durchaus mit einer Scheidung einverstanden, wenn er mir erlaube, Keisuke öfter zu sehen, erwiderte er: ‹Ich habe nicht die Absicht, mich von dir zu trennen. Wenn du von hier fortgingest, wäre Keisuke zu bedauern, aber mein Vater noch mehr! Er würde sicher weinen!›»

«Er spottet über seinen Vater!»

«Jedenfalls weiß er über dich Bescheid, *ojiisan*! Ich habe ihm nichts erzählt.»

«Er ist eben der Sohn seines Vaters.»

«Er erweist seine Kindesliebe aber auf höchst ungewöhnliche Weise!»

«Er hängt an dir! Sein Vater ist ihm nur Mittel zum Zweck.»

Ich weiß von Jōkichi, meinem ältesten Sohn und Erben der Utsugi-Familie, fast nichts. Es gibt bestimmt kaum Väter, die ihren Sohn so wenig kennen. Natürlich weiß ich, dass er in der Wirtschaftswissenschaftlichen Fakultät der Universität Tōkyō sein Examen gemacht hat und danach in die Pacific Plastic Co. eingetreten ist. Doch ich habe nicht die leiseste Ahnung, was er dort macht. Ich habe gehört, dass seine Firma von der Mitsui-Kagaku-Gesellschaft Harz-Rohstoffe kauft und daraus Filme, Polyäthylen-Membranen und Kunststoffartikel wie Eimer, Mayonnaisetuben und so weiter herstellt. Die Fabrik ist in Kawasaki[80], aber die Zentrale in Tōkyō, Nihonbashi, wo Jōkichi in der Verwaltung arbeitet. Er wird, glaube ich, bald Abteilungsleiter werden, doch ich weiß nicht, was für ein Gehalt er bezieht und wie hoch sein jährlicher Bonus ist. Er wird einmal das Haupt der Familie sein, aber im Augenblick bin ich noch Familienvorstand. Bis zu einem gewissen Grad trägt Jōkichi bereits die Verantwortung für die Familie, entscheidend aber sind nach wie vor die Einkünfte aus meinen Immobilien und Dividenden. Den Haushalt hat bis vor wenigen Jahren meine Frau geführt, doch seit einiger Zeit hat sie ihn Satsuko übergeben. Nach Meinung meiner Frau ist sie höchst gewissenhaft; sie prüft die Rechnungen der Lieferanten sorgfältig nach. Manchmal geht sie sogar in die Küche und sieht nach, was im Kühlschrank ist. Die Dienstmädchen fürchten «die junge Frau des Hauses» sehr. Satsuko liebt alles Neue, und so hat sie in der Küche auch einen Abfallzerkleinerer aufstellen lassen. Als sie einmal entdeckte, dass Osetsu Kartoffeln weggeworfen hatte, die nach ihrer Auffassung noch zu verwenden waren, soll Satsuko sehr heftig geworden sein.

«Wenn sie schon schlecht geworden sind, hätte man sie doch noch den Hunden geben können. Vor lauter Begeisterung für das neue Gerät wirfst du blindlings alles hinein! Ich hätte den Müllvertilger gar nicht kaufen sollen!», schimpfte sie und bereute den Kauf.

Meine Frau wirft ihr vor, sie schikaniere die Dienstboten, um die Ausgaben für den Haushalt möglichst gering zu halten. Was sie einspare, fließe ausnahmslos in ihre eigene Tasche. Andere sollen sich einschränken, aber niemand wisse genau, welchen Luxus sie sich selber leiste. Manchmal lässt sie Oshizu mit dem *soroban*[81] hantieren, aber meist rechnet sie alles selber nach. Die Steuererklärungen für das Finanzamt habe ich dem Steuerberater übertragen, aber die Verhandlungen mit ihm führt ebenfalls Satsuko. Ihre Aufgaben als «junge Frau des Hauses» sind ziemlich umfangreich, aber so viel sie auch an sich zieht, es geht ihr schnell von der Hand, und sie hält alles überraschend gut in Ordnung. Zweifellos ist Jōkichi sehr davon angetan. Sie hat bei uns, im Utsugi-Haus, festen Fuß gefasst und ist Jōkichi unentbehrlich geworden.

Als meine Frau seinerzeit der Heirat widersprach, entgegnete Jōkichi: «Sie soll zwar Tänzerin gewesen sein, aber in der Führung eines Haushalts ist sie sicher sehr geschickt. Das habe ich schon erkannt.»

Es war bestimmt nur eine Vermutung, so viel Voraussicht hat er nicht haben können. Doch nachdem er sie geheiratet hatte, entfaltete sie diese Gaben höchst unerwartet tatsächlich. Auch sie selber hatte wohl bis dahin kaum etwas von ihren Fähigkeiten geahnt.

Offen gesagt: Ich habe die Heirat zwar erlaubt, aber

ich war insgeheim davon überzeugt, dass diese Ehe nicht lange dauern würde. Ich glaubte, dass Jōkichi die Anlage, sich schnell zu verlieben und ebenso schnell wieder gleichgültig zu werden, von seinem Vater geerbt habe und er nicht anders sei als ich selber in meiner Jugend.

Davon bin ich jetzt freilich nicht mehr ganz überzeugt. Als er Satsuko heiratete, war er leidenschaftlich in sie verliebt; doch heute ist er es zweifellos nicht mehr. In meinen Augen ist Satsuko allerdings jetzt hübscher als damals. Obgleich sie schon zehn Jahre in unserem Haus ist, wird sie von Jahr zu Jahr reizvoller. Besonders seit sie Keisuke geboren hat. Von einer Nachtklubtänzerin haftet ihr nichts mehr an. Nur wenn wir beide allein sind, verrät sie etwas von ihrem früheren Wesen. Sicher hat sie das anfangs auch bei Jōkichi getan. Das hat sich nun aber geändert. Vielleicht sieht Jōkichi vor allem ihre hausfraulichen Talente und fände es unbequem, ohne sie leben zu müssen. Sie kann so sanft sein wie eine Katze, und dann ist sie eine treffliche Ehefrau. Ihre Art zu reden, ihre Bewegungen sind ungemein lebendig, sie ist klug, fraulich, weich, charmant und überdies zu allen liebenswürdig. Dieser Eigenschaften wegen, die deutlich ausgeprägt sind, ist mein Sohn wohl heimlich stolz auf sie und denkt nicht im Traum daran, sich von ihr zu trennen. Selbst wenn ihm aufgrund irgendeines verdächtigen Verhaltens Zweifel an ihrer ehelichen Treue kommen sollten, würde er, wenn sie es nur einigermaßen geschickt anstellte, so tun, als ahne er nichts von alldem.

7. August

Gestern Abend ist Jōkichi aus Kansai zurückgekommen. Heute Morgen fuhr er nach Karuizawa weiter.

8. August

Von ein bis zwei Uhr hielt ich meinen Mittagsschlaf. Ich wartete gerade auf Suzuki, als es an die Tür des Badezimmers klopfte und Satsuko rief: «Verzeih! Ich schließe hier ab.»

«Kommt ‹er› denn?»

«Ja.»

Dabei streckte sie flüchtig den Kopf herein, schloss dann aber die Tür mit ziemlichem Nachdruck. Sie war kaum wiederzuerkennen, ihr Gesichtsausdruck war seltsam kalt und unliebenswürdig. Sie hatte offenbar gerade geduscht, von ihrer Plastikhaube tropfte noch das Wasser.

9. August

Obgleich ich heute gar nicht akupunktiert wurde, blieb ich nach dem Mittagsschlaf unruhig im Bett.

«Ich schließe jetzt ab!», hörte ich sie auch heute wieder rufen, nachdem sie kurz angeklopft hatte. Es war eine halbe Stunde später als gestern, und sie ließ sich überhaupt nicht sehen.

Etwas nach drei Uhr versuchte ich den Türgriff zu bewegen. Die Tür war noch verschlossen.

Nachmittags um fünf Uhr beim «Halsstrecken» hörte ich Haruhisa eintreten; er sagte: «*Ojiisan*, ich danke Ihnen sehr für Ihre Freundlichkeit, es ist wirklich eine Wohltat für mich!»

Ich konnte sein Gesicht nicht sehen. Nur zu gerne hätte ich gewusst, mit welcher Miene er das über die Lippen brachte!

Als wir um sechs Uhr im Garten spazieren gingen, fragte ich Sasaki: «Ist Satsuko nicht da?»

«Das weiß ich nicht genau. Der Hillman ist jedenfalls vorhin weggefahren!»

Sie erkundigte sich bei Oshizu und kam mit dem Bescheid zurück: «Ja, die junge Frau ist fort.»

10. August

Von ein bis zwei Uhr Mittagsschlaf. Dann alles wieder genauso wie am 8. August.

11. August

Auch heute keine Akupunktur, aber sonst verlief alles völlig anders. Satsuko rief nicht: «Ich schließe jetzt ab!», sondern: «Hier ist auf!»

Und sie zeigte mir unerwartet ein heiteres Gesicht. Dann hörte ich die Dusche rauschen.

«Ist ‹er› heute nicht da?»

«Nein. Komm nur herein.»

Ich betrat das Bad, und sie verschwand schnell hinter dem Vorhang.

«Heute darfst du mich küssen!»

Das Rauschen der Dusche hörte auf, und sie streckte mir zwischen den Vorhängen ein Bein entgegen.

«Das sieht ja wieder aus wie bei einer ärztlichen Untersuchung!»

«Ja, ja, lass das doch. Oberhalb des Knies darfst du mich nicht küssen! Dafür stelle ich aber heute die Dusche ab.»

«Wofür willst du mich denn so belohnen? Ich fürchte, das ist viel zu wenig!»

«Wenn du keine Lust hast, lass es sein. Ich will dich zu nichts zwingen.» Doch dann fügte sie hinzu: «Heute erlaube ich dir mehr als nur die Lippen. Du darfst auch deine Zunge dabei gebrauchen.»

Sie stand genauso vor mir wie am 28. Juli. Ich drückte meine Lippen auf die gleiche Stelle ihres Unterschenkels und genoss mit der Zunge hingegeben die ganze Köstlichkeit ihrer Haut. Es war wie ein Kuss auf den Mund. Langsam glitt ich mit der Zunge hinunter bis zur Ferse. Zu meiner Überraschung gab sie kein Wort von sich. Sie ließ mich widerspruchslos gewähren. Meine Zunge erreichte den Rist ihres Fußes und dann die Zehenspitzen. Ich kniete mich hin und nahm einen ihrer Füße in die Hand. Die große Zehe und die zweite und dritte steckte ich in meinen Mund. Die Sohle ihres nassen Fußes sah zauberhaft aus – lebendig wie ein Gesicht.

«Nun genügt es doch wohl.»

Sie stellte plötzlich die Dusche wieder an. Das Wasser strömte über meinen Kopf, mein Gesicht und ihre Fußsohle …

Um fünf Uhr kam Sasaki, um mir mitzuteilen, dass es Zeit zum «Halsstrecken» sei.

«Oh», rief sie erschrocken. «Ihre Augen sind ja ganz rot!»

In den letzten Jahren traten im Weiß meiner Augen die Blutäderchen stärker hervor, allerdings waren die Augäpfel auch normalerweise etwas gerötet. Betrachtete man die Umgebung der Pupille genauer, konnte man unter der Netzhaut viele feine, rote, merkwürdig verästelte Äderchen erkennen. Ich habe mich einmal untersuchen lassen, ob es nicht etwa die Folge eines Blutergusses sei. Aber davon könne keine Rede sein, hieß es, in meinem Alter sei dergleichen durchaus nicht ungewöhnlich. Aber wenn das Weiße in meinen Augen so rot ist, geht auch mein Puls schnell, und der Blutdruck ist hoch.

Sasaki maß sofort meinen Puls.

«Über neunzig! Was haben Sie denn gemacht?»

«Nichts Besonderes.»

«Dann werde ich jetzt erst einmal den Blutdruck messen!»

Ich musste mich ohne Widerrede in meinem Arbeitszimmer auf das Sofa legen. Nachdem ich mich zehn Minuten lang ausgeruht hatte, band mir Sasaki einen Gummischlauch um den rechten Oberarm. Ich konnte die Messtabelle nicht selber sehen, las aber an der Miene meiner Pflegerin ab, was sie ungefähr anzeigte.

«Fühlen Sie sich nicht sehr schlecht?»

«Nicht anders als sonst. Ist der Blutdruck denn so hoch?»

«Etwa zweihundert.»

Wenn Sasaki sich so ausdrückte, war der Wert mit Sicherheit mehr als zweihundert. Vielleicht zweihundertfünf, zweihundertsechs, zweihundertzehn oder gar zweihundertzwanzig. Da mein Blutdruck früher schon einmal zweihundertvierzig betragen hatte, war ich jetzt nicht so alarmiert wie Sasaki. Im Übrigen gab es ja auch einen besonderen Grund dafür, und ich fand mich daher schnell damit ab. Ich dachte nur, dass ich jetzt ohnehin nichts mehr ändern könne.

«Als ich heute Morgen maß, war der obere Wert einhundertfünfundvierzig und der untere dreiundachtzig, also normal! Wie kommt es nur, dass er so plötzlich angestiegen ist? Unbegreiflich! Haben Sie sich irgendwie überanstrengt?»

«Nein.»

«War wirklich nichts? Es ist sehr merkwürdig!»

Während sie das sagte, schüttelte sie verwundert den Kopf. Ich erzählte ihr natürlich nichts, aber mir selber war die Ursache nur allzu klar. Ich spürte Satsukos

Fuß noch immer an meinen Lippen und konnte, selbst wenn ich gewollt hätte, einfach nicht davon loskommen. Sicher hatte der Blutdruck seinen höchsten Stand erreicht, als ich Satsukos drei Zehen im Munde hielt. Da ich eine glühende Hitze im Gesicht spürte und mir alles Blut in den Kopf zu steigen schien, fürchtete ich, auf der Stelle an einem Gehirnschlag zu sterben. «Jetzt sterbe ich», dachte ich, «jetzt sterbe ich ...!» Solche Gedanken schossen in jenem Moment wirklich durch meinen Kopf. Ich glaubte, auf den Tod gefasst zu sein, aber als ich jetzt wirklich davon überzeugt war, in den nächsten Augenblicken sterben zu müssen, befiel mich panische Angst. Ich versuchte angestrengt, mich zu beruhigen und die Erregung in mir zu dämpfen; aber seltsamerweise hörte ich trotzdem nicht auf, Satsukos Zehen zu küssen. Es war mir unmöglich, aufzuhören. Je mehr ich mir Einhalt zu gebieten suchte, desto leidenschaftlicher küsste ich sie. Während es mich durchfuhr: «Jetzt sterbe ich, jetzt», küsste ich sie immer weiter. Angst, Erregung, Lust wogten in meiner Brust. Ein heftiger Schmerz, wie bei einem Herzanfall, presste meinen Oberkörper zusammen. Seitdem sind sicher mehr als zwei Stunden vergangen, aber mein Blutdruck ist offenbar noch immer nicht gesunken.

«Ich glaube, Sie verzichten heute besser auf das Halsstrecken und ruhen sich aus.»

Mit diesen Worten drückte mich Sasaki, fast gegen meinen Willen, auf mein Bett, und ich musste liegen bleiben.

Abends um neun Uhr kam die Pflegerin noch einmal mit dem Blutdruckmesser.

«Erlauben Sie bitte, ich möchte noch einmal messen.»

Zum Glück war der Blutdruck jetzt normal. Der obere Wert lag bei hundertfünfzig, der untere bei siebenundachtzig.

«Wie beruhigend! Vorhin war der obere Wert zweihundertdreiundzwanzig, der untere einhundertfünfzig.»

«Das kommt doch dann und wann einmal vor.»

«Aber es wäre schlimm, wenn das öfter einträte! Zum Glück war es heute nicht von langer Dauer.»

Nicht nur Sasaki war beruhigt. Offen gestanden, fühlte ich mich mehr erleichtert als sie. Das ist noch einmal gut gegangen, sagte ich mir insgeheim zufrieden. Gleichzeitig wusste ich aber, dass es mich keinesfalls daran hindern würde, solche Verrücktheiten zu wiederholen. Es war zwar kein *pink thriller*[82] nach Satsukos Geschmack, aber ich kann einfach auf Abenteuer solcher Art nicht verzichten – und sollte es mich das Leben kosten!

12. August

Kurz nach zwei Uhr kam Haruhisa. Er blieb zwei, drei Stunden. Kaum hatten wir zu Abend gegessen, verließ Satsuko das Haus. Sie sagte, sie wolle sich im Scala-Kino den Film «Pickpocket»[83] mit Martin LaSalle ansehen und anschließend im Swimmingpool des «Prince-Hotels» baden. Ich stellte sie mir lebhaft in einem rückenfreien Badeanzug vor, Schultern und Rücken vom Licht der zahlreichen Scheinwerfer überflutet …

13. August

Nachmittags um drei Uhr erlebte ich wieder den *pink thriller*. Doch dieses Mal wurden meine Augen nicht rot. Auch der Blutdruck blieb normal. Ich hatte das Gefühl, irgendetwas sei fehlgegangen. Wenn ich mich nicht so leidenschaftlich errege, dass meine Augen sich röten und der Blutdruck auf zweihundert steigt, befriedigt es mich nicht.

14. August

Jōkichi ist in der Nacht allein aus Karuizawa zurückgekehrt. Ab morgen, Montag, geht er wieder ins Büro.

16. August

Satsuko erzählte mir, sie sei nach langer Zeit endlich wieder am Strand von Hayama[84] geschwommen. In diesem Sommer habe sie nicht an die See fahren können, weil sie mich pflegen musste, und sie habe es bedauert, dass sie überhaupt nicht braun sei. Da Satsukos Haut so hell ist wie die einer Europäerin, leuchten die gebräunten Stellen wie dunkle Bronze. Vom Hals bis zur Brust ist ein großes Dreieck eingebrannt, während ihr übriger Körper, der vom Badeanzug bedeckt war, weiß geblieben ist.

17. August

Auch heute scheint Haruhisa gekommen zu sein.

18. August

Heute war wieder *pink thriller,* aber etwas anders als am 11. und 13. August. Satsuko kam heute mit hochhackigen Schuhen ins Bad.

«Warum trägst du denn Schuhe?»

«Die Nackttänzerinnen in den Music-Halls tragen immer solche Schuhe. Du bist doch so verrückt nach Füßen. Reizt dich das nicht? Man kann manchmal sogar die Fußsohlen sehen.»

So weit war alles sehr schön, aber nachher ereignete sich Folgendes: «Soll ich dir heute Necking erlauben?»

«Was ist denn Necking?»

«Du weißt nicht, was Necking ist? Du hast es doch neulich schon getan!»

«Nennt man es Necking, wenn man den Hals küsst?»

«Ja, natürlich! Es ist eine Art von Petting.»

«Und was ist Petting? Ich habe diese Wörter im Englischunterricht nie gehört.»

«Alte Leute sind doch wirklich zu mühsam! Petting ist eine zärtliche Liebkosung am ganzen Körper. Es gibt auch ein Heavy Petting. Aber du hast natürlich keine Ahnung, was das ist …»

«Also, du erlaubst mir, deinen Hals zu küssen?»

«Dafür solltest du dankbar sein!»

«Ich verneige mich tausendmal vor dir! Was für ein Geschenk! Aber ich habe Angst, was du dafür verlangen wirst.»

«Ich freue mich, dass du auf allerlei gefasst bist. Denke nur immer daran, dann bin ich mit dir zufrieden.»

«Sag erst, was du dafür haben willst!»

«Erst das Necking.»

So gab ich der Verlockung nach. Mehr als zwanzig Minuten gab ich mich nach Herzenslust dem Necking hin.

«So, nun bin ich dran! Jetzt darfst du nicht mehr Nein sagen!»

«Was verlangst du denn von mir?»

«Fall vor Schreck nicht gleich um.»

«Um was handelt es sich?»

«Um ein Katzenauge!»

«Ein Katzenauge? Einen Diamanten?»

«Ja. Und er darf nicht so klein sein. Sondern so groß, wie ihn Männer manchmal haben. Ich habe neulich einen solchen Stein in den Arkadenläden des ‹Imperial-Hotels› entdeckt. Den möchte ich unbedingt haben!»

«Wie teuer ist er?»

«Drei Millionen Yen.»

«Wie viel?»

«Drei Millionen Yen.»

«Du scherzt doch wohl?»

«Durchaus nicht.»

«Ich habe jetzt gar nicht so viel Geld!»

«Ich weiß Bescheid. Es reicht. Ich habe im Laden gesagt, ich würde den Diamanten in zwei, drei Tagen abholen – ich hätte mich schon für ihn entschieden.»

«Dass das Necking so teuer wird, hätte ich mir nicht träumen lassen.»

«Dafür erlaube ich es dir nicht nur heute, sondern immer, wenn du willst!»

«Das Necking kostet mich also einen Diamanten. Eigentlich hättest du mir dafür ruhig einen richtigen Kuss erlauben können.»

«Was? Du hast ausdrücklich gesagt, du wolltest dich ‹tausendmal vor mir verneigen› – so dankbar warst du.»

«Ich konnte ja auch nicht ahnen, wohin das noch führen würde. Und wenn *obaasan* den Stein sieht?»

«So unvorsichtig bin ich schon nicht!»

«Trotzdem ist es haarsträubend! Quäle mich alten Mann doch nicht so!»

«Und dabei machst du jetzt ein so glückstrahlendes Gesicht.»

Es kann sein, dass ich in diesem Augenblick wirklich glücklich aussah!

19. August

Heute wurde gemeldet, dass ein Taifun im Anzug sei. Wahrscheinlich schmerzt meine Hand deshalb heftiger als sonst; ich kann auch meine Beine nur mit Mühe bewegen. Ich nahm heute dreimal drei Tabletten von jenem Dulcin, das Satsuko seinerzeit für mich gekauft hatte. Die Schmerzen ließen tatsächlich ein wenig nach. Da ich es einnehmen kann, ist es mir lieber als das Nobulon, das gespritzt werden muss. Doch da das Dulcin zur Aspirin-Gruppe gehört, hatte ich kurz darauf so heftige Schweißausbrüche, dass ich völlig erschöpft war.

Nachmittags rief Suzuki an und bat, heute auf die Behandlung verzichten zu dürfen, da er sich des heranrückenden Taifuns wegen Sorge mache. Ich ließ ihm ausrichten, ich sei einverstanden, stand vom Bett auf und ging ins Arbeitszimmer. In diesem Augenblick trat Satsuko ein: «Ich will jetzt das Geschenk haben, das du mir versprochen hast. Ich gehe erst zur Bank und anschließend zu dem Juwelier.»

«Es ist ein Taifun gemeldet! Muss es denn unbedingt heute sein?»

«Ich möchte ihn abholen, bevor du dich anders besinnst! Ich will den Diamanten so schnell wie möglich an meinem Finger haben!»

«Was ich einmal versprochen habe, halte ich!»

«Morgen ist Samstag, und falls ich zu lange schlafen sollte, könnte die Bank schon geschlossen sein. Heißt es nicht, man solle das Gute immer gleich tun?»

Ich hatte das Geld eigentlich für etwas anderes verwenden wollen.

Meine Familie wohnte mehrere Generationen hindurch in Honjō[85], Wari-shita-mizu. Aber mein Vater war irgendwann in der Meiji-Zeit von dort in das Viertel Nihonbashi, Yokoyamacho, gezogen. Ich war damals noch sehr jung und kann mich nicht mehr daran erinnern. Nach dem großen Erdbeben von 1923[86] bauten wir uns ein neues Haus in Azabu[87], Mamiana. Meine Mutter starb einige Jahre später, 1928. Ich schrieb zwar eben, das Haus in Azabu sei neu erbaut worden, aber es stand dort in der Meiji-Zeit bereits das Haus von Haseba Sumitaka[88], eines Politikers der Seiyūkai-Partei. Ein Teil des Hauses blieb unverändert, der größere wurde umgebaut. Meine Eltern zogen in den alten Teil des Anwesens. Sie liebten die Stille, die dort herrschte, über alles. Als das Haus während des Krieges zerstört wurde, bauten wir noch einmal um; aber der alte Teil war wie durch ein Wunder den Flammen entgangen und sieht heute noch genauso aus wie damals, als meine Eltern darin lebten. Jetzt ist dieses Häuschen schon recht verfallen und kaum noch zu benutzen; es wohnt auch niemand darin. Ich wollte es nun abbrechen und modern wiederaufbauen lassen, damit wir Alten uns dorthin zurückziehen können. Aber meine Frau hat sich bis heute dagegen gesträubt. Sie will die ehemalige Wohnstatt meiner Eltern nicht zerstört wissen und meint, ich solle sie so lange wie möglich unverändert lassen. Da es bei solcher Argumentation zu keinem Ende kommt, hatte ich mich jetzt entschlossen, die Zustimmung meiner Frau mehr oder weniger zu erzwingen und dann eine Abbruchfirma zu beauftragen. Das Haupthaus ist zwar keineswegs zu klein für die Familie, aber es erscheint mir für meine Übeltaten allzu ungeeignet. Unter dem Vorwand, das Häuschen recht wohnlich für uns beide herzurichten, wollte ich mein Schlaf- und mein Arbeitszimmer möglichst weit entfernt von dem Schlafzimmer meiner Frau anlegen und ihr eine Toilette neben ihrem Schlafzimmer einrichten lassen. Gleich neben ihrem Schlafzimmer sollte sie ihr eigenes Bad aus Holz im japanischen Stil haben. Mein Bad wollte ich allein benutzen und mit Fliesen, Kacheln und einer Dusche versehen.

«Zwei Badezimmer in unserem Häuschen, ist das nicht sinnlos? Lass es doch! Ich gehe mit Sasaki und Oshizu zum Baden ins Haupthaus hinüber!»

«Ach, so viel Luxus kannst du uns beiden ruhig zubilligen. Wenn man alt geworden ist, ist man glücklich, sich gemächlich im eigenen Bad zu rekeln.»

Nach meinen Plänen sollte sich meine Frau möglichst viel in ihrem Zimmer aufhalten und nicht überall umherstreichen. Gleichzeitig wollte ich das Haupthaus umbauen und den ersten Stock in ein Flachdach verwandeln. Doch dagegen protestierte nun Satsuko, und außerdem hätte das Geld auch nicht gereicht. So hatte ich mich notgedrungen auf das Häuschen für uns beide beschränkt. Die drei Millionen Yen, auf die es Satsuko jetzt abgesehen hatte, waren ein Teil der hierfür vorgesehenen Summe.

Nach erstaunlich kurzer Zeit kam Satsuko zurück. «Da bin ich wieder!», sagte sie triumphierend.

«Warst du schon dort?»

Ohne zu antworten, streckte sie mir ihre Hand mit dem Diamanten entgegen. Es war wirklich ein besonders schönes Katzenauge! Auf diesem weichen Handteller hatte nun der Traum von einem neuen Häuschen ein funkelndes Ende gefunden!

«Wie viel Karat hat er denn?»

Ich nahm den Diamanten in die Hand und betrachtete ihn.

«Fünfzehn Karat!»

Wie schon öfter begann meine linke Hand plötzlich stark zu schmerzen. Erschrocken nahm ich drei Tabletten Dulcin. Als ich in Satsukos siegesstolzes Gesicht blickte, wandelte sich der Schmerz in ein unbeschreibliches Glücksgefühl. Wie viel schöner war das doch, als wenn ich das Häuschen für mich und *obaasan* gebaut hätte!

20. August

Der Taifun Nr. 14 kam immer näher, Wind und Regen wurden heftiger. Trotzdem fuhr ich, wie verabredet, in den Morgenstunden nach Karuizawa. Satsuko und Sasaki begleiteten mich.

Da das Wetter sich Sasaki sehr aufs Gemüt legte, hatte sie vorgeschlagen, die Reise ein paar Tage zu verschieben; aber Satsuko und auch ich waren nicht damit einverstanden. Wir waren beide seltsam erregt und kümmerten uns den Teufel um den Taifun. Wir standen ganz im Banne dieses zaubermächtigen Katzenauges.

23. August

Eigentlich hatte ich vorgehabt, heute mit Satsuko nach Tōkyō zurückzukehren; aber meine Frau sagte, sie führen alle wegen des Schulbeginns der Kinder früher zurück als geplant, und ich solle doch meine Abreise um einen Tag hinausschieben, damit wir alle zusammen reisen könnten. So wurde also das verlockende Vorhaben, allein mit Satsuko zu reisen, plötzlich zunichtegemacht.

25. August

Heute Morgen sollte das «Halsstrecken» wieder beginnen; aber da es ja offenbar nichts nützt, entschloss ich mich, damit aufzuhören. Auch die Akupunktur möchte ich gern Ende dieses Monats aufgeben. Satsuko fuhr gleich nach dem Abendessen in die Korakuen-Halle.

1. September

Heute ist der 210. Tag, aber es ist ein Tag wie jeder andere. Wie geplant, flog Jōkichi für fünf Tage nach Fukuoka[89].

3. September

Ich spüre wahrhaftig schon den Herbst. Nachdem es plötzlich zu regnen aufgehört hat, ist der Himmel nun klar. Satsuko stellte eine Vase mit Kaoliang[90] und Hahnenkamm in mein Arbeitszimmer und die sieben Herbstblumen[91] auf den Vorplatz. Ich zog ein *shikishi*-Papier[92] mit einem vierzeiligen Siebzehnsilber von Nagai Kafū[93] auf eine Leinwand auf.

Er lautet:

In einem Tal der Azabu-Gegend
baute ich mir ein Haus und verbrachte
schon sieben Herbste dort.
Noch liegt der Reif auf all den alten Bäumen,
die das Westhaus umstehen,
sie lächeln über mich, der ich müßig
die Zeit verbringe, zehn Tage lang schon.
Und doch bin ich tätig: fege Blätter
zusammen, breite meine Bücher
in die Sonne, trockne die Gewänder.

Dieses chinesische Gedicht von Nagai Kafū ist kein Meisterwerk, aber Kafūs Romane und Novellen lese ich sehr gern. Ich hatte diese Handschrift, die Kafū selber geschrieben haben soll, einmal von einem Kunsthändler erstanden; aber auf diesem Gebiet wird so viel gefälscht, dass es durchaus nicht feststeht, ob sie wirklich von Kafū stammt. Bis er im Kriege ausgebombt wurde, lebte Kafū in einem hellen, europäischen Häuschen in dem uns benachbarten Viertel Ichibe-cho. Er nannte sein Häuschen, angeregt durch die erste Zeile dieses Gedichtes, *henkikan* – «Das Haus der Liebe zum Seltsamen».

4. September

Morgendämmerung. Etwa um fünf Uhr, als ich noch vor mich hin döste, hörte ich eine *kōrogi*[94] zirpen. Es war ein leises, aber pausenloses «bi-bi-bi» ... Zwar ist jetzt die Grillenzeit, aber es erschien mir doch höchst merkwürdig, dass ich ihr Zirpen in meinem Zimmer hören konnte. Im Garten hatte ich es bisher nur selten erlebt, und jetzt hörte ich es seltsamerweise im Bett, ob sich eine Grille hierher verirrt hatte?

Plötzlich fiel mir etwas aus meiner Kindheit ein. Als wir noch in dem Haus in Wari-shita-mizu wohnten, ich war vielleicht sechs oder sieben Jahre alt und lag in den Armen meiner Amme, da zirpte hinter der Veranda eine *kōrogi*. Sie hockte wohl im Schatten einer der Gartensteine oder unter der Veranda und sang mit lautem, hellem Ton. Die *kōrogi* sind nie in Gruppen anzutreffen, wie etwa die *suzumushi*[95] oder *matsumushi*, sie bleiben immer allein. Diese Grille zirpte so laut, dass es mir schrill in die Ohren drang. Da sagte die Amme: «Hörst du, Toku-*chan*[96]? Jetzt ist es Herbst – die Grillen fangen an zu zirpen!», und dann: «Wenn sie so zirpen, klingt es wie *kata wo sase, suso wo sase, kata wo sase, suso wo sase,* ‹Stich in die Schultern, stich in den Saum, stich in die Schultern, stich in den Saum›. Sobald man das hört, ist es Herbst.»

Als sie das sagte, war mir, als wehe durch die engen Ärmel meines weißen Nachtgewandes ein kühler Wind, der mich erschauern ließ. Ich hasste es damals, steif gestärkte Stoffe zu tragen, und dieses Gewand hatte außerdem einen süßlichen Stärkegeruch an sich. Dieser Geruch, das Zirpen der *kōrogi* und der kühle Herbstwind auf meiner Haut waren nun in meiner Erinnerung an die Vergangenheit in eins verschmolzen. Als ich mich jetzt, mit meinen siebenundsiebzig Jahren, dieses Zirpens entsann, waren plötzlich der Duft des gestärkten Leinens, meine Amme und ihre Art zu sprechen und das Gefühl, ein Nachtgewand aus steifem Stoff auf der Haut zu haben, wieder lebendig geworden. Halb träumend glaubte ich noch in dem Haus in Wari-shitamizu zu liegen, in mein Schlafgewand gehüllt und in die Arme der Amme geschmiegt.

Je mehr sich mein Bewusstsein klärte, desto deutlicher erkannte ich, dass dieses «bi-bi-bi» irgendwo aus meinem Zimmer herrührte. Und doch konnte ich es nicht glauben. Es war nicht möglich, dass die Grille im

Zimmer zirpte! Da sowohl Fenster wie Tür geschlossen waren, konnte das Geräusch auch nicht von draußen kommen. Aber dass eine Grille zirpte, daran war kein Zweifel möglich.

Plötzlich spitzte ich die Ohren. Dann begriff ich es allmählich. Das also war es? Immer wieder lauschte ich aufmerksam auf das Zirpen. Ja, das war es!

Was ich für eine Grille gehalten hatte, war in Wahrheit mein eigener Atem! Es war trockene Luft heute Morgen, sodass mir altem Mann die Kehle ausgedörrt war. Jedes Mal wenn die Luft in meine Kehle eindrang und wieder zurückflutete, entstand dieser zirpende Laut. Ich wusste zwar nicht genau, ob es aus der Kehle oder aus der Nase kam, aber dieses seltsame Zirpen entstand jedenfalls in mir, wenn die Luft irgendwo in mir vorüberstrich. Mir erschien es noch immer kaum fassbar, dass ich selber dieses Geräusch verursachte; es hörte sich eher an, als ertöne dieser feine, zarte Laut irgendwo außerhalb meines Körpers. Er war dem Zirpen einer Grille täuschend ähnlich. Als ich versuchsweise den Atem einzog und wieder ausstieß, wiederholte sich das Zirpen tatsächlich! Es machte mir Vergnügen, und ich probierte es immer wieder aufs Neue. Atmete ich heftig, wurde das Zirpen lauter. Dieses «bi-bi-bi» klang ganz so, als blase jemand auf einer Flöte!

«Sind Sie wach?», fragte Sasaki und richtete sich auf.

«Wissen Sie, woher dieses Geräusch kommt?», fragte ich und atmete tief.

«Das ist Ihr Atem!»

«Oh, wussten Sie das?»

«Natürlich, ich höre es doch jeden Morgen.»

«Habe ich denn wirklich jeden Morgen ein solches Geräusch gemacht?»

«Ja. Wussten Sie das nicht?»

«Nein. Es fiel mir heute früh zum ersten Mal auf, aber ich schlief noch halb und glaubte zunächst, irgendwo im Zimmer zirpe eine Grille.»

«Das ist keine Grille. Dieser Ton kommt aus Ihrer Kehle. Aber das ist nicht nur bei Ihnen so, bei allen alten Leuten ist die Kehle trocken, und beim Atmen klingt es dann, als blase jemand auf einer Flöte. Das findet man häufig bei alten Menschen.»

«Sie wussten also schon länger ...»

«Ja, ich höre es seit einiger Zeit jeden Morgen. Dieses ‹bi-bi-bi› ist eine wirklich reizende, kleine Stimme aus Ihrer Kehle!»

«Ich werde es meine Frau einmal hören lassen.»

«Sie kennt das schon.»

«Satsuko wird sicher lachen, wenn sie es erfährt.»

«Auch die junge Frau kennt es längst!»

5. September

Heute gegen Morgen träumte ich von meiner Mutter. Da ich von Kindesliebe nie viel hielt, ist es ein höchst seltsamer Traum für mich. Vielleicht hat die Erinnerung an die *kōrogi* und an meine Amme dazu geführt. Meine Mutter erschien mir gestern Nacht im Traum so schön und jung, wie ich sie in Erinnerung habe. Der Ort, an dem sich alles abspielte, war nicht recht erkennbar, aber es war zweifellos zu der Zeit, als wir noch in Wari-shita-mizu wohnten. Meine Mutter trug, wie immer, wenn sie ausging, ein mausgraues, fein gemustertes Gewand und einen *haori*-Überwurf aus schwarzem Seidenkrepp. Ich wusste nicht genau, wohin sie gehen wollte und in welchem Zimmer sie sich befand. Aus ihrem *obi*[97] nahm sie einen Tabakbeutel und ein Täschchen mit einer kleinen Metallpfeife, tat einen Zug aus dieser Pfeife und saß offenbar im Teezimmer. Aber unversehens stand sie auf und schritt mit *azuma-geta*-Sandalen[98] an den bloßen Füßen zum Tor hinaus. In ihrer Butterfly-Frisur steckte ein Korallenschmuck, außerdem einzelne Korallenperlen und ein Schildkrötenkamm, der mit indischem Perlmutt eingefasst war. Ihr Haar konnte ich sehr genau, ihr Gesicht aber nur undeutlich sehen. Da meine Mutter als Frau der alten Zeit von kleiner Statur war, etwa fünf *shaku*[99] groß, fiel mir nur ihr Kopf besonders auf. Trotzdem hatte ich nicht den geringsten Zweifel, dass es meine Mutter war. Leider blickte sie mich nicht an und sprach auch nicht mit mir. Auch ich richtete kein Wort an sie. Ich hatte das Gefühl, sie würde mich schelten, wenn sie spräche, deshalb schwieg ich. Ich dachte, sie sei auf dem Weg nach Yokoami[100] zu unseren Verwandten. Das alles dauerte kaum eine Minute, alles, was dann folgte, blieb vage und unklar.

Auch nachdem ich aufgewacht war, musste ich immer wieder an die Gestalt meiner Mutter denken, wie ich sie im Traum erblickt hatte. Vielleicht war meine Mutter an einem schönen, sonnigen Tag im 27. oder

28. Jahr der Meiji-Zeit[101] einmal aus dem Tor unseres Hauses getreten, ein wenig auf und ab gegangen und hatte mich, den kleinen Jungen, auf der Straße entdeckt. Die Erinnerung an diesen Tag war nun im Traum wieder in mir lebendig geworden. Das Wunderliche daran war nur, dass meine Mutter ihr jugendliches Aussehen behalten hatte, während ich ein alter Mann geworden war. Ich war jetzt größer als sie und konnte auf sie hinuntersehen; trotzdem hatte ich das Gefühl, noch ein Junge zu sein, und nahm meine Mutter ganz als Mutter. Sicher stammte dieses Erlebnis aus dem 27. oder 28. Jahr Meiji, als wir noch in Wari-shita-mizu wohnten.

Meine Mutter hatte den Sohn ihres Sohnes, Jōkichi, noch gekannt. Aber da sie im 3. Jahr der Shōwa-Zeit[102] starb, als Jōkichi erst fünf Jahre alt war, konnte sie natürlich nichts von Satsuko, der Frau ihres Enkels, wissen. Wie würde sie sich, da doch sogar meine Frau der Heirat zwischen Jōkichi und Satsuko so heftig widersprochen hatte, gegen diese Verbindung gesträubt haben! Sicher wäre es nicht zu dieser Heirat gekommen! Sie hätte es von Anfang an als absurd empfunden, eine frühere Tänzerin als Partnerin ihres Enkels auch nur in Betracht zu ziehen. Und nun war diese Ehe nicht nur zustande gekommen, sondern ich, der Sohn dieser Mutter, war hoffnungslos den Reizen der Ehefrau ihres Enkels verfallen. Ich bettelte darum, sie liebkosen zu dürfen, kaufte ihr dafür einen Katzenaugendiamanten, der drei Millionen wert war – meine Mutter hätte dies alles sicher so bestürzt, dass sie ohnmächtig umgesunken wäre. Wenn mein Vater noch lebte, hätte er sowohl Jōkichi wie mich enterbt. Und was würde meine Mutter denken, wenn sie wüsste, wie Satsuko aussah?

Meine Mutter galt in ihrer Jugend als Schönheit. Ich erinnere mich an ihre Gestalt, als sie noch von allen bewundert wurde. Bis ich fünfzehn, sechzehn Jahre alt war, hatte sie sich, nach übereinstimmendem Urteil, kaum verändert. Wenn ich sie mit Satsuko vergleiche: Wie waren diese beiden Frauen verschieden! Auch Satsuko gilt allgemein als Schönheit. Deshalb hat Jōkichi sie wohl auch geheiratet. Aber welch ein ungeheurer Wandel der Schönheitsideale ist da zwischen dem 27. Jahre Meiji und dem 35. Jahre Shōwa[103] eingetreten! Auch meine Mutter hatte hübsche Füße. Doch die Schönheit von Satsukos Füßen ist anderer Art. Man kann meine Mutter und Satsuko kaum mehr für Frauen derselben Spezies, für japanische Frauen, halten. Die Füße meiner Mutter waren so klein, dass ich sie auf meine Handfläche hätte stellen können. Die Frauen hatten in den mit feiner *tatami* überzogenen *geta*-Sandalen einen watschelnden Gang. (Übrigens hatte meine Mutter im Traum, obgleich sie einen *haori*-Umhang aus schwarzer Kreppseide trug, keine *tabi*-Strümpfe[104] an. Wollte sie mir absichtlich ihre nackten Füße zeigen?) Alle Frauen der Meiji-Zeit, nicht nur die schönen, hatten diesen watschelnden Gang. Es sah aus, als trotteten Gänse einher. Die Füße Satsukos waren von großer Schönheit und schmal wie Seezungen. Satsuko pflegte stolz zu sagen, die üblichen Schuhe der Japanerinnen seien viel zu flach für sie und passten ihr nicht. Die Schuhe meiner Mutter hingegen waren breit. Wenn ich die Füße der Kannon-Gottheit[105] Fukūkenjaku betrachte, werde ich immer an die Füße meiner Mutter erinnert. Auch die Gestalt der Kannon gleicht der meiner Mutter. Es gab damals viele Frauen, die nicht größer waren als fünf *shaku*. Da ich noch in der Meiji-Zeit geboren bin, habe auch ich eine kleine Statur, ich bin nur fünf *shaku* zwei *sun*[106] groß. Satsuko ist ein *sun* drei *bu* größer als ich, sie misst 161,5 Zentimeter.

Man machte sich früher auch völlig anders zurecht, aber weniger raffiniert. Verheiratete Frauen, also im Allgemeinen Frauen über achtzehn, neunzehn Jahren, rasierten ihre Augenbrauen ab und färbten die Zähne schwarz. Etwa um die Mitte der Meiji-Zeit ist diese Sitte langsam verschwunden, aber in meiner Jugend war sie noch weit verbreitet. Ich kann mich noch heute an den Geruch der Farbflüssigkeit erinnern, mit der man die Zähne behandelte. Was würde meine Mutter denken, wenn sie Satsuko sähe: mit Dauerwellen, Ohrringen, die Lippen korallenrot, perlrosa oder kaffeebraun, die Brauen mit Tusche nachgezogen, die Augendeckel mit Lidstrichen und falschen Wimpern versehen. Und erst die Fingernägel! Es wäre mir lästig, das alles ausführlich zu beschreiben. Es ist kaum vorstellbar, wie sich die Frauen desselben Landes innerhalb von sechzig Jahren verändert haben! Wenn ich das alles so bedenke, kann ich nur staunen, wie lange ich schon lebe und welche gewaltigen Veränderungen ich mit angesehen habe. Was würde meine Mutter sagen, wenn sie wüsste, dass ich, ihr Sohn Tokusuke, der im 16. Jahr Meiji[107] geboren wurde, noch immer am Leben bin und mich in die niedrigen Reize Satsukos, also der Ehefrau ihres Enkels verliebt habe, dass ich darüber glücklich bin, von ihr gequält zu werden, und sogar Frau und Kinder opfern würde, um ihre Liebe zu gewinnen! Ob sie es auch nur im Traum für möglich hielte, dass ihr Sohn dreiunddreißig Jahre nach ihrem Tod eine solche Schwiegertochter in sein Haus hat kommen lassen? Nein, ich hätte selber nie geglaubt, dass es so etwas geben kann.

12. September

Nachmittags um vier Uhr traten meine Frau und Kugako zu mir ins Zimmer. Es ist schon lange her, dass ich Kugako das letzte Mal sah. Nachdem ich am 19. Juli ihre Bitte abgelehnt hatte, wünschte sie mich nicht mehr zu sehen. Auch als meine Frau und Keisuke nach Karuizawa fuhren, holte sie sie nicht ab, sondern verabredete sich mit den beiden am Ueno-Bahnhof[108]. Als wir in Karuizawa waren, versuchte sie verzweifelt, mir nicht in die Augen zu schauen. Was war also geschehen, dass sie jetzt zusammen mit meiner Frau zu mir kam?

«Ich bin dir dankbar, dass meine Kinder neulich in Karuizawa so lange bei dir wohnen durften!», sagte sie einleitend zum Gruß.

«Gibt es etwas Besonderes heute?», fragte ich sofort ohne Umschweife.

«Nein, eigentlich nicht.»

«So? Deine Kinder haben sich ja prächtig entwickelt.»

«Danke. Ja, wir haben in diesem Jahr wirklich Glück mit ihnen.»

«Sie sind so groß geworden, dass ich die drei schon fast miteinander verwechsle – vielleicht weil ich sie so selten sehe!»

Da mischte sich meine Frau ein: «Übrigens, Kugako hat etwas Interessantes gehört und möchte gern, dass auch du es erfährst.»

«So?»

Ich dachte mir sofort, dass sie gekommen war, um mir etwas Unangenehmes zu sagen.

«*Ojiisan*, kennst du Herrn Aburadani?»

«Der nach Brasilien gegangen ist?»

«Ich meine seinen Sohn. Er ist damals bei Jōkichis Heirat in Vertretung seines Vaters mit seiner Frau hier gewesen.»

«Wie soll ich das noch wissen? Und was ist mit ihnen?»

«Ich kann mich auch nicht mehr recht erinnern. Aber die beiden Ehepaare sind seit einiger Zeit wegen irgendwelcher Geschäftsbeziehungen zu Hokota miteinander befreundet und treffen sich dann und wann.»

«Und was soll das jetzt?»

«Nun, am letzten Sonntag ist Aburadani mit seiner Frau bei Hokota gewesen», sagte meine Frau. «Und Kugako meint, seine Frau, die sehr geschwätzig ist, sei nur mitgegangen, um ihre Neuigkeit loszuwerden.»

«Was ist also nun?»

«Das soll dir Kugako selber erzählen.»

Die beiden Frauen, die bis dahin vor meinem Lehnstuhl gestanden hatten, ließen sich nun umständlich auf dem Sofa nieder. Und Kugako, die schon ein wenig ältlich aussah, obwohl sie nur vier Jahre älter war als Satsuko, übernahm nun den Bericht. Wenn Aburadanis Frau geschwätzig war, so stand Kugako ihr keinesfalls nach.

«An dem Abend, als wir aus Karuizawa zurückkehrten, also am 25. des letzten Monats, fand in der Korakuen-Halle ein Federgewicht-Titelkampf statt, erinnerst du dich?»

«Wie soll ich das noch wissen?»

«Na, er fand jedenfalls statt. Der Alljapanische Meister Sakamoto Haruo[109] schlug damals den siamesischen Boxer Shirinoi Rukufurakurisu k.o. und wurde japanischer Champion.»

Sie sprach die Namen der Boxer fließend und gewandt aus. Ich hätte sie niemals ohne Stottern herausgebracht. Ich biss mir auf die Lippen. Wahrhaftig, geschwätzige Frauen sind ein ganz besonderer Menschenschlag.

«Das Ehepaar Aburadani ist etwas früher als sonst von zu Hause weggegangen, sie haben die Wettkämpfe von Anfang an gesehen. Die beiden Sitze in der ersten Reihe neben Frau Aburadani waren noch leer, aber als der Titelkampf beginnen sollte, erschien eine smart aussehende verheiratete Frau. In der einen Hand trug sie eine beigefarbene Handtasche, in der anderen einen Autoschlüssel. Sie setzte sich neben sie. Und wer, glaubst du, war das?»

«...»

«Frau Aburadani hatte Satsuko nur bei der Hochzeit gesehen. Seither sind sieben, acht Jahre vergangen, und Frau Aburadani sagte mir, es sei verständlich, dass

Satsuko sie längst vergessen habe, Satsuko habe sie nur mit einem flüchtigen Blick gestreift. Aber sie selber vergesse so schnell nichts, und Satsuko sei auch so hübsch, dass man sie nie wieder vergessen könne, wenn man sie einmal gesehen habe; und jetzt sei sie noch schöner als zuvor! Es sei ihr aber unhöflich erschienen, Satsuko nicht anzusprechen, und sie habe sich gerade an sie wenden und fragen wollen: ‹Sie sind doch die junge Frau Utsugi?›, da habe sich ein unbekannter, junger Mann hereingedrängt und neben Satsuko gesetzt. Da die beiden miteinander bekannt zu sein schienen und der junge Mann sofort anfing, mit Satsuko zu plaudern, sei es ihr nicht möglich gewesen, ein paar Worte mit ihr zu wechseln.»

«...»

«Was jetzt kommt, sollte lieber *obaasan* erzählen, ich möchte mich zurückhalten. Also: Das Erste, was Frau Aburadani an Satsuko auffiel, war ein funkelnder Katzenaugendiamant an ihrem Finger. Da Satsuko gleich rechts neben ihr saß, hat sie den Stein an ihrer linken Hand sehr deutlich sehen können. Solche wundervollen Diamanten gibt es doch nicht überall. Er hat, meinte Frau Aburadani, mindestens fünfzehn Karat gehabt! Und *obaasan* meint, sie habe einen solchen Stein bei Satsuko bisher nie gesehen. Ich kenne ihn auch nicht an ihr. Wann hat sie ihn sich wohl gekauft?»

«...»

«Als Kishi[110] noch Ministerpräsident war, gab es einen Riesenskandal, weil er aus Indochina oder von irgendwoher einen Katzenaugendiamanten mitgebracht hat. In den Zeitungen hieß es damals, dieser Stein habe zwei Millionen gekostet; und da ein solcher Diamant in Indochina noch verhältnismäßig billig ist, muss man annehmen, dass der Preis in Japan etwa das Doppelte beträgt. Der Stein von Satsuko muss also außerordentlich wertvoll sein!»

«Wer hat ihr nun diesen Stein gekauft und wann?», fragte mich meine Frau.

«Frau Aburadani hat diesen wundervollen Stein immer wieder betrachtet, weil er so funkelte. Satsuko merkte das bald, nahm ihre durchbrochenen Handschuhe aus der Tasche und zog sie an. Aber wie hätte sie den Stein verbergen können? Er funkelte sogar durch die Handschuhe hindurch, die offenbar in Indochina hergestellt waren. Die Handschuhe waren schwarz, und dadurch funkelte der Stein besonders auffallend, vielleicht hat Satsuko diese Wirkung sogar beabsichtigt und die Handschuhe aus diesem Grunde übergezogen. Als ich Frau Aburadani sagte, sie habe ja alles sehr genau beobachtet, antwortete sie mir, das sei nicht weiter schwierig gewesen, da Satsuko rechts neben ihr saß und der Ring am Finger ihrer linken Hand steckte. An diesem Abend habe sie ihre Aufmerksamkeit weniger dem Boxkampf als dem durch den schwarzen Handschuh funkelnden Diamanten geschenkt.»

13. September

Fortsetzung von gestern.

«Hör, *ojiisan*! Es ist doch einfach unmöglich, dass sich Satsuko selber so etwas leisten kann ...»

Damit trat nun das Verhör, das meine Frau mit mir anstellte, in ein gefährliches Stadium.

«...»

«Wann hast du ihr den Stein gekauft?»

«Wann? Das dürfte doch gleichgültig sein.»

«Durchaus nicht. Woher hattest du überhaupt das Geld? Hast du nicht ständig gejammert, die vielen Ausgaben erdrückten dich geradezu?»

«...»

«Oder meintest du mit diesen Ausgaben etwa die für den Diamanten?»

«Ja, genau.»

Meine Frau und Kugako waren verblüfft und sprachlos.

«Ich hatte wohl Geld, um Satsuko ein Geschenk zu machen, aber nicht für Kugako!»

Zunächst war ich selber verlegen, doch dann fiel mir plötzlich eine geschickte Ausrede ein: «Du warst doch immer dagegen, dass ich das alte Häuschen abbrechen und ein neues bauen lasse – oder etwa nicht?»

«Allerdings. Wer könnte sich denn auch mit einem so pietätlosen Vorhaben wie diesem einverstanden erklären!»

«Über eine so pietätvolle Schwiegertochter werden sich meine Eltern noch im Grabe freuen. Nun, ich hatte jedenfalls auf diese Weise das Geld frei, das ich zum Umbau vorgesehen hatte.»

«Aber das war doch kein Grund, Satsuko ein solches Geschenk zu machen!»

«Ach, lass das doch! Schließlich ist sie doch unsere Schwiegertochter. Mein nun Buddha gewordener Vater wird mich sicher als einen Sohn preisen, der eine gute Tat vollbracht hat.»

«Du hast also die Summe von dem Geld für den Umbau genommen; aber das ist doch sicher nicht alles? Es muss doch noch etwas übrig sein!»

«Ja, ja. Das Geld für den Diamanten war nur ein Teil.»

«Und was willst du mit dem Rest tun?»

«Das ist meine Sache! Misch dich da nicht ein!»

«Wie gedenkst du es denn zu verwenden? Das würde mich immerhin interessieren.»

«Ich habe etwas Hübsches damit vor. Satsuko sagte neulich, sie wäre glücklich, wenn wir im Garten ein Schwimmbecken hätten. Ich werde also ein solches Bassin bauen lassen. Sie wird sich riesig darüber freuen!»

Meine Frau schwieg. Sie machte runde, erstaunte Augen, aber es kam kein Wort über ihre Lippen.

«Einen solchen Swimmingpool zu bauen dauert doch lange! Es ist schon Herbst!», warf Kugako ein.

«Natürlich braucht der Zement lange, bis er trocken ist. Wenn man aber jetzt gleich beginnt, dann ist in vier Monaten alles fertig. Satsuko hat sich bereits erkundigt.»

«Es wird also doch Winter, bis das Bassin fertig ist?»

«So furchtbar eilt es ja nicht. Man kann in aller Ruhe anfangen, und vielleicht im März, April nächsten Jahres schon darin schwimmen. Und ich sehe schon Satsukos strahlendes Lachen, wenn das Ganze früher fertig ist!»

Nun schwieg auch Kugako. Ich fuhr fort: «Satsuko möchte aber kein Schwimmbassin, wie es sie überall gibt. Es soll zwanzig Meter lang und fünfzehn, sechzehn Meter breit sein: Sonst könne man kein richtiges Schauschwimmen veranstalten, behauptet sie. Sie möchte mir so gern zeigen, wie gut sie schwimmt! Ja, das ist der eigentliche Zweck dieses Bassins.»

«Das ist ja alles schön und gut», bemerkte Kugako. «Und auch Keisuke wird sich darüber freuen, wenn du ein Schwimmbassin bauen lässt.»

Und meine Frau meinte: «An Keisuke hat sie bestimmt nicht gedacht! Sie überlässt ja sogar die Aufsicht über die Hausaufgaben einem Schüler, den wir eigens dafür bestellt haben. Und du kümmerst dich auch um nichts. Das Kind ist wirklich zu bedauern!»

«Aber an dem Becken wird auch Keisuke seine Freude haben. Hoffentlich lässt du auch die Tsujidō-Kinder darin schwimmen!»

«Ja, ja, jeder, der will, kann meinetwegen hineinspringen!»

Da war ich also höchst unerwartet überrumpelt worden. Selbstverständlich konnte ich Keisuke und den Wasserfröschen aus Tsujidō das Bassin nicht verbieten. Aber bis zum Zwanzigsten war ja Schule, und im August würde ich sie einfach alle nach Karuizawa schicken. Das größte Problem war Haruhisa.

Ich war im Innern schon auf die naheliegende Frage gefasst gewesen, wie teuer dieses Schwimmbecken sei. Aber die beiden strengen Damen waren zum Glück von einem ganz anderen Problem in Anspruch genommen. Ich atmete erleichtert auf. Sie hatten sicher ursprünglich beabsichtigt, mich langsam in die Enge zu treiben, mir in dieser Katzenaugenaffäre ein Geständnis zu entreißen, um dann, sobald ich am Ende meiner Kräfte war, die verdächtigen Beziehungen zwischen Satsuko und Haruhisa anzuschneiden. Aber bei dieser heiklen Angelegenheit mussten sie vorsichtig zu Werke gehen. Und als ich sie mit meiner wirklich ungewöhnlich arroganten Art abfahren ließ, waren sie in Verlegenheit gewesen, was sie erwidern sollten. Natürlich war mir klar, dass sie eines Tages die Rede erneut darauf bringen würden.

Der Dreizehnte war nach dem Kalender ein für mich günstiger Tag. Am Abend wollte das Ehepaar Jōkichi an der Hochzeitsfeier eines Freundes teilnehmen. Übrigens gingen sie neuerdings nur selten zusammen aus. Jōkichi trug einen Smoking, Satsuko wollte sich ebenfalls festlich anziehen. Da es für September noch recht heiß war, hätte sie eigentlich ein europäisches Kleid wählen sollen, aber aus irgendeinem Grunde entschied sie sich für den Kimono. Auch das war in letzter Zeit selten vorgekommen. Es war ein Kimono aus weißer Kreppseide mit einem Muster aus schwarzen und grauen Zweigen, um die sich hellblaue Schatten breiteten. Das Unterkleid schimmerte blau durch den *okumi*[III].

«*Ojiisan*, sieh mich einmal an! Wie gefällt dir das?»

«Dreh dich um! Ganz herum!»

Sie trug einen *fukuro-obi*[112] aus Seidengaze. In den silbrig-kobaltblauen Untergrund des Stoffes war ein Keramikmuster im Kenzan-Stil aus hellgelben und goldenen Fäden gewebt. Der *obi* war nicht breit, das *tare*-Stück hing länger herunter als gewöhnlich. Das *obiage*-Tüchlein aus Seidengaze war weiß-rosa schattiert. Der *obishime* war aus Gold und Silber zu einer Kordel gedreht. Der Ring an ihrem Finger hatte einen Stein aus Nephrit-Jade. In der linken Hand hielt sie ein kleines Stricktäschchen.

«Es ist sehr hübsch, sich dann und wann japanisch zu kleiden! Besonders apart wirkt es, wenn du auf Ohrringe und Halskette verzichtest!»

«Du verstehst wirklich etwas davon, *ojiisan*!»

Oshizu war hinter Satsuko mit einer *zōri*-Schachtel[113] eingetreten. Sie nahm die *zōri*-Schuhe heraus und stellte sie vor Satsuko hin. Satsuko war in Hausschuhen gekommen und wechselte das Schuhwerk absichtlich vor meinen Augen. Die *zōri* waren aus silbernen *tsuzure*[114] und ziemlich hoch, nur der *hanao*-Riemen war rosa. Da sie funkelnagelneu waren, schmiegten sich die Riemen noch nicht recht zwischen die Zehen. Oshizu schwitzte, während sie auf dem Boden kniete und ihrer Herrin half. Als Satsuko die Schuhe endlich anhatte, ging sie ein paar Schritte auf und ab, um sie mir vorzuführen. Sie war sehr stolz darauf, dass ihre Knöchel in *tabi*-Strümpfen kaum hervorsprangen. Vielleicht erschien sie heute nur aus diesem Grunde im Kimono vor mir.

16. September

Es ist für September ungewöhnlich heiß. Wahrscheinlich sind meine Füße wegen dieser Hitze so schwer und aufgedunsen. Der Rist meiner Füße ist dick angeschwollen; wenn ich mit dem Finger in das Fleisch nahe den Zehenwurzeln drücke, bleibt eine erschreckend tiefe Mulde zurück. Und diese Druckstelle bleibt unverändert und will lange nicht verschwinden. Die vierte und fünfte Zehe des linken Fußes sind völlig gelähmt und unten so dick angeschwollen, dass sie wie Weintrauben aussehen. Schon das Gefühl der Schwere in den Waden und Knöcheln ist unangenehm, aber an der Sohle ist es geradezu unerträglich. Mir ist, als sei eine Eisenplatte dort angebunden, und das nicht nur am linken, sondern auch am rechten Fuß. Beim Gehen verliere ich oft die Gewalt über meine Beine und komme kaum vom Fleck. Es gelingt mir selten, von der Veranda aus in die unten stehenden *geta*-Schuhe hineinzusteigen. Dann gerate ich ins Taumeln und trete schnell auf die Schuhsteine. Manchmal lande ich auf der Erde und beschmutze mir die Füße. All das ist mir auch früher hin und wieder passiert, aber neuerdings ist es fast die Regel. Sasaki ist darüber besorgt. Ich muss mich jeden Tag auf den Rücken legen, und sie presst dann meine Knie zusammen und untersucht mich auf Beriberi; aber offenbar leide ich nicht an dieser Krankheit.

«Man müsste vielleicht wieder einmal Dr. Sugita kommen lassen und ihn um eine Untersuchung bitten. Das letzte EKG ist schon ziemlich lange her. Es ist an der Zeit, ein neues zu machen. Diese Schwellungen beunruhigen mich sehr!»

Heute Morgen geschah Folgendes. Als ich mit Sasaki im Garten spazieren ging, sprang mich auf einmal der Hund Lesly an, der eigentlich in dem Gehege um sein Hundehäuschen hätte sein sollen. Er wollte vermutlich nur spielen, aber da er unerwartet auf mich lossprang, erschrak ich sehr und glaubte, ein wildes, reißendes Tier sei plötzlich vor mir aufgetaucht. Ich hatte keine Zeit, mich zur Wehr zu setzen, wurde von ihm umgeworfen und lag flach im Grase. Ich hatte mir nicht wehgetan, war aber auf den Hinterkopf gefallen, und in meinem Kopf hallte es dumpf. Ich versuchte aufzustehen, aber das wollte mir nicht gelingen. So griff ich nach meinem Stock, brauchte aber einige Minuten, bis ich mit Hilfe dieses Stocks endlich wieder auf den Beinen war. Nachdem der Hund mich umgerannt hatte, wollte er mit Sasaki spielen. Sasaki kreischte, Satsuko hörte es und eilte, noch im Negligé, schnell herbei.

«Lesly! Hierher!», schalt sie den Hund und sah ihm starr in die Augen. Da wurde Lesly auf der Stelle brav und folgsam und lief schwanzwedelnd hinter ihr her zur Hundehütte.

«Haben Sie sich verletzt?», fragte Sasaki, während sie mir den Saum meines *yukata* sauber klopfte.

«Das nicht, aber ich bin so alt und hilflos, dass ich einem derart großen Tier ausgeliefert bin!»

«Ein Glück, dass Sie auf den weichen Rasen gestürzt sind!»

Sowohl ich wie auch Jōkichi sind große Hundefreunde, und ich habe mir früher immer Hunde gehalten.

Es waren aber meist kleine Tiere, Terrier, Dackel oder Spitze. Große Hunde haben wir erst, seit Jōkichi geheiratet hat. Ein halbes Jahr später sagte er plötzlich eines Tages: «Ich würde zu gern einmal einen Barsoi haben!», und kurz darauf hatte er tatsächlich einen großartigen Hund dieser Rasse ausfindig gemacht. Er ließ ihn von einem Züchter abrichten. Es war außerordentlich zeitraubend, den Hund zu füttern, zu baden und zu bürsten, und meine Frau und das Dienstmädchen jammerten in einem fort, aber Jōkichi ließ nicht locker. Ich habe das damals in meinem Tagebuch ausführlich geschildert. Heute weiß ich aber, dass es nicht Jōkichis Wunsch war, sondern dass Satsuko ihm dauernd damit in den Ohren gelegen hatte. Ich hatte das zunächst nur nicht bemerkt. Zwei Jahre später bekam dieser Barsoi Gehirnstaupe und starb. Nun trat Satsuko offen auf den Plan und erklärte, sie möchte statt eines Barsoi einen Greyhound haben. Sie beauftragte einen Hundehändler, einen zu beschaffen. Sie nannte den Hund Cooper und liebte ihn abgöttisch. Nomura musste ihn im Wagen spazieren fahren. Oder sie ging selber mit ihm spazieren, und überall hieß es, die junge Frau liebe den Hund Cooper ganz offensichtlich mehr als ihren Sohn Keisuke. Aber beim Kauf des Greyhound hatte man sie übers Ohr gehauen, der Hund war schon alt. Er bekam Wassersucht und starb. Der dritte Hund, den Satsuko sich anschaffte, war dieser Lesly. Nach dem Stammbaum ist sein Vater in London geboren und hieß ebenfalls Lesly. Ich berichtete damals in meinem Tagebuch darüber. Lesly genießt die zärtliche Liebe seiner Herrin nicht minder als Cooper;

aber Kugako hetzt bei meiner Frau heimlich gegen ihn. Seit einigen Jahren hört man immer wieder in unserem Haus, dass man sich lieber keinen so großen Hund halten solle.

Bis vor zwei, drei Jahren, als ich noch gut auf den Beinen war, habe keine Gefahr für mich bestanden, heißt es; aber nun sei das anders geworden. Schon eine Katze könne mich heute leicht zu Boden stoßen. Der Garten um das Haus besteht nicht nur aus flachem Rasen, es gibt auch einen etwas abschüssigen Weg, verschiedene Stufen und Gartensteine. Was für ein Unglück könnte es geben, wenn mich ein Tier anspränge und ich an einer ungünstigen Stelle stürzte! In der Tat war neulich ein alter Mann aus der Nachbarschaft nur leicht von einem Schäferhund angesprungen worden, war hingefallen und hatte sich schwer verletzt; er musste drei Monate im Krankenhaus liegen und trägt noch heute einen Gipsverband. «Sag du ihr doch, sie solle Lesly weggeben», drängte meine Frau mich. «Wenn ich sie darum bitte, tut sie es ja doch nicht!»

«Ich bringe es nicht übers Herz, von ihr zu verlangen, den Hund wegzugeben, den sie so liebt!»

«Wenn dir der Hund erst einmal Schaden zugefügt hat, ist es zu spät!»

«Nun, angenommen, ich rede ihr zu, Lesly wegzugeben, wo soll denn das riesige Tier hin?»

«Wir finden ganz sicher einen Hundefreund, der ihn uns abnimmt! Bestimmt!»

«Bei einem kleinen Tier wäre das möglich, aber den riesigen Lesly bringen wir nicht so leicht unter! Außerdem ist es ja keineswegs so, dass ich ihn nicht mag!»

«Du hast wohl Angst, dass Satsuko böse wird? Willst du lieber eines Tages schwer verletzt daliegen?»

«Nun, dann sage du es ihr doch! Wenn Satsuko einverstanden ist, werde ich auch nichts dagegen haben.»

In Wirklichkeit wagt auch meine Frau nicht, einen solchen Verzicht von Satsuko zu fordern. Die Macht der «jungen Frau» ist mit jedem Tag gewachsen und ist nun größer als die ihre. Und niemand hatte Lust, wegen dieses Hundes einen womöglich fürchterlichen Krach heraufzubeschwören.

Ehrlich gesagt, mag ich Lesly eigentlich nicht besonders. Vor Satsuko tue ich nur so, als liebte ich ihn. Wenn ich mit ansehe, wie sie zusammen mit Lesly ins Auto steigt und davonfährt, ist mir immer höchst unbehaglich zumute. Fährt sie mit Jōkichi fort, dann muss ich mich damit abfinden, aber auf den Hund kann ich ja nicht gut eifersüchtig sein, und eben deshalb steigt die Wut in mir hoch. Dabei wirkt Lesly vornehm und edel. Vielleicht könnte man sogar sagen, sein Gesicht sei hübscher als das von Haruhisa, der wie ein Schwarzer aussieht. Satsuko lässt Lesly im Auto immer neben sich sitzen und schmiegt ihren Körper beim Fahren dicht an ihn. Manchmal reibt sie ihre Wange an seinem Hals. Wenn die Leute auf der Straße das sehen, wird ihnen sicher übel.

«Im Allgemeinen tut sie das auf der Straße nicht. Nur vor Ihnen tut sie es offenbar gern und oft!», sagte Nomura einmal zu mir. Wenn das stimmen sollte, dann will sie mich wohl nur eifersüchtig machen.

Um Satsukos Gunst zu gewinnen, rief ich Lesly neulich ein paar freundliche Worte zu und warf ihm Kekse in sein Gehege. Darüber wurde Satsuko aber wütend und schalt mit mir:

«Was tust du denn, *ojiisan*! Bitte, gib ihm keine Kekse! Lesly ist doch abgerichtet, er frisst nichts, was du ihm gibst!»

Darauf betrat sie das Gehege, tätschelte den Hund absichtlich vor meinen Augen und streichelte so zärtlich seinen Kopf, dass es aussah, als ob sie ihn küssen wolle.

Es fehlte nur noch, dass sie mich fragte: «Jetzt bist du sicher eifersüchtig?»

Ich sehe noch, wie sie mich dabei anlächelte.

Um ihr eine Freude zu machen, hätte ich mir sogar Verletzungen zufügen lassen, und ich hätte nicht einmal etwas dagegen gehabt, schließlich an ihnen zu sterben. Doch nicht von ihr, sondern nur von ihrem Hund umgebracht zu werden, das fand ich unerträglich.

Nachmittags um zwei Uhr erschien Dr. Sugita. Ich hätte es lieber gesehen, wenn er nicht gerade heute gekommen wäre. Aber Sasaki hatte ihn meines Sturzes wegen sofort verständigt.

«Ihnen soll ja etwas Schreckliches zugestoßen sein!»

«Oh, so schlimm war es gar nicht.»

«Nun, lassen Sie mich einmal sehen.»

Ich musste mich hinlegen, und er untersuchte sorgfältig meine Arme und Beine, Rheumatismus in den Schultern, Ellbogen und Kniescheiben hatte ich schon vorher gehabt, daran war Lesly nicht schuld. Zum Glück hatte ich durch den Hund keinen Schaden erlitten. Dr. Sugita untersuchte immer wieder mein Herz, dann den Rücken, ließ mich tief Luft holen und machte schließlich ein EKG, wozu er einen Apparat mitgebracht hatte.

«Ich glaube, Sie brauchen sich nicht zu beunruhigen! Ich muss allerdings zu Hause noch einiges analysieren und werde Ihnen das Ergebnis dann mitteilen.»

Mit diesen Worten ging er.

Am Abend rief er an: «Aus dem EKG geht nichts Besonderes hervor. Gewisse Veränderungen hängen mit Ihrem Alter zusammen und sind unvermeidlich. Der Befund weicht im Ganzen nicht von den bisherigen ab. Aber es wäre wohl an der Zeit, Ihre Nieren zu untersuchen.»

24. *September*

Sasaki bat um Erlaubnis, ihr Kind wieder einmal besuchen zu dürfen. Da wir ihr in dieser Woche noch nicht freigegeben hatten, konnte ich ihre Bitte unmöglich abschlagen. Von Samstag auf Sonntag kann sie am ungestörtesten mit ihrem Kind sprechen, deshalb ist es der günstigste Tag für sie. Aber was würde Satsuko dazu sagen? Ich musste unbedingt vorher ihre Zustimmung einholen.

«Schon gut!», beschwichtigte mich Satsuko sofort. «Sasaki-*san* freut sich doch so darauf, lass sie ruhig gehen.»

«Aber ist es denn dir recht?»

«Wie kommst du auf diese Frage?»

«Morgen ist doch Sonntag!»

«Das weiß ich. Warum betonst du das so?»

«Vielleicht ist es dir gleichgültig, aber Jōkichi ist gestern erst von seiner Reise zurückgekommen.»

«Ja, und?»

«Er ist sehr selten Samstag und Sonntag zu Hause!»

«Und?»

«Es könnte ja sein, dass er dann und wann ganz gern einmal mit seiner Frau morgens länger im Bett bleiben möchte.»

«Ach, der verderbte *ojiisan* hat Anwandlungen von Vaterliebe!»

«Um so meine bösen Taten auszugleichen ...»

«Du brauchst dich nicht um Jōkichi zu kümmern. Er würde das nur als höchst lästige Einmischung empfinden!»

«So, meinst du?»

«Es ist schon gut. Mach dir keine Sorgen. Ich will Sasaki gut vertreten. Du bist ja gewohnt, früh aufzustehen, und dann kann ich noch zu Jōkichi gehen.»

«Er täte mir leid, wenn du ihn aufwecktest!»

«Ach was, er wartet doch auf mich. Er schläft dann gar nicht.»

«Oh, da habe ich es nun ...»

Abends um neun Uhr ging ich ins Bad, um zehn legte ich mich zu Bett. Oshizu schleppte wieder den Korbliegestuhl herein.

«Willst du denn wieder darauf schlafen?»

«Das macht mir nichts aus. Sei nur still und schlaf!»

«Du wirst dich auf dem Korbstuhl erkälten!»

«Ich lasse mir Wolldecken bringen. Oshizu denkt an alles.»

«Es wäre Jōkichi gegenüber nicht zu verantworten, wenn du dich hier erkälten würdest! Und nicht nur Jōkichi gegenüber!»

«Sei nicht so schwierig! Du machst ein Gesicht, als bräuchtest du schon wieder Adalin.»

«Drei Tabletten dürften kaum genügen …»

«Doch! Letzten Monat haben schon zwei Tabletten auf der Stelle geholfen. Kaum hattest du sie genommen, schliefst du wie ein Toter, mit aufgesperrtem Mund, und der Speichel tropfte dir heraus.»

«Das muss ja ein entsetzlicher Anblick gewesen sein!»

«Male es dir nur aus. Aber weshalb nimmst du eigentlich deine Zähne nicht heraus, *ojiisan*? Ich weiß doch, dass du es sonst machst.»

«Es ist mir angenehmer, wenn ich sie nachts nicht im Munde habe, aber dann sehe ich natürlich grauenhaft aus! Vor meiner Frau und Sasaki ist es mir gleichgültig …»

«Glaubst du denn, ich hätte dich noch nie so gesehen?»

«Hast du das denn?»

«Als du neulich deine Krämpfe bekamst, lagst du doch den halben Tag wie tot da!»

«Und da hast du mich gesehen?»

«Ob du nun das Gebiss drinhast oder nicht, spielt doch wirklich keine Rolle. Ich finde es komisch, dass du so etwas verheimlichen willst.»

«Das will ich doch gar nicht. Ich möchte nur nicht, dass sich andere von mir abgestoßen fühlen!»

«Es ist lächerlich, wenn du glaubst, du könntest dein Gebiss dadurch verheimlichen, dass du es nicht herausnimmst.»

«Na, dann nehme ich es also heraus. Da, schau her, so ein Gesicht habe ich!»

Ich erhob mich vom Bett, trat vor sie hin, nahm vor ihren Augen die Zahnreihen am Ober- und Unterkiefer heraus und legte sie in die Zahnschachtel meines Nachttisches. Darauf biss ich absichtlich den Unter- und Oberkiefer aufeinander und führte Satsuko vor, wie mein Gesicht zusammenschrumpfte. Die Nase fiel gewissermaßen nach unten und hing über die Lippen herab. Selbst ein Schimpanse sähe wohl schöner aus als ich. Ich machte Kaubewegungen, fuhr mit meiner gelben Zunge in der Mundhöhle hin und her und führte mich absichtlich widerlich auf. Satsuko starrte mich unbewegt an. Dann nahm sie aus der Schublade meines Nachttisches einen Handspiegel.

«*Mir* ein solches Gesicht zu zeigen, dazu gehört nichts. Aber hast du es selber schon einmal genau betrachtet? Wenn nicht, dann verschaffe ich dir hiermit diesen Anblick! Da – so siehst du aus!»

Mit diesen Worten hielt sie mir den Spiegel dicht vor die Augen.

«Na, wie findest du dich?»

«Ein abstoßend hässliches Greisengesicht!»

Nachdem ich mich eine Weile im Spiegel betrachtet hatte, blickte ich Satsuko an. Es war gar nicht zu fassen, dass beide Gesichter zwei Wesen derselben Gattung angehörten. Je intensiver ich meine eigene Hässlichkeit empfand, desto strahlender erschien mir die Schönheit

Satsukos. Ich bedauerte fast, dass mein Gesicht im Spiegel nicht noch grässlicher war, denn dann wäre mir ihres wohl noch schöner erschienen.

«Nun wollen wir schlafen gehen, *ojiisan*! Geh schnell in dein Bett!»

«Bitte, bring mir vorher noch Adalin!», bat ich sie, während ich mich auf meine Ruhestatt legte.

«Kannst du denn heute Nacht wieder nicht schlafen?»

«Es wühlt mich jedes Mal so auf, wenn ich mit dir zusammen bin!»

«Vergeht dir das denn nicht, sobald du daran denkst, wie dein Gesicht aussieht?»

«Wenn ich mich selber im Spiegel gesehen habe und dann dich betrachte, verwirrt mich das völlig! Du verstehst natürlich nicht, wie das zusammenpasst ...»

«Nein, wirklich nicht.»

«Also: Je hässlicher ich selber bin, desto schöner erscheinst du mir!»

Sie hörte meinen Worten nur zerstreut zu und ging dann hinaus, um Adalin zu holen. Mit einer amerikanischen Cool-Zigarette zwischen den Fingern kehrte sie ins Schlafzimmer zurück.

«So, jetzt mach den Mund weit auf. Ich gebe dir auch heute nur zwei Tabletten, damit du dich nicht daran gewöhnst.»

«Reich sie mir doch mit deinem Mund!»

«Unsinn! Denk daran, wie du aussiehst!»

Darauf nahm sie die Tabletten mit den Fingern und steckte sie mir in den Mund.

«Seit wann rauchst du eigentlich?», fragte ich sie.

«Ich rauche schon seit einiger Zeit manchmal, heimlich im ersten Stock!»

In ihrer Hand schimmerte ein Feuerzeug.

«Im Grunde rauche ich gar nicht so gern, es ist mehr eine schicke Spielerei ... Ich will heute Abend nur versuchen, den Nachgeschmack loszuwerden.»

28. September

An Regentagen ist es mit meinen Füßen und meiner Hand immer besonders schlecht. Ich merke es schon am Tag vorher. Aber als ich heute Morgen aufstehen wollte, waren die Lähmung in der Hand und die Schwere in den Beinen viel schlimmer als sonst. Weil es regnete, konnte ich nicht im Garten spazieren gehen, aber es fiel mir heute sogar schwer, auf der Veranda auf und ab zu gehen. Ich schwankte und fürchtete, in den Garten hinunterzustürzen. Die Lähmung im Arm reichte heute bis zu den Schultern hinauf, und ich bekam panische Angst, dass bald mein ganzer Körper gelähmt sein könnte. Abends um sechs Uhr hatte ich das Gefühl, meine Hand sterbe völlig ab. Sie wurde so empfindungslos, als hätte ich sie in Eiswasser getaucht. Nein, sie war nicht nur ohne jede Empfindung, sie schmerzte geradezu, je kälter sie wurde. Aber wer meine Hand berührte, hatte durchaus nicht das Gefühl, dass sie kalt war. Nur ich selber verspürte diese unerträgliche Kälte. Ich hatte so etwas schon gelegentlich erlebt, aber so schlimm wie heute, mitten im September, war es kaum je gewesen. Ich wickelte mich, wie ich es mir in solchen Fällen angewöhnt hatte, von den Fingerspitzen bis zur Brust in ein großes, in heißes Wasser getauchtes Handtuch und legte Wollstücke und zwei Platin-Taschenwärmer darüber. Da ich mich nach zehn Minuten noch immer kalt fühlte, tauchte ich das Handtuch erneut ein und wickelte es noch einmal um mich. Das wiederholte ich einige Male. Da das Wasser schnell abkühlte, ließ ich mir von Zeit zu Zeit in einem Teekessel kochendes Wasser bringen und es in mein Waschbecken schütten.

29. September

Gestern Abend habe ich noch ziemlich lange Umschläge mit heißem Wasser gemacht, und allmählich verging der Schmerz in meiner Hand, und ich schlief ruhig ein. Doch als ich am Morgen aufwachte, merkte ich, wie die Schmerzen erneut begannen. Der Regen hatte aufgehört, und der Himmel war wundervoll klar. Wie hätte ich mich über dieses frische Herbstwetter gefreut, wenn ich gesund gewesen wäre! Als ich mir überlegte, wie sehr ich noch vor vier, fünf Jahren eine solche Herbstfrische mit allen Sinnen genossen hatte, fühlte ich mich bedrückt und wurde ärgerlich. Ich nahm drei Tabletten Dulcin.

Vormittags um zehn Uhr maß Sasaki meinen Blutdruck. Er hatte nur mehr einen oberen Wert von 105 und einen unteren von 58. Auf Sasakis Rat hin aß ich zwei Salzkekse mit etwas Käse und trank eine Tasse schwarzen Tee dazu. Nach zwanzig Minuten maß Sasaki den Blutdruck abermals. Jetzt lag der obere Wert bei 158, der untere bei 92. Ein schlechtes Zeichen, dass der Blutdruck in so kurzer Zeit so stark angestiegen war.

«Wäre es nicht besser, wenn Sie nicht ständig in Ihrem Heftchen schreiben würden? Ich mache mir Sorgen, dass die Schmerzen wiederkehren!»

Sasaki hatte schon öfter gesehen, dass ich ein Tagebuch führe. Ich gab ihr natürlich keinen Einblick, aber da ich die Pflegerin häufig in Anspruch nehme, ließ es sich nicht vermeiden, dass sie mich gelegentlich beim Schreiben antraf. Vielleicht lasse ich mir bald die Tusche von ihr reiben.

«Wenn ich keine großen Schmerzen habe, lenkt mich das Schreiben eher ein wenig ab. Werden sie unerträglich, höre ich schon von selber auf. Im Augenblick finde ich es besser, mich etwas zu beschäftigen. Sie können jetzt gehen, Sasaki-*san*!»

Von ein Uhr mittags an schlief ich etwa eine Stunde. Als ich aufwachte, war ich in Schweiß gebadet.

«Oh, Sie erkälten sich!»

Mit diesen Worten trat Sasaki heran und reichte mir ein frisches Unterhemd zum Wechseln. Stirn und Nacken waren unangenehm feucht.

«Das Dulcin wirkt zwar recht gut, aber dass ich dann so ins Schwitzen gerate, finde ich sehr unangenehm! Gibt es keine anderen Mittel?»

Nachmittags um fünf Uhr kam Dr. Sugita. Die Medizin hatte nun aufgehört zu wirken, und ich litt wieder große Schmerzen.

Sasaki sagte dem Arzt: «Der Patient mag das Dulcin wegen seiner starken schweißtreibenden Wirkung nicht mehr!»

«Ja, was soll man da tun?», wandte er sich an mich. «Wie ich schon einmal sagte, liegt die Ursache für diese Schmerzen teilweise im Großhirn, größtenteils sind es aber Nervenschmerzen, die durch physiologische Veränderungen der Rückenwirbel bewirkt werden. Die Röntgenaufnahmen haben das klar bewiesen. Dagegen gibt es nun kein anderes Mittel, als durch ein Gipsbett und durch Strecken den Druck auf die Nerven zu beseitigen. Dann müssten Sie sich aber drei, vier Monate in Geduld fassen. Bei Ihrem hohen Alter ist es allerdings nur zu begreiflich, dass Ihnen das außerordentlich schwerfällt. Sonst gibt es nur die Möglichkeit, sich mit Hilfe einer Medizin vorübergehende Erleichterung zu verschaffen. Wir haben die verschiedensten Arzneien dafür, und da Sie Nobulon und nun auch Dulcin ablehnen, werde ich es jetzt mit einer Parochin-Injektion versuchen. Nicht allzu starke Schmerzen lassen sich damit recht wirksam bekämpfen. Ein wenig besser fühlen Sie sich bestimmt danach!»

1. Oktober

Die Schmerzen in meiner Hand lassen noch immer nicht nach, im kleinen Finger und im Ringfinger toben sie am heftigsten. Solange sie sich nur zum Daumen hinzogen, konnte ich sie noch ertragen, aber nun ergreifen sie alle fünf Finger. Nicht nur die Handinnenfläche, auch das Handgelenk und die Wölbung des äußeren und inneren Unterarmknochens tun weh. Wenn ich versuche, die Hand zu bewegen, schmerzt es so fürchterlich, dass ich es gleich unterlasse. Die Lähmung des Handgelenks ist besonders unerträglich. Da ich unfähig bin, meine Hand zu drehen, kann ich gar nicht unterscheiden, was Lähmung und was Schmerzen sind.

Nachmittags und abends gab mir Sasaki zweimal Parochin.

2. Oktober

Die Schmerzen wollen noch immer nicht aufhören. Sasaki sprach heute mit Dr. Sugita und machte mir daraufhin eine Injektion mit Sarsoblokanon.

4. Oktober

Da die Injektion vorgestern höchst unangenehm war, versuchte Sasaki es heute mit Zäpfchen. Die Wirkung war nicht sehr groß.

9. Oktober

Vom 4. bis heute hatte ich ununterbrochen Schmerzen, deshalb fühlte ich mich nicht dazu aufgelegt, mein Tagebuch weiterzuführen. Ich lag die ganze Zeit im Bett, Sasaki war ständig in meiner Nähe und pflegte mich. Heute fühle ich mich etwas wohler, und sogleich überkam mich das Verlangen, weiterzuschreiben. In den letzten fünf Tagen habe ich die verschiedensten Präparate eingenommen und spritzen lassen: Pyrabitalum, Irgapyrin, Parotin- und Irgapyrin-Zäpfchen, Doriden, Burovalin, Noktan und andere. Sasaki hat mir diese Namen genannt, aber es waren, glaube ich, noch mehr als die eben erwähnten. Doriden, Burovalin, Noktan sind Schlafmittel. Obgleich ich bisher ausgezeichnet geschlafen habe, kann ich neuerdings vor lauter Schmerzen nicht mehr einschlafen. Meine Frau und Jōkichi kamen gelegentlich in mein Zimmer.

Am Nachmittag des 5. waren die Schmerzen am heftigsten; meine Frau steckte den Kopf zur Tür herein und sagte: «Satsuko würde dich gern besuchen. Sie lässt fragen, ob es dir recht ist.»

«...»

«Ich habe ihr gesagt, sie könne dich natürlich besuchen. Wenn du sie siehst, wirst du deine Schmerzen bestimmt vorübergehend vergessen!»

«Idiotin!», schrie ich sie plötzlich an. Ich wusste selber nicht, aus welchem Grunde mich so unerwartet die Wut gepackt hatte. Ich dachte gerade, dass ich mich vor Satsuko schämen würde, wenn sie mich in diesem elenden Zustand sähe – da sprang mit einem Mal dieses Wort über meine Lippen. Ehrlich gesagt, hätte ich ihren Besuch ganz gern gesehen!

«Wie? Du willst sie nicht sehen?»

«Ich will weder Satsuko noch Kugako hier sehen!»

«Dass du Kugako nicht sehen willst, kann ich mir denken. Übrigens brauchen wir uns ja, trotz deiner großen Schmerzen, nicht ernstlich um dich zu sorgen – es tut dir eigentlich ja nur die Hand weh. Ich habe Kugako neulich schon gesagt, sie solle sich zurückhalten. Da hat sie geweint ...»

«Was gibt es denn da zu weinen?»

«Als dich Itsuko vor einigen Tagen besuchen wollte, habe ich das ebenfalls strikt abgelehnt. Aber Satsuko könnte doch ruhig kommen, meinst du nicht? Warum magst du Satsuko plötzlich nicht mehr?»

«Wie bist du dumm! Dumm! Dumm! Wer hat denn gesagt, dass ich sie nicht mag? Davon kann keine Rede sein, ich mag sie allzu sehr, und gerade deshalb will ich sie jetzt nicht sehen!»

«Ah, so! Verzeih, das war wirklich sehr dumm von mir! Ärgere dich bitte nicht darüber. Das ist Gift für dich!»

Sie sprach mit so sanfter Stimme, als wolle sie ein Baby beruhigen, dann schlich sie in gebückter Haltung hinaus. Weil sie einen heiklen Punkt berührt hatte, war ich offenbar plötzlich in Verwirrung geraten und wurde wütend, um meine Verlegenheit zu verbergen. Nachdem meine Frau verschwunden war, sann ich darüber nach und erkannte, wie unsinnig dieser Wutausbruch gewesen war. Und ich überlegte angstvoll, was

Satsuko wohl von mir halten würde, wenn ihr meine Frau davon berichtete. Da sie mein Herz bis in seinen letzten Schlupfwinkel kannte, würde sie mich schon verstehen, und doch …

Schließlich dachte ich, ich sollte sie doch besser kommen lassen, und suchte in den nächsten Tagen nach einer günstigen Gelegenheit …

Heute Nachmittag kam mir folgende Idee. Meine Hand wird heute Nacht sicher wieder heftig schmerzen, und dann werde ich Satsuko zu mir rufen lassen. «Satsuko! Satsuko! Es tut so weh! Hilf mir!», wollte ich wie ein Kind jammern, bis sie bestürzt angelaufen käme. Sie würde sich vorsichtig nähern und erschrocken fragen: «*Ojiisan*, weinst du wirklich? Man weiß ja nie, ob du dir nicht nur wieder etwas ausgedacht hast!» Und ich würde Sasaki mit den Worten aus dem Zimmer treiben: «Ich habe jetzt mit Satsuko etwas zu besprechen. Ich brauche sonst niemanden!» Aber wie sollte ich es dann anfangen?

«Es tut so weh, hilf mir!», würde ich weiterklagen.

«Ja, ja, *ojiisan*! Was kann ich für dich tun, sag es mir doch, bitte! Sag es mir! Ich tue alles, was du möchtest!»

Dann hätte ich das Spiel gewonnen; aber ich musste mir vorher alles auf das Genaueste überlegen! Ob es nicht irgendeine List gab, die mich ans Ziel brachte?

«Ich würde alle Schmerzen vergessen, wenn ich dich küssen dürfte!», könnte ich sagen, und dann etwa: «Es genügt aber nicht, wenn du mich nur deine Füße küssen lässt!»

«Genügt auch das Necking nicht?»

«Nein, du müsstest mir einen richtigen Kuss geben!»

Oder sollte ich vielleicht laut weinen und jammern? Es könnte ja sein, dass sie nachgab, weil sie keinen anderen Ausweg wusste. Ich will es in den nächsten Tagen einmal versuchen. Ich brauche ja nicht unbedingt zu warten, bis die Schmerzen am heftigsten sind. Es genügt, wenn ich so tue, als litte ich unerträglich. Nur meinen Bart würde ich mir gern vorher abrasieren lassen! Ich habe mich vier, fünf Tage lang nicht rasiert, und mein Gesicht ist voller Bartstoppeln. Damit sehe ich zwar wundervoll leidend und krank aus, aber für den Kuss, den ich mir wünsche, wären die Stoppeln doch störend. Das Gebiss würde ich herausnehmen und meinen Mund möglichst unauffällig reinigen.

Während ich dies schreibe, setzen die Schmerzen wieder ein. Ich kann jetzt nicht mehr schreiben. Ich lege den Pinsel weg und werde Sasaki rufen …

10. Oktober

Sasaki injizierte 0,5 ccm Irgapyrin. Davon wurde mir plötzlich schwindlig, was schon lange nicht mehr der Fall war. Die Decke über mir drehte sich im Kreis, und aus dem einen Wirbel wurden zwei, drei … All das währte etwa fünf Minuten, und dann fühlte ich mich wieder normal. Nur im Nacken blieb ein Druck. Ich nahm ein Drittel eine 0,1 g Luminaltablette und sank sofort in Schlaf.

11. Oktober

Wieder die gleichen Schmerzen wie gestern. Ich nahm ein Nobulon-Zäpfchen.

12. Oktober

Drei Tabletten Dulcin. Es kam wie immer zu einem heftigen Schweißausbruch.

13. Oktober

Heute Morgen fühlte ich mich ein wenig besser. Ich will schnell aufschreiben, was sich in der letzten Nacht ereignet hat. Abends um acht trat Jōkichi an mein Bett. Ich sah ihm an, dass er nicht lange bleiben wollte.

«Wie geht es dir?», fragte er. «Fühlst du dich ein wenig besser?»

«Besser? Es wird von Tag zu Tag schlechter!»

«Aber du hast dich immerhin rasiert und siehst eigentlich frisch aus.»

In Wahrheit war mir das Rasieren unsagbar schwergefallen, weil die Hand so schmerzte; aber ich hatte es ertragen und mich heute Morgen ganz allein rasiert.

«Es ist mir sehr schwergefallen! Aber wenn ich den Bart allzu lange stehen lasse, sehe ich so krank aus!»

«Du könntest dich doch von Satsuko rasieren lassen!»

Dieser Jōkichi! Weshalb hat er das wohl gesagt? Vielleicht ahnte er, was mich dazu bewogen hatte, mich zu rasieren? Er hat es nicht gern, wenn Satsuko in diesem Haus ohne gebührenden Respekt behandelt wird. Dass sie früher Tänzerin gewesen war, ließ man sie gelegentlich spüren. Er hatte es freilich dazu kommen lassen, dass die «junge Frau des Hauses» ein wenig hochfahrend wurde. Natürlich war auch ich dafür verantwortlich; aber Jōkichi hatte, obgleich er der Ehemann war, von Anfang an die Zügel schleifen lassen. Ich weiß nicht, wie die Dinge lagen, wenn die beiden allein waren, aber in Gegenwart anderer verhielt es sich jedenfalls so. War er allen Ernstes gewillt, seine von ihm so verwöhnte Frau anzuweisen, seinen Vater zu rasieren?

«Ich habe es nicht gern, wenn eine Frau mich da berührt», sagte ich mit Nachdruck, stellte mir aber gleichzeitig vor, wie schön es wäre, wenn sie sich über mich beugte, mich rasierte, und ich tief in ihre Nasenlöcher blicken und das durchsichtige rosa Fleisch bewundern könnte.

«Satsuko ist sehr geschickt im Umgang mit einem elektrischen Rasierapparat. Als ich neulich krank war, habe ich mich öfter von ihr rasieren lassen!»

«Wie? So etwas hast du ihr zugemutet?»

«Was ist daran merkwürdig?»

«Ich hätte es nicht für möglich gehalten, dass Satsuko sich so etwas befehlen lässt.»

«Nicht nur rasieren – ich lasse sie alles Mögliche für mich tun!»

«So? Das sagst du jetzt, aber bitte sie doch mal, all das zu tun, was dein Vater gern möchte!»

«Selbstverständlich tue ich das.»

Ich weiß nicht, was und wie er es ihr gesagt hat, jedenfalls trat Satsuko nach zehn Uhr abends in mein Zimmer und sagte Folgendes: «Du hast mir zwar verboten, dich zu besuchen, aber nun bin ich trotzdem da. Jōkichi hat es gewünscht.»

«Wo ist Jōkichi?»

«Er ist weggegangen. Er wollte irgendwo etwas trinken.»

«Er hätte mitkommen sollen, ich hätte gern gesehen, wie er dir vor meinen Augen etwas befiehlt!»

«Er kann mir nichts befehlen. Er ist weggegangen, weil er hier nichts zu suchen hat! Ich habe ihm ausdrücklich gesagt, dass er hier nur störe!»

«Na schön, aber da ist noch jemand, der stört …»

«Ja, ja, ich weiß!», erwiderte Sasaki sofort.

Als hätte ich ihm in diesem Augenblick ein Zeichen gegeben, nahm plötzlich der Schmerz in meiner Hand zu. Von den kleinen Höckern des äußeren und inneren Unterarmknochens bis zu den Fingerspitzen war die Hand nur ein gefühlloser Klumpen, und die Innen- und Außenfläche der Hand fingen leise an, spürbar zu schmerzen. Ich hatte das Gefühl, als kribbelten Ameisen darüber hin, aber zugleich schmerzte es unerträglich, und plötzlich war meine Hand so kalt, als habe ich sie in *nuka-miso*[115] gehalten. Vor lauter Kälte wurde die Hand taub und schmerzte gleichzeitig immer mehr.

Solche Empfindungen begreift nur der Kranke selbst; auch ein Arzt wird es nie verstehen, wie sehr man auch versucht, es ihm zu erklären.

«Sa-*chan*! Sa-*chan*!», hörte ich plötzlich jemanden rufen. Eine solche Stimme war wirklich nur in Augenblicken des größten Schmerzes möglich! Niemand konnte eine so verzweifelte Stimme nur vortäuschen. Ich hatte noch nie Sa-*chan* gesagt, aber nun tat ich es zu meiner größten Überraschung! Ein unbeschreibliches Glücksgefühl erfüllte mich. Ich war selig, obgleich ich heftige Schmerzen litt.

«Sa-*chan*! Sa-*chan*! Es tut so weh!»

Es hörte sich an wie das Geschrei eines dreizehn-, vierzehnjährigen Jungen. Ich brauchte mich nicht im Geringsten zu verstellen.

Während ich «Sa-*chan*! Sa-*chan*! Komm doch!» rief, fing ich an zu weinen. Es war peinlich, wie unbeherrscht mir die Tränen aus den Augen flossen, wie meine Nase zu laufen anfing und mir der Speichel aus dem Mund tropfte. Ich heulte laut los. Es war wirklich kein Theater! Während ich «Sa-*chan,* Sa-*chan*!» schrie, war ich ein dummes, verwöhntes Kind geworden und weinte hemmungslos vor mich hin. Obgleich ich mich verzweifelt bemühte aufzuhören, wollte es mir nicht gelingen. Hatte ich meinen Verstand verloren? War ich verrückt geworden? «Oh-oh», heulte und schluchzte ich immer weiter. Sollte ich wirklich irrsinnig geworden sein, dann musste ich mich damit abfinden, überlegte ich; es war mir gleichgültig, was mit mir geschah. Doch es war verwirrend, dass ich gleichzeitig versuchte, Klarheit über mich selbst zu gewinnen, und entsetzliche

Angst hatte, ich könnte den Verstand für immer verloren haben. Von da an war unzweifelhaft alles, was ich tat, Theater. Jetzt benahm ich mich mit vollem Bewusstsein wie ein verzogenes Kind.

«Sa-*chan*! Sa-*chan*! Oh-oh!», heulte ich.

«Hör auf, *ojiisan*!»

Satsuko hatte mir von Anfang an schweigend ins Gesicht gestarrt, nun war ihr offenbar die Veränderung in mir aufgegangen.

«Wenn du dich weiter so stellst, als seist du verrückt, wirst du es tatsächlich noch!»

Sie näherte ihren Mund meinem Ohr und sagte mit seltsam ruhiger, leiser Stimme, in der auch Ironie mitschwang:

«Dass du imstande bist, dich so zu benehmen, als seist du verrückt, beweist, dass du bereits anfängst, verrückt zu werden.»

Mir war, als tropfe der Spott aus ihrem Mund auf mich herunter.

«Hör zu! Hast du nicht gesagt, du möchtest, dass ich etwas für dich tue? Aber solange du heulst, mache ich nichts!»

«Dann höre ich eben auf», sagte ich ruhig.

«Das hoffe ich auch!», erwiderte sie. «Wenn mir jemand ein solches Theater vormacht, werde ich nur noch dickköpfiger. Ich bin gewohnt, meinen Willen durchzusetzen!»

Ich verzichte darauf, hier alles umständlich zu berichten. Jedenfalls weigerte sie sich, mich zu küssen. Sie hieß mich nur, während unsere Lippen etwa einen Zentimeter voneinander entfernt waren, weit den Mund öffnen und ließ einen Tropfen Speichel aus ihrem Mund in den meinen fallen.

«So, das ist genug. Wenn dir das nicht genügt, mach, was du willst!»

«Ich habe furchtbare Schmerzen! Furchtbare Schmerzen! Wirklich!»

«Aber jetzt muss es doch besser geworden sein!»

«Es tut weh! Entsetzlich weh!»

«Du fängst schon wieder zu schreien an. Ich gehe sofort raus! Dann kannst du heulen, so viel du willst!»

«Satsuko, bitte! Erlaube mir, dass ich dich von jetzt an Sa-*chan* nenne!»

«Albernes Zeug!»

«Sa-*chan*!»

«Alter Schmeichler und Heuchler! Wer würde darauf schon hereinfallen!»

Wütend lief sie hinaus.

15. Oktober

Heute Abend nahm ich 0,3 ccm Barbitursäure und 0,3 ccm Bromural. Die Schlafmittel verlieren ihre Wirkung, wenn ich sie nicht von Zeit zu Zeit wechsle. Luminal wirkt überhaupt nicht mehr.

17. Oktober

Dr. Sugita hatte mir empfohlen, Dr. Kajiura von der Kajiura-Klinik der Universität Tōkyō rufen zu lassen. Heute Nachmittag kam er. Ich kannte ihn bereits, da er mich vor einigen Jahren bei meiner Gehirnblutung untersucht hatte. Dr. Sugita berichtete ihm ausführlich vom Verlauf meiner Krankheit und zeigte ihm auch die Röntgenbilder von den Hals- und Hüftwirbeln. Dr. Kajiura erklärte, er sei nicht überzeugt, dass die Schmerzen in meiner linken Hand von den Rückenwirbeln ausgingen, aber er halte es für möglich, dass die Diagnose der Orthopäden im Toranomon-Krankenhaus stimme. Er wolle die Röntgenaufnahmen mit in die Universität nehmen, sie einem Spezialisten zeigen und dann anrufen. Obgleich es nicht sein Fachgebiet sei, meine er aber, dass gewisse Veränderungen in den Nervenbahnen der linken Hand eingetreten seien. Da ich das Gipsbett und auch das Halsstrecken ablehne, man also den Druck auf die Nerven nicht beseitigen könne, seien nur vorübergehend wirkende Maßnahmen möglich. Parotin-Spritzen seien wohl das Beste, das Irgapyrin sollten wir absetzen, da es unerfreuliche Nebenwirkungen zeitige.

Nachdem er mich eingehend untersucht hatte, nahm er die Röntgenbilder und verabschiedete sich.

19. Oktober

Von Dr. Kajiura kam ein Anruf für Dr. Sugita. Die Orthopäden der Universität seien der gleichen Meinung wie die Ärzte des Toranomon-Krankenhauses, teilte er mit.

Um halb neun Uhr öffnete jemand, ohne anzuklopfen, die Tür.

«Wer ist da?», fragte ich. Aber es kam keine Antwort.

«Wer ist da?», wiederholte ich noch einmal, und schließlich vernahm ich leise Schritte. Es war Keisuke, der im Nachtgewand vor mir stand.

«Was willst du denn noch um diese Zeit?»

«*Ojiisan*, tut dir die Hand sehr weh?»

«Kinder sollen sich um so was nicht kümmern. Für dich ist es jetzt Zeit, schlafen zu gehen.»

«Ich war schon im Bett, aber ich wollte heimlich einmal nach dir sehen ...»

«Schlaf gut, Keisuke! Schlaf gut! Kinder sollen sich nicht ...»

Mitten im Satz blieb mir aus irgendeinem Grund die Stimme hinten in der Kehle stecken, und plötzlich stiegen mir Tränen in die Augen.

Es waren ganz andere Tränen als die, die ich vor einigen Tagen vor Keisukes Mutter vergossen hatte. Damals hatte ich übertrieben und laut geschluchzt, heute waren mir nur ein paar Tropfen in die Augen getreten. Um sie zu verbergen, griff ich hastig nach meiner Brille und setzte sie auf. Aber da sie beschlug, befand ich mich in noch größerer Verlegenheit als zuvor, und es war sehr schwer, diese Tränen vor dem Jungen zu verbergen.

Neulich hatte ich in den Tränen den Beweis gesehen, dass sich mein Geist verwirrt hatte. Aber was besagten die Tränen heute? Mein Weinen damals hatte mich selber nicht überrascht, aber heute hatte ich nicht im Mindesten damit gerechnet. Wie Satsuko empfand ich Freude an Verstellungskünsten. Aber merkwürdigerweise neige ich auch leicht zu Tränen, so beschämend dies für einen Mann ist. Manchmal weine ich sogar darüber, dass ich keinen Stuhlgang habe. Natürlich bin ich bemüht, mir vor anderen nichts anmerken zu lassen. Ich sage meiner Frau gern kleine Bosheiten und spiele mich als Bösewicht auf; wenn sie dann aber in Tränen ausbricht, werde ich sofort schwach. Daher versuche ich, meine Neigung zu Tränen unbedingt vor ihr geheim zu halten. Aber so tränenselig und sentimental ich auch sein mag, im Innern bin ich pervers und gefühlsarm. Das ist mein Charakter. Nun, da ein unschuldiges Kind vor mir erschienen war und sanfte Worte zu mir gesprochen hatte, konnte ich es plötzlich nicht mehr ertragen, und meine Brille beschlug immer wieder von Tränen, sooft ich auch darüber hin wischte.

«*Ojiisan*, du musst stark sein! Bestimmt wird es dir bald besser gehen, wenn du Geduld hast.»

«Ja, es wird schon gut werden – geh jetzt in den ersten Stock und schlaf!», hatte ich antworten wollen, aber nach den Worten «erster Stock» wurde meine Stimme ganz dumpf, und ich weiß selber nicht mehr, was ich dann noch gesagt habe. Schnell zog ich die

Decke über meinen Kopf. Der Gedanke, Sasaki könne etwas bemerkt haben, irritierte mich. Im Dunkel unter der Decke liefen die Tränen über mein Gesicht, als sei ein Damm gebrochen. Ob Keisuke ewig bei mir stehen bleibt, überlegte ich nach einer Weile, hoffentlich geht er bald in den ersten Stock. Wie dumm ist das alles! Und ich weinte immer weiter.

Etwa nach einer halben Stunde, als meine Tränen getrocknet waren, streckte ich den Kopf wieder unter der Decke hervor. Keisuke war nicht mehr da.

«Der kleine Keisuke», meinte Sasaki, «ist wirklich rührend.» Und: «Er ist noch so jung und macht sich schon Sorgen um seinen Großvater!»

«Er ist noch ein Kind, aber frühreif und vorwitzig! Solche Kinder kann ich nicht leiden!»

«Wie können Sie so etwas sagen!»

«Ich habe ausdrücklich verboten, dass die Kinder zu mir kommen! Er kümmert sich aber nicht darum. Mir ist es lieber, wenn sich Kinder wie Kinder benehmen.»

Ich ärgerte mich, dass ein Kind mich in meinem hohen Alter so beschämend zum Weinen gebracht hatte, und ich finde die Erinnerung daran unerträglich. Mag ich auch zum Weinen neigen, es ist doch kaum zu fassen, dass mir in diesem Augenblick die Tränen kamen! Ich habe das Gefühl, dass der Zeitpunkt meines Todes sehr nahe gerückt ist …

21. Oktober

Heute erzählte mir Sasaki, sie habe früher im PQ-Krankenhaus gearbeitet; und als sie sich gestern Nachmittag um ein Uhr von uns freigeben ließ, um zur Zahnbehandlung nach Shinagawa[116] zu gehen, traf sie dort den Orthopäden Dr. Fukushima aus ihrer PQ-Krankenhaus-Zeit und unterhielt sich während der Wartezeit zwanzig Minuten lang mit ihm. Auf seine Frage, wo sie jetzt tätig sei, habe sie ihm berichtet, wen sie pflege und dass ihr Patient an Handschmerzen leide. Ob er keine gute Therapie wisse, habe sie ihn gefragt, der alte Herr finde so umständliche Methoden wie das Halsstrecken zu lästig. Aber ja, habe Dr. Fukushima geantwortet, es handle sich allerdings um eine etwas gefährliche und schwierige Injektion, die besondere Geschicklichkeit erfordere. Die meisten Ärzte verstünden sich nicht darauf und wendeten sie nicht an. Er aber sei dazu imstande und könne es ihr auch beweisen. Der Name der Krankheit sei Schulter-Arm-Syndrom. Am sechsten Halswirbel befinde sich eine Blockierung, und man müsse Xylocain in die Gegend des Querfortsatzes spritzen, um die sensiblen Nerven auszuschalten. Dadurch werde der Schmerz in der Hand sofort beseitigt. Aber da die Nerven am Hals hinter der großen Halsschlagader verlaufen, sei es schwierig, die Injektionsnadel in die Nervenbahn hineinzustechen, ohne dabei die Halsschlagader zu verletzen. Wenn sie auch nur geringfügig geritzt werde, sei es schlimm. Aber es brauche gar nicht die Halsschlagader selber zu sein, auch wenn in eines der unzähligen kleinen Blutgefäße, von denen der Hals durchzogen ist, aus Versehen etwas Injektionsflüssigkeit oder Luft eindringe, dann geriete der Patient sofort in Atemnot. Wegen dieser Gefahr verzichteten die meisten Ärzte auf diese Behandlung; er aber wolle es wagen, er habe schon viele Patienten so behandelt und nicht einen einzigen Misserfolg gehabt. Es werde sicher auch dieses Mal gut gehen. Das also hatte der Arzt zu Sasaki gesagt. Auf meine Frage, wie viele Tage es dauern werde, antwortete sie: Nur einen einzigen Tag, in ein, zwei Minuten sei es vorüber, aber natürlich müsse vorher geröntgt werden. Falls die Injektion gelänge, hörten die Schmerzen augenblicklich auf, weil die Nerven durchschnitten werden; nur einen halben Tag Geduld, und man werde froh und erleichtert nach Hause zurückkehren. Ob ich das nicht versuchen wolle.

«Kann man diesem Dr. Fukushima denn Vertrauen schenken?»

«Selbstverständlich! Außerdem ist er doch Arzt in der Orthopädischen Abteilung des PQ-Krankenhauses, er ist also anerkannt tüchtig! Er hat an der Universität Tōkyō studiert. Ich kenne ihn schon seit vielen Jahren!»

«Ob man das wirklich riskieren kann? Was passiert denn, wenn ihm ein Versehen unterläuft?»

«Sie können Dr. Fukushima unbedingt Vertrauen schenken! Aber soll ich noch einmal zu ihm gehen und alles genau mit ihm besprechen?»

«Ich kann mir eigentlich nicht recht vorstellen, dass er tatsächlich so geschickt ist.»

Als ich dann Dr. Sugita nach seiner Meinung fragte, antwortete er: «Ja, ich weiß natürlich nicht, ob Dr. Fukushima es schafft. Wenn ihm diese Injektion gelingt, wäre es geradezu ein Wunder!»

Er findet die Sache also doch gefährlich und ist nicht recht einverstanden.

22. Oktober

Sasaki ging noch einmal ins PQ-Krankenhaus und unterhielt sich ausführlich mit dem Arzt. Er gab verschiedene fachmännische Erläuterungen, aber ich begriff die Details natürlich nicht. Er habe, sagte er zu Sasaki, ja schon neulich gesagt, dass er Dutzende von Patienten so behandelt und stets Erfolg gehabt habe; daher erscheine ihm diese Injektion durchaus nicht so schwierig, dass man von einem Wunder sprechen müsse. Die Patienten hätten keine Angst gehabt, sich vertrauensvoll der Injektion unterzogen und sich unmittelbar danach so wohlgefühlt, dass sie hochbefriedigt nach Hause zurückgekehrt seien. Sollte ich beunruhigt sein, so könne er vorsorglich einen Anästhesisten heranziehen und Sauerstoff bereitstellen lassen. Trete wider Erwarten die Injektionsflüssigkeit oder Luft in eine Ader, würde man sofort einen Tubus in die Luftröhre einführen, um Sauerstoff zuzuleiten. Er habe solche Vorsorge bisher noch nie getroffen, und es sei trotzdem nicht die kleinste Komplikation eingetreten. Der alte Herr könne, sagte er zu Sasaki, wirklich ganz ohne Sorge sein; er sei auf jede Eventualität vorbereitet.

«Wie wollen Sie sich nun entscheiden?», fragte mich Sasaki, nachdem sie ihren Bericht beendet hatte. «Dr. Fukushima will Sie nicht überreden. Er meinte sogar, wenn Sie Bedenken hätten, sollten Sie lieber auf die Injektion verzichten. Sie möchten es sich gründlich überlegen.»

Die Erinnerung an neulich Abend, als Keisuke mich zum Weinen gebracht hatte, ist noch sehr lebendig in mir, und der Vorfall erscheint mir jetzt als böses Omen. Weinte ich damals, weil mich die Vorahnung des Todes überkommen hatte? Es scheint mir bedenklich, dass ich, der ich mich zwar mutig gebe, in Wahrheit aber feige und übertrieben vorsichtig bin, mich von Sasaki zu einer so gefährlichen Injektion überreden lassen will. Ist es mir vielleicht vorbestimmt, bei dieser Injektion zu sterben?

Aber ist es mir denn bisher nicht gleichgültig gewesen, wann ich sterbe, und habe ich mich nicht schon lange mit dem Tod abgefunden? Als man mir damals im Toranomon-Krankenhaus mitteilte, es könne sein, dass ich an Halswirbelkrebs litte, waren meine Frau und Sasaki, die mich begleitet hatten, vor Schreck blass geworden, aber ich blieb völlig ungerührt. Ich staunte selber, wie gleichgültig ich war. Der Gedanke, dass mein Leben endlich langsam zu Ende ging, hatte mich eher erleichtert. Sollte ich jetzt nicht die Gelegenheit wahrnehmen, mein Schicksal auf die Probe zu stellen? Wäre es wirklich so schlimm, wenn ich Pech hätte? Von früh bis spät muss ich gegen die Schmerzen in meiner Hand ankämpfen, selbst Satsukos Anblick kann mich nicht mehr erfreuen, sie behandelt mich als kranken, alten Mann und nimmt mich in keiner Weise ernst. Was für einen Sinn hat ein solches Leben noch? Nur wegen meiner Liebe zu Satsuko möchte ich weiterleben, sonst ist es sinnlos, noch länger auf dieser Erde zu verweilen!

23. Oktober

Meine Schmerzen sind unverändert heftig. Ich nahm Doriden ein, wachte aber bald wieder auf. Darauf bat ich Sasaki, mir eine Zaruburo-Injektion zu geben.

Ich wachte morgens um sechs Uhr auf und dachte eingehend über das Problem von gestern nach.

Ich fürchte mich nicht vor dem Tod, aber wenn ich mir vorstelle, dass ich vielleicht schon in diesem Augenblick sterbe, dann befällt mich doch Angst. Ich möchte am liebsten in diesem mir vertrauten Schlafzimmer in meinem Bett sterben, umgeben von Verwandten und Freunden. (Nein, Verwandte und Freunde sollten lieber nicht zugegen sein! Besonders Satsuko nicht. Es würde mir sehr weh tun, ihr zu sagen: «Ich danke dir für all deine Hilfe in dieser langen Zeit, Satsuko!» Ich würde wohl anfangen zu weinen, und sie müsste aus Pflichtgefühl auch ein paar Tränen vergießen! Ich würde mich dann nur schämen, und das Sterben fiele mir schwer. Ob sie mich wohl gleich nach meinem Tod kalten Herzens vergisst und sich einen Boxkampf ansieht? Es wäre mir lieber, sie spränge ins Schwimmbassin und tummelte sich dort. Ach, wenn ich nicht mehr bis zum nächsten

Sommer lebe, kann ich sie gar nicht mehr schwimmen sehen!) Ich bin also durchaus bereit zu sterben, ich möchte nur nicht wissen, wann; und ich möchte so sterben, als sinke ich in Schlaf. Ich spüre nicht die mindeste Lust, in das mir unbekannte PQ-Krankenhaus geschafft und dort von einem meinetwegen berühmten Arzt behandelt zu werden, von einem Orthopäden, einem Anästhesisten und einem Röntgenarzt umgeben, die ich in meinem Leben noch nie gesehen habe, und irgendwie als kostbarer Patient zu gelten, der schließlich nach einem furchtbaren Erstickungsanfall stirbt. Allein dieser bedrückende Gedanke macht mir das Sterben zu einer grauenvollen Vorstellung. Wie mir wohl zumute ist, wenn ich bei dieser Injektion plötzlich in Atemnot gerate, zu keuchen anfange, alles in weite Ferne rücken sehe und man mir einen Tubus in die Luftröhre einführt? Vor dem Tod habe ich keine Angst, aber ich fürchte mich vor Schmerzen, vor der Bedrückung und der Todesangst, die das Sterben nun einmal begleiten. Sicher werden in jenem Augenblick all die vielen bösen Taten meines über siebzig Jahre währenden Lebens der Reihe nach vor meinen Augen erscheinen, und von irgendwoher wird eine Stimme mir zurufen: «Das hast du getan! Und das hast du getan! Mit einem bequemen Tod sollst du nicht wegkommen! So, da hast du es!» Ja, es ist sicher das Beste, ich gebe die Überlegung ganz auf, ins PQ-Krankenhaus zu gehen! Heute ist Sonntag. Der Himmel ist bewölkt, und es regnet. Ich unterhielt mich mit Sasaki. Sie fragte mich: «Soll ich morgen Herrn Dr. Kajiura in der Kajiura-Klinik der Universität Tōkyō aufsuchen und ihn um seine Meinung fragen?

Ich werde ihm alles genau erzählen, was Dr. Fukushima mir gesagt hat, und ihn um seine Ansicht bitten. Falls Dr. Kajiura die Injektion empfiehlt, können Sie sie ja machen lassen, falls er davon abrät, verzichten Sie eben darauf.» So will ich es halten.

24. Oktober

Sasaki kam abends zurück und berichtete Folgendes: «Professor Kajiura hat erklärt, er kenne Dr. Fukushima vom PQ-Krankenhaus nicht. Außerdem sei er selber kein Spezialist für diese Krankheit und könne aus diesem Grunde weder zu- noch abraten. Wenn Dr. Fukushima aber an der Universität Tokyō ausgebildet worden sei und jetzt im PQ-Krankenhaus arbeite, könne man sich vollkommen auf ihn verlassen, dann sei er bestimmt kein Scharlatan. Zudem wolle ja Dr. Fukushima für den Fall, dass die Injektion misslinge, Vorkehrungen treffen. Sie könnten ihm also ruhig vertrauen und sich von ihm behandeln lassen.»

Ich hatte gehofft, der Professor würde abraten, und war überzeugt, dass ich mich dann sehr erleichtert fühlen würde. Nun ist aber nichts mehr zu machen. Ich werde mich dieser Gefahr aussetzen müssen. Ich kann ihr nicht mehr ausweichen. Vielleicht gibt es doch noch eine Ausrede, die mir gestattet, mich alldem zu entziehen.

25. Oktober

«Sasaki-*san* hat es mir erzählt! Brauche ich mir auch wirklich keine Sorge zu machen? Natürlich hast du Schmerzen, aber die würden doch auch ohne diese Injektion bald vergehen!», sagte heute meine Frau, der mein Vorhaben sehr missfiel.

«Ich sterbe ja nicht, wenn die Injektion misslingt!»

«Aber vielleicht wirst du ohnmächtig und musst furchtbar leiden. Dann habe ich Angst, du könntest doch sterben! Das möchte ich nicht mit ansehen müssen.»

«In meiner Lage würde es auch nicht mehr viel ausmachen, wenn ich stürbe», sagte ich bedrückt.

«Wann soll es sein?»

«Im Krankenhaus hieß es, ich könne kommen, wann ich will. Und ich meine, ich sollte die Sache nicht lange hinausschieben, nachdem ich mich einmal dazu entschlossen habe. Ich gehe morgen hin.»

«Ach, warte doch noch! Du bist in allem immer gleich so hastig!»

Ich dachte, sie sei schon weggegangen, aber sie holte nur Takashimas Weissagungskalender und schlug dort nach.

«Morgen ist ‹Schnelles Verlieren›, übermorgen dann ‹Buddhas Tod›, am Achtundzwanzigsten ‹Große Ruhe›, das ist günstig. Entscheide dich doch für den Achtundzwanzigsten!»

Natürlich hatte ich von vornherein gewusst, dass meine Frau dagegen sein würde.

«Es ist doch Unsinn, sich nach einem Weissagungskalender zu richten! Lass doch ruhig an diesem Tag ‹Buddhas Tod› sein, je schneller, desto besser!»

«Nein, tu das bitte nicht! Geh wenigstens am Achtundzwanzigsten. Dann komme ich mit.»

«Das ist nicht nötig.»

«Doch, doch, ich komme mit.»

«Wenn Sie dabei sind», bemerkte Sasaki, «fühle ich mich gleich beruhigter.»

27. Oktober

Heute ist «Buddhas Tod». Im Weissagungskalender heißt es: «Dieser Tag ist ungünstig für Umzüge, für die Eröffnung eines Geschäfts und alle anderen Unternehmungen.» Morgen werde ich also in Begleitung meiner Frau, Sasakis und Dr. Sugitas um zwei Uhr nachmittags zum PQ-Krankenhaus fahren und um drei Uhr die Injektion bekommen. Leider hatte ich auch heute von morgens an heftige Schmerzen. Sasaki gab mir eine Pyrabitalum-Spritze. Auch abends waren die Schmerzen wieder sehr stark. Ich bekam Brom-Zäpfchen und nachts eine Biospitan-Spritze. Dieses Mittel erhielt ich heute zum ersten Mal. Es ist zwar kein Morphiumpräparat, aber doch eine Art Betäubungsmittel. Nun kann ich das Tagebuch einige Zeit nicht weiterführen, ich werde mich dann nach den Krankenbucheintragungen von Sasaki richten.

28. Oktober

Um sechs Uhr wachte ich auf. Nun ist der Schicksalstag also wirklich gekommen. Innerlich bin ich sehr aufgeregt. Da man vorher möglichst Ruhe halten soll, bin ich im Bett geblieben und ließ mir Frühstück und Mittagessen herbringen. Als ich sagte, ich wünsche mir jetzt das chinesische *tonpōrō*-Gericht[117], lachten alle über mich, und Sasaki meinte: «Wenn Sie einen solchen Appetit haben, können wir beruhigt sein!»

Natürlich hatte ich überhaupt keinen Appetit. Ich sagte es nur, um mich selber zum Essen zu ermuntern. Schließlich aß ich einen Toast, ein Glas Dickmilch, ein Spanisches Omelett, einen Delicious-Apfel und trank eine Tasse Tee dazu. Ich hoffte im Esszimmer vielleicht Satsuko zu treffen, aber man ließ mich nicht aufstehen, und ich verzichtete darauf, meinen Willen durchzusetzen. Nach dem Essen versuchte ich eine halbe Stunde zu schlafen, aber es wollte mir nicht gelingen.

Um zwei Uhr kam Dr. Sugita. Er maß den Blutdruck und untersuchte mich kurz. Kurz darauf brachen wir auf. Ich saß zwischen Dr. Sugita und meiner Frau. Vorn nahm Sasaki neben dem Chauffeur Platz. Wir wollten gerade abfahren, da tauchte der Hillman mit Satsuko auf.

«*Ojiisan*! Wo willst du hin?», rief sie und hielt an.

«Zum PQ-Krankenhaus, um mir schnell eine Spritze geben zu lassen. In einer halben Stunde bin ich wieder da.»

«Und was macht *obaasan* dabei?»

«Sie fürchtet, Magenkrebs zu haben, und will sich bei dieser Gelegenheit gleich untersuchen lassen. Sie ist schrecklich aufgeregt.»

«Das ist doch ganz verständlich!»

«Und *kimi* ...», fing ich an, verbesserte mich aber sofort: «*Omae,* wohin willst du?»

«Ins Yurakuza-Kino. Entschuldige mich bitte!»

Einen Augenblick dachte ich daran, dass Haruhisa sich, nachdem die Jahreszeit für das Duschen vorüber war, schon lange nicht mehr hatte blicken lassen.

«Was gibt es denn diesen Monat?»

«Den ‹Diktator› mit Chaplin!»

Und schon war sie mit ihrem Hillman verschwunden.

Ich hatte verboten, jemandem mitzuteilen, was ich vorhatte, und Satsuko konnte eigentlich nichts wissen. Aber sicher hatten meine Frau oder Sasaki ihr trotzdem davon erzählt. Sicher tat sie nur so, als ahne sie nichts. Vielleicht hatte sie eigens auf den Augenblick meiner Abfahrt gewartet, um mir Mut zu machen. Oder meine Frau hatte es ihr nahegelegt. Ich war jedenfalls froh, Satsuko vorher noch einmal gesehen zu haben. Und nun fuhr sie, eine Meisterin in der Kunst der Verstellung, stolz erhobenen Hauptes ins Yurakuza-Kino. Als ich mir überlegte, dass sich meine Frau das in ihrer Sorge um mich ausgedacht hatte, wollte mir fast die Brust zerspringen.

Wir kamen zur verabredeten Zeit an. Man brachte mich sofort in das für mich vorgesehene Zimmer Nr. X. Auf dem Namensschild las ich meinen Namen: Utsugi Tokusuke. Ich sollte also wohl der Form halber einen Tag im Krankenhaus bleiben. Man setzte mich in einen

Rollstuhl und fuhr mich durch einen langen Korridor zum Röntgenraum. Dr. Sugita, die Pflegerin Sasaki und meine Frau kamen mit. Da meine Frau nur sehr langsam gehen kann, keuchte sie hinter dem Rollstuhl her. Dem Anlass entsprechend, trug ich japanische Kleidung. Meine Frau half mir beim Ausziehen. Ich wurde auf eine glatte, harte Platte gelegt und musste nun die verschiedensten Stellungen einnehmen. Über mir hing ein Apparat an der Decke, er wurde so gedreht, dass er schließlich genau über meinem Körper war. Da dieser mit komplizierten Funktionen versehene Apparat aus einer gewissen Entfernung gesteuert wurde, benötigte man geraume Zeit, bis die Fixierung auf das Objekt gelungen war, zumal alles auf den Millimeter genau passen musste. Die Platte, auf der ich lag, war außerordentlich kühl – wir hatten ja schon Ende Oktober; auch das Kältegefühl in meiner Hand dauerte an, aber da ich mich in einer seltsamen Anspannung befand, störten mich weder Kälte noch Schmerz. Es wurden Aufnahmen vom Hals und vom Rücken gemacht, ich musste auf der Seite liegen und den linken und dann den rechten Arm nach unten halten. Jedes Mal wurde der Apparat neu eingestellt, es war alles höchst umständlich. Immer wenn der Röntgenstrahl durch mich hindurchschoss, musste ich den Atem anhalten. Im Großen und Ganzen unterschied sich diese Durchleuchtung aber nicht von der, die im Toranomon-Krankenhaus gemacht worden war.

Hierauf kehrte ich in mein Zimmer zurück und legte mich dort aufs Bett. Nach sehr kurzer Zeit brachte man den noch nassen, schon entwickelten Film. Dr.

Fukushima betrachtete die Aufnahmen aufmerksam und erklärte dann: «So, dann will ich jetzt die Injektion vornehmen.»

Er hatte bereits eine Spritze mit Xylocain vorbereitet.

«Bitte, stehen Sie auf und kommen Sie hierher. Das ist bequemer.»

«Gut», erwiderte ich, stieg aus dem Bett und begab mich mutigen und festen Schrittes zu dem hellen Fenster, an dem der Arzt stand, und stellte mich vor ihn.

«So, ich fange jetzt an. Es tut nicht weh. Seien Sie unbesorgt!»

«Das bin ich auch. Fangen Sie ruhig an!»

«So ist es gut.»

Ich fühlte, wie mir die Nadel in den Hals drang. «Was ist das», dachte ich in diesem Augenblick, «was soll denn das sein, es tut eigentlich gar nicht weh.» Ich glaube nicht, dass sich mein Gesicht verfärbte oder dass ich zitterte. Ich blieb völlig gelassen. «Wie? Das soll das Sterben sein?», überlegte ich, war aber durchaus nicht überzeugt, dass ich sterben würde. Der Arzt zog die Nadel gleich wieder heraus und betrachtete sie. Nicht nur bei Xylocain, bei jeder Injektion, bei der die Flüssigkeit nicht in die Blutgefäße dringen darf, ist es üblich, die Nadel vor der eigentlichen Injektion noch einmal herauszuziehen, um festzustellen, ob nicht etwa Blut darin ist. Gewissenhafte Ärzte verzichten nie auf eine solche Vorsichtsmaßnahme. Auch Dr. Fukushima machte es so; zumal es sich hier um einen Fall handelte, der ihm besonders wichtig erschien. Da sagte er plötzlich verwirrt: «Das kann doch nicht sein!» und fuhr fort: «Ich habe diese Injektion schon bei so vielen

Patienten vorgenommen, aber noch kein einziges Mal sind die Blutgefäße dabei verletzt worden. Was ist das nur heute? Sehen Sie her! Hier ist etwas Blut. Irgendwo habe ich ein winziges Blutgefäß berührt!»

«Und was werden Sie nun tun? Wollen Sie die Injektion wiederholen?»

«Nein, es ist besser, ich breche ab. Es tut mir wirklich leid, aber kommen Sie bitte morgen noch einmal wieder. Dann wird sicher alles gut gehen. So etwas ist mir bisher noch nie passiert ...»

Irgendwie war ich erleichtert. Es ist also noch einmal gut gegangen, dachte ich und fühlte, wie sich eine große Ruhe in mir ausbreitete. Mein Leben war um einen Tag verlängert. Aber bei dem Gedanken an morgen hätte ich es doch vorgezogen, wenn Dr. Fukushima die Injektion sofort wiederholt und sich mein Schicksal mit einem Schlag entschieden hätte.

«Sie sind übervorsichtig! Es ist doch nur eine Winzigkeit Blut hineingekommen. Könnten Sie es nicht trotzdem wagen?», sagte Sasaki leise, aber Sugita bemerkte: «Nein! Ich bewundere Dr. Fukushima deswegen! Jeder andere Arzt hätte das Angefangene gern zu Ende gebracht. Er aber ist so vorsichtig, dass er wegen dieses Tropfens Blut aufhört, obwohl alles so sorgfältig vorbereitet und sogar ein Anästhesist zur Stelle ist. Das ist eine Entscheidung, die einem ungeheuer schwerfallen muss! Als Arzt muss ich seinen Entschluss aufs Höchste rühmen! Eine solche Einstellung müsste jeder Arzt besitzen. Ich habe hier heute viel dazugelernt!»

Wir verabredeten uns für morgen und kehrten nach Hause zurück. Im Auto pries Dr. Sugita unablässig die

Haltung des Arztes. Sasaki wiederholte: «Ob es nicht doch besser gewesen wäre, er hätte die Injektion durchgeführt?» In einem Punkte waren die beiden sich aber einig: Die allzu große Vorsicht war die Ursache für Dr. Fukushimas Misserfolg, er hätte besser auf die umständlichen Vorbereitungen verzichten und wie immer mit leichter, sicherer Hand vorgehen sollen. Seine große Nervosität hatte sich als verhängnisvoll erwiesen.

Meine Frau sagte dazu: «Es ist eben doch sehr gefährlich, so nahe an der Halsschlagader eine Spritze zu geben. Ich war von Anfang an dagegen. Du solltest morgen gar nicht hingehen.»

Als wir nach Hause kamen, war Satsuko noch nicht zurück. Keisuke spielte vor der Hundehütte mit Lesly.

Ich nahm das Abendessen im Bett ein und musste äußerste Ruhe halten. Meine Hand fing wieder an zu schmerzen.

29. Oktober

Heute brachen wir zur gleichen Zeit wie gestern auf. Auch meine Begleiter waren dieselben. Leider verlief alles genauso wie am Tag zuvor. Auch heute verletzte Dr. Fukushima irgendein Blutgefäß, und in der Spritze fand sich ein wenig Blut. Angesichts seiner gründlichen Vorbereitungen war Dr. Fukushimas Enttäuschung groß. Fast hatten wir Mitleid mit ihm. Nach diesem Pech ist es wohl am besten, zunächst auf die Injektion zu verzichten. Und da es auch für den Arzt peinlich gewesen wäre, wenn sich der Misserfolg morgen abermals wiederholt hätte, will er es nicht noch einmal versuchen. Ich fühle mich jetzt wirklich ruhiger.

Um vier Uhr nachmittags waren wir wieder zu Hause. Die Blumen in der Nische waren ausgewechselt. Amarant und Herbstanemonen steckten in einem Körbchen aus Rōkansai[118]. Offenbar war wieder der Lehrer aus Kyōto gekommen, und vielleicht hatte Satsuko mir eine Freude machen wollen. Vielleicht hatte sie angenommen, dass man mir die Blumen ans Bett stellen werde, und hatte sie daher mit besonderer Sorgfalt gesteckt? Auch das Gedicht von Kafū, das schon sehr lange dort gehangen hatte, war durch ein anderes ersetzt. Die dazugehörige Bildrolle stammte von Roka Itsumin Suga Tatehiko[119]. Sie war lang und schmal und zeigte einen Leuchtturm mit einem strahlenden Scheinwerfer. Tatehiko liebte es, seinen Bildern chinesische oder japanische Gedichte beizufügen; hier hatte er ein japanisches aus dem «Man'yōshū»[120] dazugepinselt. Es lautet:

Mein Geliebter
wo ist er auf seiner Reise?
Ob er heute
den Nabari-Berg
wohl überquert?

9. November

Seit meinem Besuch im PQ-Krankenhaus sind zehn Tage vergangen. Meine Frau meinte damals, die Schmerzen in meiner linken Hand würden auch ohne die Injektion bald nachlassen; und irgendwie fange ich tatsächlich an, mich etwas wohler zu fühlen. Ich habe die schwere Zeit mit Hilfe von Shingureran und einigen Sedativen überstanden. Aber ich weiß nicht, ob ich die leichte Besserung den Heilmitteln zu verdanken habe oder ob sie ohnehin eingetreten wäre. Jetzt bekomme ich plötzlich Lust, nach Kyōto zu fahren, um mir einen Grabplatz auszusuchen. Seit dem Frühjahr liegt mir diese Sache ständig auf der Seele, und jetzt überlege ich ernsthaft, ob ich nicht bald nach Kyōto fahren soll.

10. November

«Kaum geht es dir ein bisschen besser, machst du schon wieder Schwierigkeiten! Solltest du nicht lieber abwarten, wie du dich weiterhin fühlst? Wenn sich nun deine Schmerzen auf der Fahrt wieder einstellen!»

«Es geht mir jetzt eigentlich ganz gut! Wir haben schon den zehnten November, wenn ich noch länger warte, wird es zu spät. In Kyōto wird es zeitig Winter!»

«Muss es denn unbedingt noch in diesem Jahr sein? Warte doch bis zum nächsten Frühjahr!»

«Das geht nicht. Lass doch das müßige Gerede! Vielleicht wird es mein Abschied von Kyōto.»

«Schon wieder fängst du damit an! Ich will nichts davon hören! Wen willst du denn nach Kyōto mitnehmen?»

«Ich fühle mich auf der Reise allein mit Sasaki zu einsam und überlege, ob ich nicht Satsuko bitten soll, mich zu begleiten.»

Satsukos Nähe war für mich der Hauptgrund, nach Kyōto zu fahren. Die Suche nach einem Grabplatz war mehr oder weniger ein Vorwand.

«Willst du nicht in Nanzenji übernachten?»

«Da ich die Pflegerin dabeihabe, würde es dort zu viel Umstände machen. Außerdem kommt ja auch noch Satsuko mit. Und sie bat mich, nach den schlechten Erfahrungen, die sie dort gemacht hat, darauf zu verzichten.»

«Wenn Satsuko mitfährt, gibt es auf jeden Fall wieder Streit!»

«Mir macht es Spaß, wenn sie sich wieder in die Haare geraten!»

So redeten wir hin und her.

«In der Gegend von Nanzenji ist das Herbstlaub wundervoll, besonders im Eikandō-Tempel[121]!», sagte meine Frau. «Wie viele Jahre sind nun schon vergangen, dass ich es das letzte Mal sah!»

«Für den Eikandō ist es noch zu früh, aber für den Toganoo[122] ist jetzt die beste Zeit. Leider kann ich das mit meinen Beinen nicht mehr schaffen!»

12. November

Wir fuhren mit dem zweiten *kodama*-Express[123] des Tages nachmittags um halb drei Uhr ab. Meine Frau, Oshizu und Nomura kamen mit zum Bahnhof. Ich saß am Fenster und hatte Satsuko neben mir, auf der anderen Seite des Ganges saß Sasaki – so hatte ich es für die ganze Dauer der Reise gedacht, aber da es am Fenster zu sehr zog, musste ich mit Satsuko den Platz tauschen und mich auf den Sitz neben dem Durchgang setzen. Leider nahmen die Schmerzen in meiner Hand ein wenig zu. Als ich Durst verspürte, ließ ich mir vom Zugkellner Tee bringen und schob mir heimlich, ohne dass Satsuko und Sasaki es sahen, zwei Sedativa in den Mund, die ich mir für alle Fälle mitgenommen hatte. Hätte Sasaki es gesehen, hätte sie mich sicher mit tausend Sprüchen belästigt. Als sie kurz vor der Abfahrt meinen Blutdruck gemessen hatte, war der obere Wert 154, der untere 93 gewesen; aber kurz nach der Abfahrt fühlte ich deutlich, wie ich mich innerlich erregte. Vielleicht lag es daran, weil ich jetzt nach vielen Monaten endlich mit Satsuko reiste, wenn auch die lästige Sasaki dabei war, vielleicht auch daran, weil Satsukos Kleidung seltsam herausfordernd wirkte. Sie trug ein schlichtes Kostüm mit einer hübschen, modischen Bluse und einer wohl aus Frankreich importierten fünfreihigen Halskette aus falschen Diamanten. Solche Halsketten werden gelegentlich auch in Japan hergestellt, aber dieser Verschluss hier trug einige kostbare Steine, was bei japanischen Ketten nicht üblich ist.

Bei hohem Blutdruck muss ich sehr oft Wasser lassen, und der Gedanke daran steigert den Blutdruck immer mehr. Es ist mir unmöglich, hier Ursache und Wirkung klar zu unterscheiden. Bis nach Yokohama[124] musste ich einmal, bis Atami[125] ein zweites Mal zur Toilette gehen. Da es von meinem Platz bis dorthin ziemlich weit war, schwankte ich leicht beim Gehen und wäre auf dem Rückweg beinahe gestürzt. Wäre Sasaki mitgekommen, hätte ich mich geschämt. Da ich zum Wasserlassen ziemlich viel Zeit brauche, war ich das zweite Mal noch nicht fertig, als wir den Tanna-Tunnel[126] verließen. Wir waren schon fast in Mishima[127], als ich aus der Toilette trat. Kurz vor meinem Platz wäre ich um ein Haar gestürzt, ich konnte mich gerade noch an der Schulter eines neben mir stehenden Mannes festhalten, und das war mein Glück!

«Ob Ihr Blutdruck wohl gestiegen ist?», fragte Sasaki, als ich wieder saß, und wollte mir sofort den Puls fühlen; aber ich wehrte zornig ab.

Nachdem sich das einige Male wiederholt hatte, kamen wir schließlich abends um neun in Kyōto an. Itsuko, Kikutarō und Kyōjirō standen auf dem Bahnsteig, um uns abzuholen.

«Wie lieb von euch, dass ihr alle gekommen seid!», sagte Satsuko floskelhaft höflich.

«Nun, morgen ist Sonntag, deshalb haben wir heute alle nichts vor.»

Im Bahnhof Kyōto muss man, wenn man aus Tōkyō ankommt, über viele Brücken steigen; das war für mich sehr beschwerlich.

«*Ojiisan*, ich trage dich auf meinem Rücken die Stufen hinauf!», rief Kikutarō, kniete vor mir nieder und hielt mir seinen Rücken hin.

«Unsinn! So schwach bin ich noch nicht!», erwiderte ich. Sasaki schob mich von hinten die Treppe hinauf. Pustend ruhte ich mich auf dem Treppenabsatz aus. Da ich ohne anzuhalten hinaufgestiegen war, atmete ich sehr schwer. Alle sahen mir ängstlich ins Gesicht.

«Wie lange bleibst du dieses Mal in Kyōto?»

«Hm, ich denke, mindestens eine Woche. Wir werden euch wohl an einem Abend mit unserem Besuch belästigen. Aber jetzt wollen wir sofort ins ‹Kyōto-Hotel›.»

Um jedes überflüssige Geschwätz von vornherein zu unterbinden, stieg ich sofort in den Wagen und fuhr, während die Familie Shiroyama in einem anderen Wagen folgte, zum ‹Kyōto-Hotel›.

Ich hatte schon von Tōkyō aus zwei Zimmer bestellt, eines mit zwei Betten und außerdem eins mit einem Bett.

«Sasaki-*san*, Sie schlafen im Nebenzimmer. Ich nehme dieses mit Sa-*chan*!»

Zum ersten Mal wagte ich es, Satsuko vor Itsuko und den anderen mit Sa-*chan* anzureden. Itsuko zog ein peinlich berührtes Gesicht. Satsuko protestierte: «Ich möchte allein schlafen, *ojiisan*. Nimm doch das Doppelzimmer mit Sasaki-*san*!»

«Warum denn? Wir könnten doch ruhig zusammen schlafen. Das haben wir in Tōkyō doch auch manchmal getan!»

Das betonte ich absichtlich, damit Itsuko es höre.

«Du brauchst dir keine Sorge zu machen, falls ich etwas brauche – Sasaki-*san* schläft ja nebenan! Bitte, Sa-*chan*, schlaf bei mir!»

«Ich will nicht. Dann kann ich auch nicht rauchen.»

«Das kannst du ruhig tun! Rauche, so viel du willst!»

«Das würde mir Sasaki verübeln!»

«Sie husten dann immer so stark!», unterstützte Sasaki Satsuko, und diese nahm es sofort auf: «Wenn man in deiner Nähe raucht, hört dein Gehuste überhaupt nicht mehr auf!»

«Boy-*san*, bringen Sie die Koffer hier in dieses Zimmer!»

Satsuko verschwand, ohne sich darum zu kümmern, im Nebenraum.

«Deine Hand ist also wieder ganz in Ordnung?», fragte mich Itsuko, die bisher außerordentlich zurückhaltend gewesen war.

«Davon kann keine Rede sein. Auch jetzt schmerzt sie unaufhörlich!»

«Oh, wirklich? *obaasan* hat mir doch geschrieben, deine Hand sei besser geworden.»

«Das habe ich ihr nur gesagt, weil sie mich sonst nicht hätte fahren lassen.»

Satsuko hatte ihren Staubmantel ausgezogen, ihre Bluse gewechselt und eine dreireihige Perlenkette angelegt, als sie frisch gepudert und geschminkt wieder ins Zimmer trat.

«Nun habe ich Hunger, *ojiisan*! Lass uns schnell in den Speiseraum gehen.»

Da Itsuko und die anderen schon gegessen hatten, setzten nur wir drei uns an einen Tisch. Für Satsuko entkorkte ich einen Rheinwein. Sie aß gern Matoya-wan[128]-Austern und ließ sich von mir viele bestellen, da die hiesigen besonders gut und frisch sein sollen. Nach dem Essen unterhielten wir uns in der Halle etwa eine Stunde mit Itsuko und den anderen.

«Jetzt, nach dem Essen, kann ich doch ruhig eine Zigarette rauchen, nicht wahr, Sasaki-*san*? Hier sind wir ja nicht in einem engen Zimmer, wo der Rauch *ojiisan* zum Husten bringt!»

Sie nahm eine Cool-Zigarette aus ihrer Handtasche und begann zu rauchen. Sonst nahm sie die Zigarette immer zwischen die Lippen, heute verwendete sie – ausnahmsweise – eine Spitze. Sie war länglich und dunkelrot. Sie hatte auch ihre Fingernägel passend zu dieser Zigarettenspitze dunkler als sonst gefärbt. Selbst das Rouge ihrer Lippen hatte die gleiche Farbnuance. Ihre Finger waren auffallend weiß. Ob sie wohl deshalb rauchte, um Itsuko diesen Kontrast von Weiß und Rot zu zeigen?

13. November

Um zehn Uhr vormittags besuchte ich das Haus der Kuwazo im Nanzenji-Viertel, Shimokawaracho. Satsuko und Sasaki begleiteten mich. Ich war schon einmal in dieser Wohnung, aber ich kann mich gar nicht mehr erinnern, wann ich zum ersten Mal dort war. Die Familie Shiroyama lebte früher auf dem Yoshida-Berg, und damals sahen wir uns öfter als jetzt; aber nach Kuwazos Tod sind seine Angehörigen hierhergezogen. Heute ist Sonntag. Kikutarō muss in einem Warenhaus arbeiten, aber Kyōjirō, der an der Universität Kyōto Ingenieurwissenschaften studiert, ist zu Hause.

Satsuko sagte, sie habe nicht die geringste Lust, mich bei meiner Suche nach einem Grabplatz zu begleiten, sie wolle lieber in das Shijō-Viertel[129] gehen, um in den Warenhäusern Kirihata und Takashimaya Einkäufe zu machen. Nachmittags wolle sie im Takao-Viertel[130] das wundervolle Herbstlaub ansehen, aber allein sei es ihr doch zu langweilig, ob nicht jemand mitkommen wolle? Kyōjirō fand ihren Plan gleichfalls verlockender als meinen und erklärte sich bereit, ihr Gesellschaft zu leisten. Satsuko und er brachen bald auf. Ich, Itsuko und Sasaki entschlossen uns, nachdem wir mittags ein *hyōtei no hangetsu-bentō*[131] gegessen hatten, vom Hōnen-in-Tempel[132] in Shishigatani zunächst zum Shinnyo-dō-Tempel in Kurodani und zum Manju-in des Ichijō-in-Tempels zu fahren. Im Restaurant «Kitchō» in Saga[133] sollten auch Satsuko und Kyōjirō sich einfinden, dort wollten wir gemeinsam zu Abend essen.

Meine Vorfahren waren Kaufleute in Goshu, doch dann wohnten vier, fünf Generationen meiner Familie in Edo. Und obgleich auch ich in Honjo, Wari-shitamizu, zur Welt kam, also ein richtiger *edokko*[134] bin, gefällt mir Tōkyō seit einiger Zeit nicht mehr. Kyōto hingegen erinnert mich noch in manchem an das alte Tōkyō und steht meinem Herzen daher näher als das heutige, allzu moderne. Durch wessen Schuld eigentlich ist Tōkyō zu einer Stadt von geradezu chaotischen Ausmaßen geworden? Waren vielleicht die Leute schuld, die sich Politiker nennen und aus irgendeiner Provinz oder aus Bauernfamilien stammen, Leute also, die von der Schönheit des alten Tōkyō nicht die geringste Ahnung hatten? Oder jene grässlichen Menschen, die den einst so herrlichen Fluss unter den Brücken Nihonbashi, Yoroibashi, Tsukijibashi, Yanagibashi[135] in ein schmutzig schwarzes Rinnsal verwandelt haben? Ist es das Werk jener Leute, die nie davon gehört hatten, dass im Sumida-Fluss einst weiße Fische schwammen? Es könnte mir gleichgültig sein, wo ich nach meinem Tod begraben werde; aber ich möchte nicht in einer so hässlichen, ganz und gar traditionslosen Stadt wie Tōkyō bestattet sein. Am liebsten würde ich auch die sterblichen Überreste meiner Großeltern und Eltern aus Tōkyō fortbringen lassen. Meine Großeltern und Eltern liegen ohnehin nicht mehr dort begraben, wo man sie einst zur letzten Ruhe gebettet hatte. Das Grab meiner Großeltern befand sich im Hoke-ji-Tempel am Onagi-Fluss im Fukagawa-Viertel[136], aber bald wurde diese ganze Gegend Industriegebiet, und der Tempel wurde nach Ryusenji-chō in Asakusa verlegt, wo er bei dem Großen Erdbeben von 1923 abbrannte. Die Toten wurden auf den Tama-Friedhof[137] umgebettet. Wer also, nach dem Tod zu Buddha geworden, in Tōkyō begraben liegt, wird ständig irgendwohin verschleppt. In Kyōto hingegen ruht man sicher. Meine Vorfahren sind zwar *edokko*, aber niemand weiß, was in fünf, sechs Generationen mit unserer Familie sein wird! Ich bin überzeugt, dass meine Ahnen in weit zurückliegender Vergangenheit aus Kyōto stammen. Auch wenn man in Kyōto begraben liegt, werden öfter Verwandte und Freunde aus Tōkyō zu Besuch kommen. «Ach, hier ist also das Grab dieses *ojiisan*!», werden sie sagen, während sie vorbeigehen und mir eine Räucherkerze opfern. Das ist mir viel angenehmer, als im Tama-Friedhof des Landbezirks Nord-Tama zu liegen, einem Friedhof, der überhaupt nicht zu Edo gehört.

«Wäre der Hōnen-in-Tempel nicht am besten geeignet?», fragte Itsuko, während wir die Stufen des Manju-in hinuntergingen. «Der Manju-in liegt ungünstig und ist für Spaziergänge zu weit, und den Kurodani-Hügel steigt man auch nur dann hinauf, wenn man einen größeren Ausflug unternehmen will.»

«Ja, das glaube ich auch», pflichtete ich bei.

«Der Hōnen-in liegt mitten in der Stadt, bald wird sogar die Straßenbahnlinie daran vorbeiführen, und zur Kirschblüte am Sosui-Kanal[138] ist das Treiben dort noch lebhafter. Im Garten dieses Tempels ist es aber herrlich still, und man wird von einer unbeschreiblichen Ruhe erfüllt!»

«Ich gehöre zwar zur Nichiren-Sekte, würde aber gern zur Jōdo-Sekte übertreten. Ob ich dann wohl dort begraben werden kann?»

«Ich mache gelegentlich Spaziergänge zum Hōnen-in und habe neulich den Abt, den ich persönlich gut kenne, danach gefragt. Er antwortete, er könne mir natürlich, falls ich es wünsche, einen Grabplatz dort geben. Es sei keineswegs nur den Gläubigen der Jōdo-Sekte vorbehalten, dort zu liegen, auch die Anhänger der Nichiren-Sekte seien willkommen.»

Damit hatten wir die Suche nach einem Grabplatz beendet und fuhren nun vom Daitokuji-Tempel[139] nach Kitano, von Mimuro zum Shakadō-Tempel und schließlich, über den Tenryuji, zum Restaurant «Kitchō». Da wir alles sehr schnell erledigt hatten, waren Satsuko, ihr Begleiter und Kikutarō noch nicht da. Ich ließ mir daher ein Zimmer geben und legte mich dort ein wenig hin. Bald erschien Kikutarō. Um halb sieben Uhr trafen Satsuko und Kyōjirō ein. Sie erzählten, sie seien nach ihrem Ausflug ins «Kyōto-Hotel» zurückgekehrt und dann erst hierher aufgebrochen.

«Habt ihr lange gewartet?», fragte Satsuko.

«Sehr lange! Was hast du denn im Hotel gemacht?»

«Ich fürchtete, dass es abends kühl würde, und zog mich deshalb um. Wenn du dich nicht vorsiehst, wirst du dich erkälten, *ojiisan*!»

Offenbar hatte sie die Sachen, die sie in der Shijō-Straße gekauft hatte, gleich anziehen wollen. Zu einer weißen Bluse trug sie jetzt einen Sweater, der blausilbern bestickt war. Sie hatte auch einen anderen Ring, jenen problematischen Katzenaugendiamanten, an ihren Finger gesteckt.

«Hast du dich nun schon für einen Grabplatz entschieden?»

«Ich glaube, ich nehme einen im Hōnen-in. Im Tempel scheint man damit einverstanden zu sein.»

«Das freut mich. Wann fahren wir dann nach Tōkyō zurück?»

«Auf keinen Fall allzu bald! Ich muss zunächst mit dem Steinmetz des Tempels sprechen, und wir müssen uns über die Art des Grabsteins unterhalten. So einfach ist das alles nicht!»

«Aber du hast doch ständig in dem Buch von Kawakatsu[140] über Grabsteinkunst geblättert! Bei deinem

Grab, hast du mir immer gesagt, käme eigentlich nichts anderes infrage als eine Fünfstein-Pagode!»

«Ich habe meine Meinung seitdem geändert. Es muss nicht unbedingt eine Fünfstein-Pagode sein!»

«Ich habe keine Ahnung, was du nehmen solltest. Ich habe damit ja auch nichts zu tun!»

«Da täuschst du dich aber, *kimi*», begann ich, verbesserte mich jedoch sofort: «*Omae*, es hat sogar sehr viel mit dir zu tun!»

«Was denn?»

«Das wirst du bald merken.»

«Jedenfalls möchte ich, dass du dich schnell entscheidest, damit wir bald nach Tōkyō zurückfahren können!»

«Weshalb hast du es denn so eilig? Willst du dir wieder einen Boxkampf ansehen?»

«Wie kommst du denn darauf?»

Plötzlich starrten vier Augenpaare – die von Itsuko, Kikutarō, Kyōjirō und Sasaki – auf Satsukos linken Ringfinger.

Satsuko blieb vollkommen gelassen und sah nicht im Geringsten verlegen oder ängstlich aus. Sie hockte entspannt auf dem Sitzkissen und ließ das Katzenauge auf ihren Knien aufleuchten.

Ich weiß nicht, ob Kikutarō Verwirrung stiften wollte, jedenfalls stellte er Satsuko völlig unerwartet die Frage: «Tante, ist das der Stein, den man ‹Katzenauge› nennt?»

«Ja, das ist er.»

«Der ist doch wohl an die ein, zwei Millionen Yen wert?»

«Wo denkst du hin? Er hat drei Millionen Yen gekostet!»

«Du bist wirklich außerordentlich geschickt, dass du *ojiisan* dazu gebracht hast, drei Millionen Yen für dich auszugeben!»

«Einen Augenblick, Kikutarō! Ich möchte dich um etwas bitten: Hör auf, ‹Tante› zu mir zu sagen! Du bist doch nun kein Kind mehr, Kiku-*chan*! Du hast wirklich keinen Grund, mich ‹Tante› zu nennen! Ich bin nur zwei, drei Jahre älter als du!»

«Aber wie soll ich dich denn sonst anreden? Auch wenn du nur drei Jahre älter bist, eine Tante ist eben eine Tante!»

«Sag nicht ‹Tante›, sondern Sa-*chan* zu mir! Du und Kyō-*chan*, nennt mich bitte beide so! Wenn ihr das nicht tut, gebe ich euch einfach keine Antwort mehr.»

«Tante ... ach, schon wieder ist mir dieses Wort über die Lippen gerutscht! Dir mag das vielleicht lieber sein, aber ob mir Onkel Jōkichi nicht böse ist?»

«Wie sollte Jōkichi dir deswegen böse sein? Wenn jemand böse wird, dann bin ich es!»

«*Ojiisan* kann ruhig Sa-*chan* sagen», mischte sich Itsuko mit säuerlicher Miene ein. «Aber ob es richtig ist, dass meine Kinder dich so nennen? Ich schlage einen Kompromiss vor: Die Kinder sollen Satsuko-*san* zu dir sagen. Damit bin ich einverstanden.»

Es ist mir streng verboten, Sake zu trinken. Itsuko trinkt grundsätzlich nichts, Sasaki könnte eigentlich etwas trinken, tut es aber nicht. Aber Satsuko, Kikutarō und sein jüngerer Bruder waren bald in fröhlicher Laune. Gegen neun Uhr waren wir mit dem Essen fertig. Satsuko brachte Itsuko und ihre Kinder allein nach Nanzenji und kehrte hierauf ins Hotel zurück. Weil es schon ziemlich spät geworden war, übernachteten ich und Sasaki in dem Gasthof.

14. November

Morgens um acht Uhr stand ich auf, ließ mir aus einem Restaurant in der Nähe des Shakadō Saga-Tofu[141] bringen und frühstückte. Außerdem nahm ich einen in Plastik verpackten Shaka-Tofu als Reiseandenken mit und besuchte dann zusammen mit Itsuko den Tempel Hōnen-in. Satsuko hatte in einem Teehaus in der Hanamikōji[142] angerufen und sich mit einigen Geishas aus Gion verabredet, mit denen sie sich angefreundet hatte, als sie in diesem Sommer mit Haruhisa hier war; sie wollten gemeinsam zu Mittag essen, dann in das S. Y. Kyoei-Kino im Stadtviertel Kyōgoku gehen und abends zum Tanz in ein Kabarett. Itsuko stellte mich dem Abt des Hōnen-in vor, und ich ließ mir sogleich den Grabplatz zeigen, den ich zu erwerben gedachte. Auf dem Tempelgelände herrschte tatsächlich, wie Itsuko gesagt hatte, vollkommene Stille. Ich war schon früher einige Male hier gewesen, und es war wirklich kaum zu glauben, dass sich mitten in einer großen Stadt ein derart ruhiger Tempel befand. Dieser Anblick hier war mit Tōkyō, das wie ein Schutthaufen aussah, nicht zu vergleichen. Ich war glücklich, dass ich mich für diesen

Fleck Erde entschieden hatte. Auf dem Heimweg setzten wir uns beide in das Restaurant «Tankuma»[143] und stärkten uns mit einem kleinen Imbiss. Gegen zwei Uhr kehrten wir ins Hotel zurück. Um drei Uhr erschien, offenbar vom Abt des Hōnen-in verständigt, der Inhaber des Steinmetzgeschäfts. Ich unterhielt mich mit ihm in der Halle des Hotels. Itsuko und Sasaki saßen neben mir.

Ich hatte mir über die Art des Grabsteins schon die verschiedensten Gedanken gemacht, schwankte aber noch immer, was das Beste sei. Es ist im Grunde nicht wichtig, unter welchem Stein man nach seinem Tod ruht, aber mir ist es trotzdem nicht gleichgültig. Heute ist es üblich, den buddhistischen und den gewöhnlichen Namen in eine schlichte, längliche Steinplatte zu ritzen, sie auf ein Fundament zu legen und in die Stirnseite zwei Höhlungen zu bohren, eine für die Weihrauchstöckchen und eine für das Opferwasser. Aber das erscheint mir doch allzu banal und passt mir, der ich stets ein wenig querköpfig bin, nicht so recht. Auch die Form des Grabsteins meiner Eltern und meiner Großeltern lehne ich ab; ich wünsche mir nun einmal unbedingt eine Fünfstein-Pagode, sie braucht jedoch keine altertümliche Form zu haben. Sie müsste etwa so aussehen wie die in der späten Kamakura-Zeit[144]. Vielleicht wie die Fünfstein-Pagode des Anraku-Juin-Tempels in Fushimi, Takeda Uchihatachō, die einen nach unten verjüngten Stein hat, der das Element des Wassers symbolisiert und aussieht wie ein Topf. Die Krümmung an der Oberseite des Steins symbolisiert das Element Feuer und ist außerordentlich stark ausgeprägt. Für diese Pagode ist das *yadarumi*[145] charakteristisch, ebenso wie es die Form des Wind-Steins und des Luft-Steins für den Übergang von der mittleren zur späteren Kamakura-Zeit ist. So sagt es Kawakatsu in seinem Buch. Auch die Form der Fünfstein-Pagode im Zenjōji-Tempel in Uji-Tawaramura im Landbezirk Tsuzuki[146] käme infrage. Sie ist bezeichnend für den Stil der Yoshino-Epoche[147], der dann im Yamato-Kulturkreis[148] weit verbreitet war.

Aber nun habe ich mir Folgendes überlegt: Nach dem Buch von Kawakatsu gibt es im Shakuzōji-Tempel in Kamigyō[149] Sembon Kamidachiuriagaru eine Amida-Buddhatrinität: Die Buddhafigur in der Mitte ist ein sitzender Jōin-Amida[150], zu seiner Rechten steht Kannon, links Seishi. In dem Buch sind auch Abbildungen von diesen Drei Verehrungswürdigen. Sowohl die sitzende Amida-Figur als auch die des Bodhisattwa Kannon und des Bodhisattwa Seishi sind sehr schön. Die Kannon-Figur ist ein wenig beschädigt, aber die von Seishi ist vollkommen erhalten. Seishi und Kannon tragen die gleiche Kleidung und den gleichen Schmuck; die Kopfbedeckung, der Edelstein-Halsschmuck, das Gewand und der Strahlenkranz hinter dem Rücken sind sorgfältig geschnitten, in Höhe der Kopfbedeckung steht eine Vase; die Hände sind gefaltet. «Es gibt wenige Statuen, die die Schönheit eines Steinbuddha aus Granit so herrlich zeigen wie diese … Auf dem Rücken der mittleren Statue ist eine Jahreszahl eingeritzt: 2. Jahr Gennin (1225). Es ist der älteste datierte Steinbuddha Japans, bei dem die Figur, das Podest und der Strahlenkranz aus einem einzigen Stein gehauen sind. Das Werk ist auch insofern von besonderem Wert, als man an ihm den Stil der Steinbuddhas aus der Kamakura-Zeit erkennen kann.» So hieß es in dem Buch. Und als ich das Foto sah, hatte ich plötzlich einen Gedanken. Ob es nicht möglich war, einer der Bodhisattwa-Figuren, entweder der Kannon- oder der Seishi-Gottheit, Satsukos Gestalt zu geben und dies zu meinem Grabstein zu machen? Ich glaube weder an Shintō-Götter noch an Buddha. Die buddhistischen Sekten sind mir allesamt gleichgültig; wenn es für mich einen Gott oder Buddha geben soll, so könnte ich nur Satsuko dazu erheben, eine andere Möglichkeit gibt es für mich nicht. Es ist mein sehnlichster Wunsch, unter einer Statue Satsukos begraben zu liegen.

Schwierig ist nur die Verwirklichung meiner Idee. Ich könnte natürlich so vorgehen, dass weder Satsuko, die mir als Modell dienen soll, noch Jōkichi oder meine Frau erkennen, wen die Figur darstellen soll. Dazu dürfte die Statue Satsuko nicht allzu ähnlich werden, sondern ich müsste sie so gestalten lassen, dass man lediglich vage an sie erinnert wird. Als Material würde ich nicht Granit nehmen, sondern weichen Kieferndufttstein, denn die Linien sollen weich und der Gesichtsausdruck etwas unklar bleiben. Dann kann niemand meine Absicht erraten, und nur ich, nur ich allein denke bei diesem Anblick an Satsuko. Das wäre die eine Möglichkeit. Kopfzerbrechen bereitet mir nur, dass ich dem Bildhauer wohl oder übel sagen müsste, nach welchem Modell er arbeiten soll. Wen könnte ich bitten, einen solchen Auftrag zu übernehmen? Das Können eines durchschnittlichen Bildhauers reicht für ein solches

Werk nicht aus. Aber ich habe unter meinen Freunden keinen einzigen Bildhauer. Und selbst wenn ich einen solchen Freund gehabt und dieser über die notwendigen künstlerischen Fähigkeiten verfügt hätte, wäre es fraglich, ob er bereit sein würde, dieses Werk für mich zu schaffen, wenn er erführe, aus welchem Grund ich mich an ihn wandte. Würde er diese verrückte Idee, diese Entweihung Buddhas, verwirklichen wollen? Je bedeutender er als Künstler wäre, umso entschiedener würde er sich weigern, dafür seine Hand herzugeben. (Außerdem besitze ich gar nicht den Mut, um etwas so Schamloses zu bitten. Ich würde mich scheuen, dass ich in den Verdacht gerate, verrückt zu sein.) Ich überlegte hin und her und erkannte schließlich, dass ich selber zweifelte, ob meine Idee überhaupt zu verwirklichen sei. Dann kam mir folgender Gedanke: Eine Bodhisattwa-Statue aus Stein konnte nur ein wirklicher Künstler zustande bringen, aber wenn ich nur die Umrisslinien in Stein gravieren ließ, dann könnte ich damit sehr wohl auch einen durchschnittlich begabten Handwerker betrauen. In dem Buch von Kawagatsu war die Rede von einem gravierten Vier-Seiten-Steinbuddha im Imamiya-jinja-Schrein[151] in Kamigyō-ku, Murasakino Imamiyacho. Es heißt da: «Auf die vier Seiten eines zwei *shaku* hohen Grauwacke-Steins, den man ‹*nuke*-Stein aus dem Kamogawa-Fluss[152]› nennt, sind vier Buddhafiguren ziseliert. Man nennt diese Art des Ziselierens *taganebori*[153].» Und weiter: «Der Stein stammt aus dem zweiten Jahr Tenji (1125) der späten Heian-Zeit[154]; dieser mit einer Inschrift versehene Steinbuddha ist ein Kunstwerk von hoher Qualität.»

Auch diese sitzenden vier Buddha-Gestalten waren in dem Buch abgebildet: Amida Nyorai[155], Shaka Nyorai, Yakushi Nyorai, Miroku Bosatsu. Außerdem enthielt das Buch ein Bild des sitzenden Bodhisattwa Seishi aus der in Kagerō-Stein[156] eingravierten Amida-Trinität. Der Text dazu lautet: «Die auf drei Seiten eines natürlichen Grauwacke-Steins eingeritzten hohen Gestalten der Drei Verehrungswürdigen sind, wie den Illustrationen zu entnehmen ist, im Stil einer Raigō[157] angefertigt. Es wird hier das Gesicht einer Seishi-Statue gezeigt, die am besten erhalten ist und das Buddhagesicht am klarsten erkennen lässt. Dieser als Begleiter der gnadenreichen Amida-Gestalt fungierende Bodhisattwa, der zu den Wolken aufgestiegen ist und nun vom Himmel herab sich der Welt zuneigt, ist von außerordentlicher Schönheit. Die Art, wie er kniend die Hände faltet und sein Himmelsgewand im Winde flattert, lässt die späte Heian-Zeit lebendig werden, in der die Raigō-Kunst zu besonderer Blüte gelangt ist.» Die Nyorai-Gestalten saßen im Meditationssitz, der Bodhisattwa Seishi aber in weiblicher Art mit geschlossenen Knien. Von dieser Statue fühle ich mich besonders angezogen.

15. November

Fortsetzung von gestern. Ich brauche keinen Vier-Seiten-Buddha. Mir genügt die eine Buddha-Gestalt des Bodhisattwa Seishi. Daher brauche ich auch keinen

Steinquader, sondern nur einen Stein von ausreichender Dicke, auf den die Gestalt eines Bodhisattwa eingraviert werden kann. Auf der Rückseite würde ich meinen Laiennamen, das Sterbejahr und allenfalls noch meinen buddhistischen Namen hinzufügen. Ich weiß nichts über die Technik des *taganebori*, aber wenn ich in meiner Jugend zu den Tempelfesten ging, sah ich auf der zum Tempel führenden Straße viele Läden, die Amulettzeichen verkauften. Auf der Vorderseite solcher Messing-Amulette gravierte man mit einem meißelähnlichen Messer mit lautem Gekratze Wohnung, Alter und Namen des Kindes ein. Man konnte so die verschiedensten Schriftzeichen in außerordentlich feinen Strichen einritzen. Das nannte man wohl *taganebori*. Es kann nicht allzu schwierig sein. Außerdem müsste man demjenigen, der ziselierte, nicht zu sagen, wer das Modell war. Ich würde zunächst einen Maler in Nara[158] beauftragen, einen Bodhisattwa zu zeichnen, der dem des Vier-Seiten-Buddha des Imamiya-jinja gleicht. Dann würde ich ihm einige Bilder von Satsuko zeigen und ihn Gesicht, Leib und Gliedmaßen des Bodhisattwa so malen lassen, dass sie an Satsuko erinnerten. Dann würde ich dieses Bild einem Ziseliermeister geben und ihn bitten, es in Stein zu gravieren. So könnte ich den gewünschten Steinbuddha anfertigen lassen, ohne befürchten zu müssen, dass irgendjemand eines Tages das Geheimnis meines Herzens erriete. Und so könnte ich ewig unter dem Steinbild Satsukos schlummern, deren Haupt die Kopfbedeckung Buddhas trüge, deren Brust mit Edelsteinen geschmückt wäre und deren Himmelsgewand im Winde flatterte.

Itsuko und Sasaki saßen neben mir, während ich mich von drei bis fünf Uhr in der Halle des Hotels mit dem Steinmetz über die verschiedensten Dinge unterhielt. Selbstverständlich gab ich weder dem Steinmetz noch Itsuko zu erkennen, dass ich gedachte, Satsuko als Modell zu nehmen. Ich entfaltete mit Kennermiene alle Kenntnisse über die Kunst der Steinstatuen, die ich mir aus dem Buch von Kawakatsu erworben hatte, all mein Wissen über die Fünfstein-Pagoden der Heian- und Kamakura-Zeit, über das Linien-Ziselieren von Nyorai und den Bodhisattwa des Vier-Seiten-Buddha im Imamiya-jinja-Schrein sowie über den in Kagerō-Stein gravierten Bodhisattwa Seishi, der mit geschlossenen Knien dasitzt. So rief ich bei dem Steinmetz und den beiden Frauen großes Erstaunen hervor, verschloss aber meinen Plan, einen Bodhisattwa Satsuko zu schaffen, in der tiefsten Tiefe meines Herzens und ließ ihn niemanden auch nur ahnen.

«Nun, für welche Art Grabstein wollen Sie sich entscheiden? Da Sie über so große Kenntnisse verfügen, wie kaum ein Fachmann, wage ich gar nicht, mich dazu zu äußern.»

«Ich weiß nicht recht und schwanke noch. Ah, gerade fällt mir etwas ein. Lassen Sie mich noch ein wenig darüber nachdenken. Sobald ich mich entschlossen habe, bitte ich Sie noch einmal um Ihren Besuch. Sie sind sicher sehr beschäftigt! Verzeihen Sie, dass ich Sie so lange aufgehalten habe!»

Bald nachdem der Steinmetz gegangen war, ging auch Itsuko nach Hause. Ich zog mich in mein Zimmer zurück und rief den Masseur.

Als ich zu Abend gegessen hatte, fasste ich plötzlich den Entschluss, auszufahren, und ließ mir einen Wagen kommen.

«Wohin wollen Sie denn noch? Die Abende sind jetzt schon kalt! Bitte, warten Sie doch bis morgen!», wollte die verblüffte Sasaki mich zurückhalten.

«Ich will nur zu einem Geschäft hier in der Nähe, ich könnte auch zu Fuß hingehen.»

«Zu Fuß? Das kommt gar nicht infrage. Die Abende hier in Kyōto sind sehr kühl. Bitte, geben Sie auf sich acht. Ihre Frau hat mich streng ermahnt, auf Sie aufzupassen!»

«Ich muss unbedingt noch etwas einkaufen. Kommen Sie doch mit mir, in fünf bis zehn Minuten ist alles erledigt.»

Ich brach unverzüglich auf, und Sasaki kam zögernd hinter mir her. Ich wollte zu dem Pinsel- und Tuscheladen «Chikusuiken» in Kawaramachi Nijō[159]. Von unserem Hotel aus waren es kaum fünf Minuten bis dorthin. In dem Laden unterhielt ich mich mit dem Inhaber, den ich von früher her kannte, kaufte für zweitausend Yen die beste, in China hergestellte Rottusche in der Größe eines kleinen Daumens. Dann erstand ich für zehntausend Yen einen Tankei-Tuschstein[160] mit einem violetten Muster, den der verstorbene Kuwana Tetsujō[161] besessen haben soll, und zwanzig Blätter großformatiges *shikishi*-Papier[162] der *hakutōshi*-Qualität mit goldenem Rand.

«Wir haben uns schon lange nicht mehr gesehen. Sie sehen wirklich sehr gesund und frisch aus!», sagte der Geschäftsinhaber zu mir.

«Wie kommen Sie nur darauf? Ich fühle mich überhaupt nicht gesund! Ich bin diesmal in Kyōto, um mir einen Grabplatz auszusuchen, damit ich unbesorgt sterben kann!»

«Sie scherzen doch wohl! Bei Ihrer Vitalität brauchen Sie sich darüber noch lange keine Gedanken zu machen! – Haben Sie sonst noch Wünsche? Ich habe übrigens gerade eine Kalligrafie von Tei Han-kyo[163]. Wollen Sie sie sehen?»

«Ich möchte Sie eigentlich lieber um etwas anderes bitten. Vielleicht erscheint Ihnen mein Anliegen etwas wunderlich ... Könnten Sie mir etwas besorgen?»

«Um was handelt es sich?»

«Ich brauche ein zwei *shaku* großes *momi*-Seidentuch[164] und etwas *futon*-Watte.»

«Das ist wirklich ein seltsamer Auftrag. Was haben Sie damit vor?»

«Ich muss einen Steinabdruck herstellen. Dazu brauche ich Tampons.»

«Oh, ich verstehe. Sie wollen Tampons daraus machen? Solche Sachen habe ich da. Ich will sie gleich heraussuchen.»

Nach zwei, drei Minuten brachte seine Frau einen Rest *momi*-Seide und *futon*-Watte.

«Ist das recht?»

«Wundervoll, wundervoll! Dann kann ich sofort anfangen. Was macht es?»

«Das kostet nichts. Ich habe noch mehr. Sagen Sie mir ruhig Bescheid, wenn Sie mehr benötigen!»

Sasaki hatte keine Ahnung, wozu ich die Sachen brauchte, und starrte mich verblüfft an.

«So, dann habe ich alles. Wir wollen jetzt gehen.»

Ich stieg schnell in den Wagen.

Satsuko war noch nicht im Hotel.

16. November

Heute ruhe ich mich den ganzen Tag im Hotel aus. In den vier Tagen seit meiner Abreise aus Tōkyō war ich so aktiv wie schon lange nicht mehr; zudem habe ich auch mein anstrengendes Tagebuch weitergeführt, und so war es wirklich nötig, mich etwas zu entspannen. Ich hatte Sasaki schon in Tōkyō versprochen, ihr in Kyōto einen Tag freizugeben. Sasaki stammt aus der Provinz Saitama[165] und war noch nie hier im Kansai. Sie hatte sich schon lange auf diese Reise nach Kyōto gefreut und um einen freien Tag für einen Besuch in Nara gebeten. Aus einem ganz bestimmten Grund wählte ich den heutigen Tag aus und beauftragte Itsuko, sie in Nara herumzuführen. Da auch Itsuko schon lange nicht mehr dort gewesen war, führte ich ihr vor Augen, wie hübsch dieses Unternehmen zugleich für sie sei. Itsuko ist scheu und zaudernd, sie verlässt ihr Haus sehr selten. Auch als ihr Mann, Kuwazo, noch lebte, waren sie kaum gereist. Ich empfahl ihr, wenigstens die Tempel von Nara zu besichtigen, denn dadurch würde sie bestimmt ein paar Anregungen für meinen Grabplatz erhalten. Ich mietete ihnen ein Auto und schlug ihnen vor, auf der Hinfahrt den Byōdō-in[166] in

Uji und dann in Nara den Tōdaiji, den Shin-Yakushi-ji, den Hoke-ji und den Yakushi-ji zu besuchen. Wenn sie noch vor dem Abend zurückkehren wollten, sei dieses Programm allerdings zu groß; sie sollten mir daher lieber ein paar Sushi[167] aus Izuo-Meeraal machen, sehr früh von hier aufbrechen, sich vormittags den Tōdaiji ansehen, im *kakechaya*-Restaurant[168] vor dem Großen Buddha ein *bentō* essen und dann den Shin-Yakushi-ji, Hoke-ji und Yakushi-ji anschauen. Weil der Tag so kurz sei, sollten sie die Besichtigungen bei Tageslicht machen und erst nach dem Abendessen im «Nara-Hotel» nach Kyōto zurückkehren. Auch wenn es sehr spät würde, sollten sie lieber nicht auswärts übernachten. Um mich brauchten sie sich nicht zu sorgen, Satsuko würde sich meiner annehmen und den ganzen Tag bei mir bleiben.

Früh um sieben Uhr erschien Itsuko mit dem Auto, um Sasaki abzuholen.

«Guten Morgen! Du bist ja wirklich immer zeitig auf!»

Sie nahm zwei in Bambusrinde gewickelte *bentō* aus ihrem Tragetuch und legte sie auf mein Nachttischchen.

«Ich habe gestern zwei Sushi aus Izuo-Meeraal gekauft und sie dir mitgebracht. Bitte iss das mit Sa-*chan* zusammen zum Frühstück!»

«Danke.»

«Kann ich dir etwas aus Nara mitbringen? Wie wäre es mit Farnkrautkuchen?»

«Das ist nicht nötig. Aber vergiss nicht, im Yakushi-ji den Buddhafuß-Stein genau zu betrachten!»

«Den Buddhafuß-Stein?»

«Ja! Die Fußspuren des Ehrwürdigen Buddha sind dort in Stein verewigt. Die Füße Shakas haben Wunderkräfte. Wenn Buddha dahinschreitet, schweben seine Füße vier Zoll über dem Boden, und auf seiner Sohle hat er ein Netz heiliger Linien, die sich auf der Erde zeigen. Sieben Tage lang erleiden die Insekten, die sich unter seinen Füßen befanden, keinen Schaden. Noch heute finden sich in China und Korea Steine, in denen seine Fußabdrücke erhalten sind. In Japan gibt es sie nur im Yakushi-ji. Du musst sie dir unbedingt anschauen!»

«Ja, das will ich tun. Nun, auf Wiedersehen! Ich nehme mich also heute Sasaki-*san* an. Bitte überanstrenge dich nicht!»

«Guten Morgen!» Mit diesem Gruß trat, sich die schläfrigen Augen reibend, Satsuko aus dem Nachbarzimmer ein.

«Ich bin Ihnen wirklich sehr dankbar!», sagte Sasaki. «Es tut mir schrecklich leid, dass Sie so früh aufstehen mussten! Ich weiß nicht, wie ich mich bei Ihnen entschuldigen soll!» Mit diesen umständlichen Worten dankte ihr Sasaki und ging dann mit Itsuko fort.

Satsuko trug ein blaukariertes Nachtgewand unter ihrem Negligé und hatte rosengemusterte Pantoffeln aus blauem Satin an den Füßen. Sie legte sich nicht etwa auf Sasakis Bett, sondern nur auf das Sofa, zog die Decke, die ich bei Ausfahrten benutze, über ihre Knie und wickelte ihre Füße in eine andere, schwarz-rot gemusterte Decke ein. Sie hatte auch noch ihr eigenes Kopfkissen mitgebracht und versuchte nun weiterzuschlafen. Sie lag mit geschlossenen Augen auf dem Rücken und schien gar nicht daran zu denken, sich mit mir zu unterhalten. Ich wusste nicht, ob sie vielleicht noch nicht ausgeschlafen hatte, da sie gestern Abend ziemlich spät aus dem Kabarett zurückgekehrt war, oder ob sie sich nur schlafend stellte, weil sie es lästig fand, von mir angesprochen zu werden.

Ich stand auf, wusch mich, ließ mir japanischen Tee kommen und biss herzhaft in den Meeraal. Drei Stückchen davon genügten mir als Frühstück. Während ich kaute, achtete ich sorgsam darauf, Satsuko nicht in ihrem Morgenschlaf zu stören. Auch als ich schon fertig gegessen hatte, schlummerte sie noch immer.

Ich griff zu dem Tuschstein, den ich mir im «Chikusuiken» besorgt hatte, setzte mich an den Tisch und rieb langsam die rote Tusche. Ich rieb zunächst nur die Hälfte des Tuschestifts, dann zerriss ich die *futon*-Watte in große Knäuel von sechs bis sieben Zentimetern Durchmesser und in kleine von zwei Zentimetern, wickelte sie hierauf in *momi*-Seide ein und machte so Tampons daraus. Ich stellte zwei große und zwei kleine Tampons her, im Ganzen also vier Stück.

«*Ojiisan*, kann ich nicht für eine halbe Stunde weggehen? Ich möchte gern im Speisesaal etwas essen.»

Ohne dass ich es gemerkt hatte, war sie aufgewacht. Sie hockte auf dem Sofa, ihre Knie schauten unter dem Nachtgewand hervor. Sofort musste ich an die Gestalt des Bodhisattwa Seishi denken.

«Du brauchst nicht ins Restaurant hinunterzugehen! Es sind noch genug Sushis übrig. Iss doch hier!»

«So? Na gut, dann esse ich eben hier.»

«Es ist lange her, seitdem wir im Restaurant ‹Hamasaku› Meeraal gegessen haben!»

«Ja ... Übrigens, *ojiisan*, was machst du denn da?»

«Ach, nichts Besonderes.»

«Du reibst rote Tusche – was soll das werden?»

«Ach, frag nicht. Iss lieber deinen Meeraal!»

Man weiß nie, ob man das, was man in seiner Jugend hier und dort durch Zufall sieht, später nicht noch einmal gut gebrauchen kann. Ich war einige Male in China und hatte dort gesehen, wie einige Leute unter freiem Himmel Steinabdrucke herstellten. Auch in Japan muss ich es irgendwo gesehen haben. Die Chinesen beherrschen diese Technik außerordentlich gut, selbst bei starkem Wind. Sie tauchen ihre Pinselbürsten in Wasser, breiten weißes Papier über die Steinfläche, klopfen unbekümmert darauf herum und bringen so herrliche Abdrücke zustande. Die Japaner hingegen sind sehr genau, nervös und übervorsichtig; sie tränken verschieden große Tampons mit Tusche oder Tuschfleisch und streichen gewissenhaft über den Stein. Man verwendet entweder schwarze oder rote Tusche oder Tuschfleisch[169]. Ich finde die Abdrücke in Rot besonders schön.

«Vielen Dank. Es hat mir schon lange nicht mehr so gut geschmeckt!»

Nun wandte ich mich an Satsuko, die eben Tee trank, und weihte sie umständlich und vorsichtig in meinen Plan ein.

«Dieses Watteknäuel nennt man Tampon.»

«Wozu brauchst du das?»

«Man tränkt diese Tampons mit schwarzer oder roter Tusche und betupft damit die Oberfläche des Steins. Die Abdrucke in roter Farbe gefallen mir besonders gut.»

«Aber hier ist doch gar kein Stein!»

«Heute brauche ich keinen Stein. Ich nehme stattdessen etwas anderes.»

«Was denn?»

«Ich lasse dich mit deiner Fußsohle darauf treten. Dann gibt es auf dem *shikishi*-Papier von *hakutōshi*-Qualität einen roten Abdruck deiner Füße!»

«Und was soll das?»

«Mit Hilfe dieses Abdrucks mache ich Buddhafuß-Steine von Sa-*chans* Füßen. Ich möchte, dass meine Gebeine unter diesem Stein ruhen, wenn ich tot bin. Das ist dann wirklich eine Hinübergeburt ins Paradies!»

17. November

Fortsetzung von gestern.

Ursprünglich wollte ich es vor Satsuko geheim halten, wozu ich einen Abdruck von ihren Füßen zu machen wünschte. Aber gestern änderte ich plötzlich meinen Sinn und fand es besser, ihr alles offen zu bekennen. Warum? Aus welchem Grund habe ich sie in mein Geheimnis eingeweiht?

Einmal wollte ich zu gern wissen, was für ein Gesicht sie bei dieser Eröffnung macht und was sie dabei empfindet. Sodann wollte ich erfahren, wie ihr zumute war, wenn der Abdruck ihrer Sohlen auf dem *shikishi*-Papier erschien. Bestimmt würde sie, die so stolz auf ihre Füße ist, sich darüber freuen, wenn sie diese, denen Buddhas gleich, in einem roten Abdruck auf dem Papier sah. Ich wollte sehen, wie ihr Gesicht vor Glück aufstrahlte. Natürlich würde sie sagen: «Was für eine verrückte Idee!», aber in ihrem Herzen wäre sie sicher selig. Wenn ich dann einmal tot bin, würde sie bestimmt oft denken: «Dieser verrückte Alte ruht also unter meinen hübschen Füßen! Noch jetzt trete ich auf den Knochen dieses alten Narren herum!» Gleichzeitig wäre es ihr aber auch etwas unheimlich! Und es würde ihr nicht so leicht gelingen, das Ganze zu vergessen. Vielleicht könnte sie die Erinnerung daran ihr ganzes Leben lang nicht mehr aus dem Gedächtnis wischen. Ich hatte während meines Lebens in blinder Liebe an ihr gehangen. Aber wenn ich mich nach meinem Tod an ihr rächen wollte, gab es kein besseres Mittel als das. Ob wohl mit dem Tod auch der Wille des Menschen erlischt? Irgendwie kann ich das nicht glauben. Es wäre zwar logisch, wenn mit dem Körper auch der Wille zugrunde ginge, aber das muss nicht unbedingt so sein. Vielleicht geht ein Teil meines Willens in Satsuko ein und bleibt dort erhalten. Wenn sie auf den Stein tritt und dabei denkt: «Jetzt trete ich also auf die Knochen des alten Narren, der da unter der Erde liegt!», lebt vielleicht irgendwo meine Seele weiter, empfindet die Schwere ihres Körpers, leidet Schmerzen und fühlt die verschlungenen Linien in der Haut ihrer Sohlen. So zeige ich auch nach meinem Tod noch Gefühle. Ich kann mir einfach nicht vorstellen, dass ich einmal nichts mehr empfinden werde. Und auch Satsuko wird spüren, dass meine Seele lebt und unter der Erde freudig das Gewicht ihres Körpers erträgt. Vielleicht reiben sich meine Knochen noch in der Erde rasselnd aneinander, lachen und singen zusammen – und Satsuko empfindet dies alles. Sie vernimmt ganz sicher, wie meine Knochen unter dem Stein weinen, und zwar nicht nur, wenn sie auf den Grabstein tritt, unter dem ich liege, sondern sobald sie auch nur an den Buddhafuß-Stein denkt, der nach ihren Füßen graviert wurde. «Es tut weh! Es tut weh!», rufe ich unter Tränen, und: «Es tut zwar weh, aber ich bin sehr viel glücklicher als im Leben!», und: «Tritt noch fester auf, viel fester!»

Als ich vorhin zu ihr sagte: «Heute brauche ich keinen Stein. Ich nehme stattdessen etwas anderes», da fragte sie: «Was denn?» Und ich antwortete: «Ich lasse dich mit deiner Fußsohle darauf treten. Dann gibt es auf dem *shikishi*-Papier von *hakutōshi*-Qualität einen roten Abdruck deiner Füße!»

Hätte sie wirklich Abscheu davor empfunden, wäre dies auf ihrem Gesicht zu lesen gewesen. Aber sie fragte vielmehr, was ich damit vorhabe. Und als sie dann erfuhr, dass ich mit Hilfe dieses Abdrucks einen Buddhafuß-Stein anfertigen lassen wolle und nach meinem Tod darunter begraben sein möchte, widersprach sie keineswegs. Damit ist klar, dass sie entweder nichts dagegen einzuwenden hat oder sich sogar darüber amüsiert. Glücklicherweise war neben meinem Hotelzimmer ein kleiner Zusatzraum, der mit acht Matten ausgelegt war. Um die Matten nicht zu beschmutzen, ließ ich den Boy zwei große Betttücher bringen, entfaltete sie und breitete sie auf dem Boden aus. Den Tuschstein mit der roten Tusche und den Haarpinsel legte ich auf ein Brett, das ich auf die Tücher stellte. Dann holte ich Satsukos Kopfkissen vom Sofa und legte es darauf.

«So, Sa-*chan*, es wird nicht anstrengend für dich! Komm her und leg dich mit dem Gesicht nach oben auf die Betttücher. Alles andere mache ich!»

«Ist es so richtig? Kommt auch wirklich keine rote Tusche an meinen Kimono?»

«Ganz bestimmt nicht. Mit der roten Tusche bestreiche ich nur deine Sohlen.»

Sie legte sich hin, wie ich sie geheißen hatte, und hielt beide Füße sittsam geschlossen. Die Sohlen drehte sie ein wenig zur Seite, damit ich sie deutlich sehen konnte.

Als diese Vorbereitungen beendet waren, tränkte ich zunächst einen der Tampons mit roter Tusche, betupfte den zweiten damit, um so das Rot ein wenig aufzuhellen. Ich schob ihre Füße etwa zwei, drei Zoll auseinander und fuhr vorsichtig mit dem zweiten Tampon über die Sohle ihres rechten Fußes, sodass sich die Linien auf ihrer Sohle deutlich abzeichneten.

Es war außerordentlich schwierig, den Übergang von der Ferse zum Fußgewölbe zu erfassen. Das Unternehmen wurde dadurch erschwert, dass ich meine linke Hand nicht recht bewegen konnte. Ich hatte Satsuko versichert, ihren Kimono auf keinen Fall zu beschmutzen und nur ihre Sohlen zu bestreichen. Aber ich war doch zu ungeschickt und beschmutzte den Rist der Füße und den Saum ihres Negligés. Ich wischte den Rist und die Sohlen mit einem kleinen Handtuch ab und bestrich die Sohlen erneut. Es bereitete mir unsagbare Lust. Ich war zutiefst erregt, begann immer wieder von neuem und wurde überhaupt nicht müde.

Schließlich hatte ich Satsukos Füße zu meiner Zufriedenheit bemalt. Ich hob ihren rechten Fuß ein wenig in die Höhe, legte das *shikishi*-Papier darunter und bat sie, mit dem Fuß darauf zu treten, sodass ein Abdruck entstand. Ich versuchte es immer wieder, aber der Abdruck wollte nicht so gelingen, wie ich ihn mir gewünscht hatte. Die zwanzig *shikishi*-Papiere hatte ich alle verbraucht. Ich rief den Laden «Chikusuiken» an und bat um weitere vierzig Stück. Nun verbesserte ich meine Methode. Ich wusch das Rot von den Sohlen, wischte sogar die einzelnen Zehen der Füße sauber, ließ Satsuko aufstehen und sich auf einen Stuhl setzen. Dann legte ich mich hin, drückte – in dieser unbequemen Lage ausharrend – ihre beiden Füße auf das *shikishi*-Papier.

Ich wollte ursprünglich fertig sein, bevor Itsuko und Sasaki zurückkamen. Das schmutzige Betttuch wollte ich bis dahin dem Boy zurückgeben, die *shikishi*-Papiere mit den Abdrücken der Fußsohlen zu «Chikusuike» schicken lassen und das Zimmer aufräumen, als sei nichts gewesen. Dann wollte ich Itsuko und Sasaki mit unschuldiger Miene empfangen. Aber so einfach gelang mir mein Vorhaben nicht. Die beiden kamen unerwartet früh zurück. Schon vor neun Uhr hörte ich sie an meine Tür klopfen. Ich hatte noch gar nicht geantwortet, da öffnete sich die Tür, und sie traten ein. Satsuko hatte sich schnell im Bad versteckt. In dem mit Matten ausgelegten Zimmer waren zahllose rote und weiße Spritzer. Bestürzt und wortlos sahen sich die beiden an. Sasaki maß schweigend meinen Blutdruck.

«Zweihundertzweiunddreißig!», sagte sie nur und machte ein besorgtes Gesicht.

Am nächsten Vormittag um elf Uhr erfuhr ich, dass Satsuko frühmorgens nach Tōkyō zurückgekehrt war, ohne sich von mir zu verabschieden. Da ich sie beim Frühstück im Speisesaal nicht sah, dachte ich zunächst, sie schliefe noch in ihrem Zimmer. Aber zu meiner größten Überraschung erfuhr ich dann, dass sie mit einem Taxi zum Flugplatz Itami gefahren sei. Ungefähr um elf Uhr kam Itsuko in mein Zimmer und sagte: «Es ist etwas sehr Unangenehmes passiert», und sie berichtete mir von Satsukos Abfahrt.

«Wann hast du das erfahren?», fragte ich sofort.

«Eben erst. Ich kam gerade ins Hotel, um mich bei ihr zu erkundigen, wohin ich sie heute begleiten dürfe. Aber man sagte mir bei der Auskunft: ‹Frau Utsugi ist vorhin allein zum Flugplatz Itami gefahren!›»

«Das ist doch dummes Geschwätz! Natürlich hast du es vorher gewusst!»

«Nein! Wie kannst du so etwas sagen! Woher sollte ich es denn wissen!»

«Ach, hör auf! Du bist eine alte Schlange! Das hast alles du ausgeheckt!»

«Nein, das stimmt nicht! Ich habe es selber eben erst im Hotel unten erfahren. Man sagte mir, Satsuko habe ausdrücklich darum gebeten, niemandem etwas mitzuteilen, bis sie auf dem Flugplatz sei, da sie heimlich, ohne Wissen ihres Vaters, mit einer Maschine der Japan Airlines nach Tōkyō zurückkehre. Aus diesem Grunde hätten sie bisher geschwiegen. Ich war selber sehr überrascht!»

«Das ist doch alles nicht wahr! Du Schlange! Sicher hast du Satsuko mit Absicht erzürnt, damit sie abfährt!

Du und Kugako, ihr kennt euch in solchen Intrigen gut aus. Schade, dass ich das vergessen hatte!»

«Das ist aber allerhand! Wie kommst du denn darauf?»

«Sasaki-*san*!»

«Ja!»

«Nichts ‹Ja› hier! Auch Sie wussten es sicher längst von Itsuko! Ihr habt euch alle zusammengetan, um mich alten Mann unter Druck zu setzen. Deswegen beleidigt ihr Satsuko!»

«Lass doch die arme Sasaki-*san* aus dem Spiel! Bitte, Sasaki-*san*, gehen Sie einen Augenblick in die Halle. Ich möchte *ojiisan* etwas sagen. Nachdem du mich schon eine alte Schlange genannt hast, will ich mir auch einiges vom Herzen reden!»

«Ach, bitte, lassen Sie das doch! Der Blutdruck ist schon so hoch!», flehte Sasaki Itsuko an.

«Ja, ja, ich weiß schon.»

Was Itsuko mir mitzuteilen hatte, war Folgendes.

Es sei eine völlig grundlose Verleumdung, wenn ich behauptete, sie habe Satsuko durch irgendein Manöver zur Abreise veranlasst. Obgleich es sich nur um eine Vermutung handele, müsse man sich vielmehr fragen, ob Satsuko nicht vielleicht aus einem ganz anderen Grunde so schnell nach Tōkyō zurückgekehrt sei. Sie kenne diesen Grund zwar nicht genau, aber vielleicht ahne ich ihn. In dieser herausfordernden Weise redete sie mit mir. Ich antwortete, nicht nur ich wisse, dass Satsuko und Haruhisa befreundet seien, die beiden sprächen ja vor aller Welt davon, und auch Jōkichi sei es bekannt. Man könne geradezu sagen, dass es niemanden gebe, der nicht unterrichtet sei. Man habe jedoch nicht den geringsten Beweis, und niemand glaube, dass es sich um unmoralische Beziehungen handele. Darauf lachte Itsuko auf: «So? Wirklich niemand?» Und dann fuhr sie fort, sie wisse nicht, ob es recht sei, so etwas zu sagen, aber sie finde Jōkichis Verhalten etwas merkwürdig. Selbst wenn etwas zwischen Satsuko und Haruhisa sei, so täte er, als bemerke er es nicht, ja als erlaube er es geradezu. Vielleicht habe er neben Satsuko eine andere Frau. Natürlich, wenn Satsuko und Haruhisa Stillschweigen bewahrten! Aber von Stillschweigen könne ja keine Rede sein! Sie hätten offenbar alle drei volles Verständnis füreinander! Kaum hatte Itsuko dies gesagt, flammten in meiner Brust Zorn und Hass auf. Um ein Haar hätte ich einen Wutausbruch bekommen, da ich jedoch fürchtete, dass meine Adern dann platzen würden, bezwang ich mich. Obgleich ich saß, erfasste mich Schwindel, und ich wäre beinahe zu Boden gestürzt. Als Itsuko sah, dass ich mich verfärbte, wurde sie bleich.

«Hör auf mit diesem Geschwätz! Geh!», sagte ich zitternd, während ich, soweit es mir möglich war, meine Stimme senkte. Aus welchem Grund war ich nur so wütend geworden? Weil ein Geheimnis, von dem niemand etwas ahnte, plötzlich aufgedeckt worden war, oder weil das, was ich zwar insgeheim wusste, aber niemals eingestehen wollte, nun von dieser alten Schlange enthüllt worden war?

Itsuko verließ das Zimmer. Gestern hatte ich mich den ganzen Tag lang viel zu sehr angestrengt, die Schmerzen an Hals, Schultern und in der Hüfte sind schlimmer geworden, und ich konnte die ganze Nacht nicht schlafen, obwohl ich drei Tabletten Adalin und drei Tabletten Ataraxin genommen hatte. Nun ließ ich mir von Sasaki wärmende Pflaster auf den Rücken, die Schultern und die Hüfte kleben und ging zu Bett. Aber ich konnte wieder nicht einschlafen und hätte mir am liebsten eine Luminal-Injektion geben lassen. Aber weil ich am nächsten Morgen nicht zu lange schlafen wollte, verzichtete ich darauf. Ich wollte den Nachmittagsschnellzug nach Tōkyō nehmen, um wieder zu Satsuko zu kommen. Ich bat einen in der «Mainichi-shimbun»[170]-Filiale angestellten Freund, mir eine Fahrkarte zu verschaffen, was durchaus nicht leicht war. (Geflogen bin ich noch nie.) Sasaki widersprach heftig. Bei einem so hohen Blutdruck dürfe ich weder fliegen noch mit der Eisenbahn fahren, sagte sie. Ich solle wenigstens drei, vier Tage lang völlige Ruhe halten und erst fahren, wenn sich mein Blutdruck gesenkt habe. Sie weinte fast, als sie mich darum bat, aber ich hörte nicht auf sie.

Itsuko kam in mein Schlafzimmer, um sich zu entschuldigen, und bat, mich wenigstens nach Tōkyō begleiten zu dürfen.

«Ich brauche nur dein Gesicht zu sehen, dann packt mich schon die Wut!», erwiderte ich böse. «Wenn du unbedingt mitkommen willst, dann steige wenigstens in einen anderen Wagen!»

18. November

Gestern Nachmittag um drei Uhr stiegen wir am Bahnhof Kyōto in den zweiten *kodama*-Express des Tages. Ich und Sasaki fuhren erster, Itsuko zweiter Klasse. Um neun Uhr kamen wir in Tōkyō an. Meine Frau, Kugako, Jōkichi und Satsuko warteten auf dem Bahnsteig. Sie hatten offenbar geglaubt, ich könne oder dürfe nicht gehen, und hatten einen Rollstuhl für mich bestellt. Sicher hatte Itsuko das telefonisch aus Kyōto veranlasst.

«Was soll das! Dummes Zeug! Ich bin nicht Hatoyama[171]!», schalt ich eigensinnig und stürzte alle in größte Verlegenheit. Doch plötzlich fühlte ich in meiner Rechten eine weiche Hand, es war Satsukos Hand: «*Ojiisan*, bitte, hör auf mich!»

Da beruhigte ich mich sofort und tat alles, was sie wollte. Bald setzte sich der Rollstuhl in Bewegung und fuhr mit mir im Lift zum Untergrundtunnel und rollte dort mit Geklapper den dunklen Gang entlang. Die anderen folgten, aber weil das Gefährt ziemlich schnell war, hatten sie Mühe mitzukommen. Meine Frau war schließlich überhaupt nicht mehr zu sehen, und Jōkichi ging zurück, um sie zu suchen. Ich war verblüfft, wie geräumig der Untergrundtunnel war und wie viele Abzweigungen es gab. Wir kamen durch den Sonderzugang in der Nähe des Zentraleingangs bei der Kaiserlichen Auffahrt an der Marunouchi[172]-Seite heraus. Dort warteten zwei Autos auf uns. Wir stiegen zu dritt in den vorderen Wagen: Satsuko und Sasaki saßen rechts und links von mir; im zweiten Wagen fuhren meine Frau, Itsuko, Kugako und Jōkichi.

«Bitte, verzeih mir, *ojiisan*, dass ich abgefahren bin, ohne dir vorher Bescheid zu sagen.»

«Du hattest dich wohl mit jemandem verabredet?»

«Nein. Ich war so furchtbar müde, weil ich dir den Tag vorher ständig zur Seite sein musste. Vom Morgen bis zum Abend hattest du an meinen Sohlen herumgepinselt; das war unerträglich. Deshalb lief ich fort. Entschuldige bitte.»

Der Ton ihrer Stimme war anders als sonst, er klang ein wenig gekünstelt.

«Du bist jetzt sicher sehr müde, *ojiisan*. Ich flog kurz vor halb eins von Itami ab und war schon um zwei Uhr in Haneda. Mit dem Flugzeug geht es wundervoll schnell!»

Auszug aus dem Krankentagebuch der Pflegerin Sasaki

Der Patient, der am 17. abends nach Tōkyō zurückkam, verbrachte den 18. und 19. überwiegend im Bett, da sich nach seiner mehrtägigen Reise nach Kyōto plötzlich Erschöpfung bemerkbar machte. Ab und zu ging er in sein Arbeitszimmer und ergänzte die Aufzeichnungen der letzten Tage. Ich will nun berichten, was am 20. um zehn Uhr fünfundfünfzig vormittags geschehen ist.

Am 17., nachmittags um drei Uhr, kam Frau Satsuko vom Flugplatz Haneda zu Hause in Tanuki-ana an. Sie telefonierte sofort mit Herrn Jōkichi und berichtete, der seelische Zustand des alten Mannes sei immer wunderlicher geworden, und deshalb habe sie es nicht einen Tag länger bei ihm ausgehalten, sondern sei auf eigenen Entschluss allein nach Tōkyō zurückgekehrt. Ohne die Ehefrau des Patienten zu informieren, besuchte sie mit ihrem Mann den berühmten Nervenspezialisten Professor Inoue und bat ihn um seinen Rat. Nach Meinung des Professors handelt es sich um «anomale Sexualität», im augenblicklichen Zustand könne man nicht von einer Nervenkrankheit sprechen. In Anbetracht dessen, dass diese sexuellen Empfindungen für den Kranken erforderlich seien, da sie den alten Mann am Leben erhielten, müsse man den Kranken entsprechend behandeln. Frau Satsuko solle daher den Patienten nicht aufregen und seinem Willen nicht zuwiderhandeln, sondern stets freundlich zu ihm sein. Herr Jōkichi und Frau Satsuko befolgten diese Weisung des Professors seit der Rückkehr des Patienten, so gut sie konnten.

20. November

Dienstag. Schönes Wetter.

Acht Uhr morgens: Temperatur 35,5, Puls 78, Atem 15, Blutdruck 132/80. Im Allgemeinbefinden ist keine Veränderung festzustellen. Schlecht gelaunt.

Nach dem Frühstück ging der Patient in sein Arbeitszimmer, offenbar, um dort sein Tagebuch weiterzuführen.

Vormittags, zehn Uhr fünfundfünfzig, erschien er außerordentlich erregt wieder im Schlafzimmer und redete etwas vor sich hin, das ich nicht verstehen konnte. Ich ließ ihn sich ins Bett legen und brachte ihn zum Schlafen. Puls 136, angespannt, nicht unruhig oder aussetzend. Atem 23. Er klagte über Herzklopfen. Blutdruck 158/92. Mit einer Handbewegung deutete er starke Kopfschmerzen an. Der Ausdruck des Gesichts war angstverzerrt. Ich rief Dr. Sugita an, aber er verordnete nichts. Da solche Anfälle schon öfter auftraten, neigt dieser Arzt dazu, die Beobachtungen der Pflegerin zu übersehen.

Vormittag, elf Uhr fünfzehn. Pulsschlag 143, Atem 38, Blutdruck 176/100. Ich rief Dr. Sugita noch einmal an, aber er gab keine neuen Verhaltungsmaßregeln. Ich inspizierte Zimmertemperatur, Beleuchtung und Lüftung. Von den Verwandten des Patienten befand sich nur seine Frau im Krankenzimmer. Ich hielt Sauerstoffatmung für geboten und telefonierte mit dem Toranomon-Krankenhaus; ich bat um Betreuung aufgrund des Krankheitsberichts.

Elf Uhr vierzig erschien Dr. Sugita zur Untersuchung. Ich berichtete ihm den bisherigen Verlauf. Nach der Untersuchung nahm der Arzt eine Injektionsampulle aus der Tasche. Sie enthielt Vitamin K, Kondomin und Neopyrin. Nach der Injektion, als Dr. Sugita bereits auf dem Flur stand, schrie der Patient plötzlich laut auf und verlor das Bewusstsein. Sein ganzer Körper wurde von heftigen Krämpfen geschüttelt. Auf den Lippen und an den Fingerspitzen trat Zyanose[173] auf. Auf den Krampf folgte eine heftige Unruhe; der Patient reagierte auf keine Beschwichtigungsversuche und wollte aus dem Bett springen.

Unkontrollierte Harn- und Kotentleerung. Der Anfall hatte zwölf, dreizehn Minuten gedauert, dann fiel der Patient in tiefen Schlaf.

Mittags um zwölf Uhr fünfzehn klagte die betagte Ehefrau des Patienten plötzlich über Schwindel; ich brachte sie im Nachbarzimmer zu Bett. Nach zehn Minuten ging es ihr besser. Frau Itsuko übernahm an ihrer statt die Pflege.

Zwölf Uhr fünfzig, leichter Schlaf des Patienten, Puls 80, Atem 16. Frau Satsuko betrat das Zimmer.

Dreizehn Uhr fünfzehn kam Dr. Sugita wieder, er verordnete Besuchsverbot.

Dreizehn Uhr fünfunddreißig, Körpertemperatur 37,0, Puls 98, Atem 18, gelegentliches Husten, kalter Schweißausbruch am ganzen Körper, ich wechselte ihm das Schlafgewand.

Vierzehn Uhr zehn; der mit dem Patienten verwandte Arzt Dr. Koizumi kam, ich berichtete ihm den Krankheitsverlauf und den augenblicklichen Zustand.

Vierzehn Uhr vierzig, Aufwachen, klares Bewusstsein, keine Sprechstörungen. Der Patient klagt über Schmerzen, die er wie Schläge ins Gesicht, auf Kopf und Hals empfindet. Die Schmerzen, die er vor dem Anfall an den linken oberen Extremitäten empfand, sind verschwunden. Auf Weisung von Dr. Koizumi gab ich eine Tablette Saridon und zwei Tabletten Adalin. Obgleich der Patient Frau Satsuko bemerkte, hielt er die Augen ruhig geschlossen. Um vierzehn Uhr fünfundfünfzig Harnentleerung, Menge 110 ccm, keine Trübung. Um zwanzig Uhr fünfundvierzig klagt der Patient über heftigen Durst. Daraufhin reichte ihm Frau Satsuko etwa 150 ccm Milch und 250 ccm Gemüsesuppe.

Dreiundzwanzig Uhr fünf, leichter Schlaf. Der Patient ist völlig klar, und ich habe den Eindruck, dass er das kritische Stadium überwunden hat. Da man aber noch nicht sicher sein kann, ob nicht neue Anfälle zu befürchten sind, baten wir Professor Kajiura von der Universität Tōkyō um eine Untersuchung. Es war schon spät in der Nacht, aber Herr Jōkichi holte den Professor mit dem Wagen ab. Nach der Untersuchung meinte Professor Kajiura, es handele sich nicht um einen Gehirnschlag, sondern um Gefäßkrämpfe im Gehirn. Der Zustand sei nicht besorgniserregend. Er verordnete zwei Injektionen täglich, morgens und abends: 20 ccm Traubenzucker, 100 mg Vitamin B_1 und 500 mg Vitamin C. Außerdem vor dem Schlafen zwei Tabletten Adalin 0,3, eine Tablette Solven 0,04 g sowie für die kommenden zwei Wochen Bettruhe und Besuchsverbot. Baden dürfe der Patient erst wieder, wenn er sich besser fühle; wenn er aufstehe, dürfe er nur im Zimmer auf und ab gehen; bessere sich das Befinden, könne er bei gutem Wetter allmählich auch im Garten spazieren gehen. Aber jedes Ausgehen sei streng untersagt; man solle dem Kranken jede Gemütserregung ersparen, er dürfe nicht grübeln oder sich gar sorgen; das Tagebuch weiterzuführen sei schädlich und müsse daher verhindert werden. Bis in solche Details erstreckten sich die Anordnungen des Professors.

Auszug aus dem Krankentagebuch des Arztes Katsumi

15. Dezember

Zunächst klares Wetter, zeitweise dichter Nebel, nachher Aufklarung.

Beschwerden: Angina-Pectoris-Anfälle.

Krankengeschichte: Seit 30 Jahren hoher Blutdruck; Höchstwerte 150 bis 200, Tiefstwerte 70 bis 95, gelegentlich auch über 240. Vor 6 Jahren erlitt der Patient einen Schlaganfall. Seitdem leichte Gehstörungen. In den letzten Jahren an den linken Extremitäten, insbesondere von den Handgelenken bis in die Fingerspitzen ausstrahlende Schmerzen, vermutlich Nervenschmerzen. Bei Kälte nehmen diese Schmerzen zu. In der Jugend Geschlechtskrankheit; früher durchschnittlich ein *shō*[174] Sake getrunken, neuerdings aber nur ein oder zwei Glas. Das Rauchen hat er seit dem 11. Jahr Shōwa (1934) aufgegeben.

Derzeitiger Krankheitsverlauf: Seit ungefähr einem Jahr Senkung von ST[175], Abflachung von T, neuerdings Verdacht auf Herzmuskelschädigung, doch hat der Patient bisher nie über Herzbeschwerden geklagt.

Am 20. November heftige Kopfschmerzen, Krämpfe, Bewusstlosigkeit. Von Professor Kajiura als Krampf der Hirngefäße diagnostiziert. Dank seiner Anordnungen war der weitere Verlauf befriedigend. Am 30. fand eine Auseinandersetzung zwischen dem Patienten und seiner ihm unsympathischen Tochter statt. Daraufhin zehn Minuten lang leichte Schmerzen in der linken Brustseite. Seitdem haben sich diese Anfälle öfter wiederholt. Im EKG sind seit dem vorigen Jahr keine großen Veränderungen festzustellen. In der Nacht zum 2. Dezember, als sich der Patient beim Stuhlgang überanstrengte, kam es erneut zu einem Herzanfall, der 50 Minuten dauerte. Die Behandlung übernahm ein Arzt aus der Nachbarschaft. Nach dem EKG des darauffolgenden Tages hegte man Verdacht auf Vorderwand-Septum-Infarkt. In der Nacht zum 5. Dezember kam es zu einem 10 Minuten anhaltenden schweren Anfall gleicher Art. Diese Anfälle wiederholten sich nun täglich mehrere Male. Häufig Verstopfung; nach erfolgtem Stuhlgang Neigung zu Anfällen. Bei solchen Anfällen haben die Ärzte das P- und Q-Mittel, Sauerstoffatmung, Beruhigungsmittel und Papaverin-Injektionen verordnet. Am 15. Dezember wurde der Patient in unsere Klinik (Universität Tōkyō, Innere Medizin) eingeliefert. Der bisher behandelnde Arzt, Dr. S., und die junge Frau berichteten mir über den Verlauf der Krankheit. Ich nahm eine kurze Untersuchung vor. Der Patient ist ziemlich beleibt, keine Anzeichen von Blutarmut oder Gelbsucht, an den Unterschenkeln leichte Ödeme, Blutdruck 150/75, Puls 90, schnell und regelmäßig. Keine sichtbare Verdickung der Halsschlagader, in beiden unteren Lungenlappen feuchtes Rasseln, keine Herzverfettung, an der Aorta-Einmündung systolisches Geräusch. Leber und Milz sind nicht zu tasten. An den oberen und unteren Extremitäten rechts sollen zwar leichte Bewegungsstörungen aufgetreten sein, aber im Allgemeinen sind Körperkräfte nicht vermindert. Auch keine anomalen Reflexe. Kniescheibenreflex an beiden Seiten gering.

Im Bereich der Hirnnerven ist nichts Anomales festzustellen. Die Familie des Kranken sagt, sein Sprechvermögen sei nicht beeinträchtigt, er klage aber darüber, dass er sich seit dem Schlaganfall schlecht fühle. Dr. S. berichtet, der Patient reagiere überdurchschnittlich empfindlich auf Medikamente, ein oder zwei Drittel der sonst üblichen Dosis wirkten bei ihm bereits; er mache darauf aufmerksam, dass eine normale Dosis zu stark für ihn sei. Da früher einmal, wie mir die junge Frau berichtete, durch eine intravenöse Injektion ein Krampf ausgelöst worden sei, soll auf intravenöse Injektionen verzichtet werden.

16. Dezember

Klares Wetter, zeitweise bewölkt.

In der letzten Nacht hatte der Patient keinen Anfall, vielleicht weil er seit der Einlieferung ins Krankenhaus ruhiger geworden ist. Er sagte, er habe gut geschlafen. Gegen Morgen habe er im oberen Brustraum einige

Sekunden lang mehrmals einen leichten Schmerz verspürt; aber vielleicht war dieser nervöser Natur. Gegen seine Verstopfung verabreichte ich ihm ein leichtes Abführmittel.

Der Patient nimmt schon seit einiger Zeit Istizin von Bayer, das er eigens aus Deutschland hat kommen lassen. Da er schon seit vielen Jahren an hohem Blutdruck und Nervenschmerzen leidet, kennt er sich in medizinischen Dingen hervorragend aus; insbesondere ist es unnötig, ihm Anweisungen für den Gebrauch der Mittel zu geben. Er berichtete mir, er nähme ständig das P- und Q-Mittel ein. Für Anfälle verordnete ich ihm lediglich, eine der Nitroglycerin-Kapseln zu zerkauen, die er ins Krankenhaus mitgebracht hat. Neben dem Kopfkissen des Kranken steht ein Sauerstoffgerät. Es ist auch dafür gesorgt, dass jederzeit Injektionen vorgenommen werden können. Blutdruck 142/78. Im EKG ist drei Tage hindurch ST-T-Anomalie zu erkennen, offenbar besteht auch Verdacht auf Vorderwand-Septum-Infarkt; im Röntgenbild des Brustraumes ist nur eine leichte Vergrößerung des Herzens zu erkennen, jedoch Anzeichen von Arteriosklerose. Erhöhte Blutsenkung, Zunahme der weißen Blutkörperchen, kein Anzeichen des SGOT-Wertes festzustellen. Die Prostata ist seit Jahren stark vergrößert; dadurch ist das Wasserlassen schwierig und der Urin häufig trüb; aber heute fand sich kein Eiweiß darin, Zuckergehalt leicht positiv.

18. Dezember

Klarer Himmel, später bewölkt.

Seit der Einlieferung ins Krankenhaus ist kein starker Anfall mehr aufgetreten. Die Anfälle sind mit Schmerzen im oberen beziehungsweise im linken vorderen Brustraum verbunden, dauern aber nur einige Minuten. Bei Kälte leidet der Patient unter Nervenschmerzen und neigt dann zu Herzanfällen. Da die Dampfheizung im Krankenzimmer nicht immer in Betrieb ist, sind ein elektrischer und ein Propangas-Ofen hineingestellt worden.

20. Dezember

Leichte Bewölkung, später aufklarend.

Gestern Abend hatte der Patient eine halbe Stunde lang Schmerzen von der Bauchhöhle bis unter die Schulterblätter. Durch Nitroglycerin-Kapseln, ein Beruhigungsmittel und eine gefäßerweiternde Injektion besserte sich sein Zustand. EKG kaum verändert. Blutdruck 156/78.

23. Dezember

Klarer Himmel, später gelegentlich bewölkt.

Jeden Tag leichte Anfälle. Wegen des Zuckers im Urin ließ ich den Patienten heute reichlich frühstücken, um den genauen Blutzuckerwert festzustellen.

26. Dezember

Sonntag. Klarer, zeitweilig bewölkter Himmel.

Als nachmittags um sechs Uhr in der linken vorderen Brust Schmerzen auftraten und über zehn Minuten anhielten, wurde ich vom Krankenhaus angerufen. Ich bat den diensttuenden Arzt um Notmaßnahmen und war um sieben Uhr selber dort. Blutdruck 185/97, Puls 92, regelmäßig. Ich injizierte ein Beruhigungsmittel, und bald darauf fühlte sich der Patient wieder wohler.

Vielleicht entsprang seine Unruhe dem Wissen, dass sonntags die meisten Ärzte nicht zur Verfügung stehen. Jedenfalls hat er dann häufig Anfälle. Während dieser Anfälle erhöhter Blutdruck.

29. Dezember

Zunächst klar, vorübergehend Hagel und dichter Nebel, dann wieder klar.

In letzter Zeit keine stärkeren Anfälle. Auch nach dem Vektor-EKG besteht Verdacht auf Vorderwand-Septum-Infarkt. Wassermann: negatives Ergebnis. Morgen werde ich ein neues, gefäßerweiterndes Mittel aus Amerika testen.

36. Jahr Shōwa[176]*, 3. Januar*

Klares Wetter, nachher Bewölkung und dann Regen.

Ich weiß nicht, ob es die Wirkung des neuen amerikanischen Medikamentes ist, jedenfalls fühlt sich der Patient heute besser. Der Urin ist trüb. Im Mikroskop sind zahlreiche weiße Blutkörperchen zu sehen.

8. Januar

Klares Wetter, vorübergehend dichter Nebel, dann wieder Aufklaren.

Untersuchung durch Professor Kajiura von der Urologischen Abteilung; seiner Meinung nach handelt es sich um eine Harnvergiftung, da der Urin durch die verdickte Prostata nicht abfließen könne. Er verordnete Massagen der Prostata und Antibiotika. Im EKG ist eine leichte Besserung festzustellen. Blutdruck 143/65.

11. Januar

Abwechselnd klarer und bewölkter Himmel.

Seit einigen Tagen klagt der Patient über zunehmende Schmerzen im Kreuz. Nachmittags hatte er zehn Minuten lang ein beklemmendes Gefühl in beiden Brustseiten. Es war der stärkste Anfall der letzten Zeit. Blutdruck 176/91, Puls 87. Durch Nitroglycerin, eine gefäßerweiternde Injektion und Beruhigungsmittel verbesserte sich sein Zustand bald. Im EKG keine Veränderungen.

15. Januar

Klarer Himmel.

Die gestrigen Röntgenaufnahmen ergaben eine Deformierung der Rückenwirbel. Da der Patient vollkommen flach liegen soll, legten wir ihm eine Schiene unter die Hüfte, damit der Körper nicht durchsinkt.

3. Februar

Heller, klarer Tag.

Das EKG ist nun sehr gut, keine Anfälle mehr. Der Patient kann das Krankenhaus bald verlassen.

7. Februar

Abwechselnd klares und bewölktes Wetter.

Der Patient wurde mit «Zustand verbessert» entlassen.

Für Februar ein erstaunlich warmer Tag. Da Kälte sich auf den Kranken schädlich auswirkt, wählten wir für die Entlassung die wärmste Stunde des Tages und ließen ihn in einem geheizten Krankenwagen befördern. Das Arbeitszimmer in seinem Haus ist, wie man mir sagte, geheizt.

Auszug aus dem Tagebuch von Shiroyama Itsuko

Bald nach den Gefäßkrämpfen im Gehirn, am 20. November des letzten Jahres, erlitt mein Vater einen Herzanfall infolge der Angina Pectoris. Am 15. Dezember wurde er in das Krankenhaus der Universität Tōkyō eingeliefert und konnte, dank der Behandlung durch Dr. Katsumi, am 7. Februar, nach insgesamt fünfzig Tagen, die Klinik wieder verlassen und in das Haus in Tanuki-ana zurückkehren. Aber die Angina Pectoris ist nicht ausgeheilt; es treten auch jetzt noch gelegentlich kleine Anfälle auf, gegen die er Nitroglycerin einnehmen muss. Von Februar bis Ende März verließ er sein Schlafzimmer nicht. Die Pflegerin Sasaki blieb, auch als Vater im Krankenhaus war, weiter im Haus und pflegte meine Mutter; aber als Vater zurückkehrte, übernahm sie wieder seine Pflege, sorgte für die drei Mahlzeiten am Tag und die Verrichtung der Notdurft. Manchmal hilft auch Oshizu mit.

Da ich in unserem Haus in Kyōto nichts Wichtiges zu tun hatte, verbrachte ich einen Monat in Tanuki-ana und wechselte mich mit der Pflegerin Sasaki am Krankenbett meiner Mutter ab. Um Vater, der bei meinem Anblick sofort schlechte Laune bekommt, jede Aufregung zu ersparen, bleibe ich ihm möglichst aus den

Augen. Mit Kugako verhält es sich ebenso. Satsukos Lage ist außerordentlich prekär und schwierig. Den Weisungen Professor Inoues folgend benimmt sie sich Vater gegenüber freundlich; ist sie aber allzu nett und sitzt zu lange an seinem Bett, erregt er sich sofort leidenschaftlich. Schon öfter erlitt er Anfälle, wenn sie sein Zimmer gerade verlassen hatte. Lässt sie sich aber nicht mehrmals am Tage bei ihm sehen, ärgert er sich, sodass sein Leiden sich auch dadurch verschlimmert.

Sowohl Vater wie Satsuko befinden sich in einer ungemein prekären Situation. Die Angina Pectoris ist mit starken Schmerzen verbunden. Vater behauptet zwar, er ängstige sich nicht vor dem Tod, er fürchte nur die körperlichen Schmerzen, die mit dem Sterben verbunden seien. Wir richten es heimlich so ein, dass Satsuko ihn nicht allzu liebevoll behandelt; aber dann und wann muss er sie natürlich sehen.

Ich war noch nie im ersten Stock, wo Jōkichi und Satsuko wohnen, aber nach Sasakis Aussage schläft Satsuko neuerdings nicht mehr im Zimmer ihres Mannes, sondern in dem für übernachtende Gäste vorgesehenen kleinen Raum. Manchmal soll Haruhisa heimlich den ersten Stock besuchen …

Eines Tages, als ich nach Kyōto zurückgekehrt war, rief Vater mich plötzlich an. Ich war sehr gespannt, was er von mir wünschte. Er sagte mir, ich solle die Abdrücke von Satsukos Füßen, die im «Chikusuiken» seien, abholen und sie dem Steinmetz von neulich bringen, der sie in der Art des Buddhafuß-Steins in Stein gravieren solle. Nach der Chronik «Daitō-saiiki»[177] sind die Fußspuren des Ehrwürdigen Buddha im Lande

Magadha erhalten; die Länge des Fußes beträgt einen *shaku,* acht *sun,* die Breite sechs *sun,* beide Sohlen haben Radzeichen. Bei Satsukos Sohlen seien diese Radzeichen nicht erforderlich, aber sie müssten ein *shaku,* acht *sun* lang sein. Da ich so etwas Verrücktes unmöglich ausrichten kann, hörte ich am Telefon nur halb zu und legte dann auf.

Nach einigen Tagen schrieb ich, der Steinmetz sei im Augenblick nach Kyūshū[178] verreist, und ich würde ihm nach seiner Rückkehr schreiben.

Daraufhin rief Vater ein paar Tage später noch einmal an. Man solle die Abdrücke nach Tōkyō schicken. Dies habe ich dann auch veranlasst.

Sasaki teilte mir mit, dass die Abdrücke in Tōkyō angekommen seien. Vater habe von den mehr als zehn Mustern die besten vier oder fünf ausgesucht und Blatt für Blatt hingegeben betrachtet. Die Familie machte sich Sorgen, dass ihn dies alles zu sehr errege, aber andererseits konnte man es ihm auch nicht verbieten. Jedenfalls ist es besser, als wenn er ständig Satsuko vor Augen hätte.

Seit Mitte April geht Vater an schönen Tagen zwanzig, dreißig Minuten lang im Garten spazieren. Meist begleitet ihn die Pflegerin, manchmal aber auch Satsuko.

Man begann mit der Arbeit am Schwimmbassin, das er Satsuko versprochen hat, und hob die Grube im Garten aus.

«Das ist doch völlig sinnlos!», meinte Satsuko dazu. «Im Sommer kann *ojiisan* doch bestimmt nicht mehr aus dem Haus. Das sind nur unnütze Ausgaben! Es wäre besser, die Arbeit einzustellen!»

Aber Jōkichi erwiderte: «Allein die Tatsache, dass Vater den Arbeiten am Schwimmbassin zusehen kann, erlaubt ihm die verschiedensten Fantasien! Und die Kinder freuen sich auch schon darauf!»

Anmerkungen

1 Ein Kabukitheater, s. Anm. 7.

2 Eines der sogenannten zehn klassischen Stücke des Kabukitheaters. Sukeroku, der Protagonist des Stücks, ist ein Samurai. Schauplatz ist ein Kurtisanenviertel in Edo, dem heutigen Tōkyō.

3 Gemeint ist der Kabukispieler Morita Kan'ya XIV. (1907–1975), der auch unter den Bühnennamen Bandō Shūka III. und Bandō Saburō auftrat. In den traditionellen Bühnenkünsten Japans werden Bühnennamen vom Vater auf den Sohn bzw. Meisterschüler vererbt. Ein darstellender Künstler kann im Laufe seines Berufslebens mehrere Bühnennamen tragen, die dann gewöhnlich auch Auskunft über seinen künstlerischen Status geben.

4 Gemeint ist der Kabukispieler Sawamura Tosshō V. (1933–2001), der auch unter den Künstlernamen Sawamura Genpei VI. und Sawamura Sōjūrō IX. auftrat.

5 Weibliche Hauptfigur des Stücks, Lieblingskurtisane von Sukeroku.

6 Gemeint ist der Kabukispieler Nakamura Utaemon VI. (1917–2001), weitere Bühnennamen Nakamura Shikan VI., Nakamura Fukusuke VI. und Nakamura Kōtarō III.

7 Traditionelles Theater des japan. Bürgertums der Edo Zeit (1603–1868), das aus Schauspiel, Tanz, Pantomime und Musik besteht. Wie auch im Fall anderer japan. Kunst- und Handwerksformen wird das Kabuki tradi-

tionell in verschiedenen Familien gepflegt und von einer Generation an die andere weitergegeben. Gewöhnlich werden weibliche Figuren durch männliche Spieler dargestellt, die *onnagata*.

8 Wörtlich «Neue Schule», in Abgrenzung zum Kabukitheater («Alte Schule»). Modernes Schauspiel, das sich unter europäischen Einflüssen herausbildete, sich moderneren und realistischeren Stoffen zuwandte und seine Blütezeit zu Beginn des 20. Jh. erlebte. Weibliche Figuren wurden auch hier von den *onnagata* des Kabukitheaters dargestellt.

9 Zu diesem Schauspieler lassen sich keine belastbaren Informationen finden, möglicherweise handelt es sich um eine Erfindung des Autors.

10 Gemeint ist Arashi Yoshisaburō V. (1907–1977).

11 Romanautor und Kabuki-Reformer (1867–1903).

12 Kabukispiel von Kōyō Sanjin (1867–1903); dt. «Sommergewand».

13 Ursprünglich eine Art Teehaus, in dem Gäste auf Geishas oder gefeierte Schauspieler warteten, später Rendezvoushaus für Liebende.

14 Unterhaltungskünstlerin, die traditionelle japan. Künste darbietet.

15 Farbenprächtig gemusterte Seide.

16 Überjacke, hüft- bzw. schenkellang kimonoartig geschnitten.

17 *Kimi, omae*: Anredeformen. Entsprechen dem dt. «du»; *kimi* ist weniger formell als *omae*.

18 Vertraute Anrede gegenüber alten Männern, «Großvater», «Opa».

19 Kabukispiel über den Doppelselbstmord von Kamiya

Jihei und seiner geliebten Kurtisane Koharu (die hier offenbar von Sawamura Tosshō V., s. Anm. 4, verkörpert werden soll), die aufgrund von Stand und Konventionen (Jihei ist verheiratet) nicht zueinanderkommen können. Neubearbeitung von Chikamasu Monzaemons (1653–1725) Kabukiklassiker *Shinju ten no Amijima*, dt. «Der Doppel-Liebesselbstmord von Amijima».

20 Gemeint ist der Kabukispieler Ichikawa Danko III. (geb. 1939); er spielte auch unter den Namen Ichikawa En'ō II. und Ichikawa Ennosuke III.

21 Gemeint ist Ichikawa Danshirō III. (1908–1963); bis 1930 spielte er unter dem Bühnennamen Ichikawa Danko II.

22 Komische Rolle des bekehrten Trunkenbolds, Bösewichts.

23 Gemeint ist Ichikawa Ennosuke II. (1888–1963), der auch unter den Bühnennamen Ichikawa En'ō I. und Ichikawa Danko I. spielte; Magoemon ist der ältere Bruder von Jihei.

24 Gemeint ist Sawamura Sōjūrō VIII. (1908–1975), der auch unter den Bühnennamen Sawamura Genpei V., Sawamura Tosshō IV. und Ichikawa Shōen spielte; Nyōbō Oshō ist eine Bordellbesitzerin.

25 Gemeint ist Ichikawa Dannosuke VI. (1876–1963); Tahei ist ein Konkurrent von Jihei.

26 Gemeint ist Nakamura Ganjirō I. (1860–1935). Er spielte den Jihei aus *Kawashō/Shinju ten no Amijima* zahlreiche Male, unter anderem auch 1922 im Shintomiza, und machte ihn zur für seine Familie repräsentativen Figur (*ie no gei*).

27 Gemeint ist Onoe Baikō VI. (1870–1934), der auch

unter den Bühnennamen Onoe Einosuke I. und Onoe Eizaburō V. auftrat.

28 1926 von Okamoto Kidō (1872–1939) neu verfasstes Kabukispiel (*shin-kabuki*) auf Basis einer Episode der seit dem 18. Jh. mündlich (und später auch schriftlich) tradierten Geschichtenerzählungen um den Samurai Ōoka Tadasuke (1677–1752).

29 Exquisites Kaufhaus in Shinjuku, Tōkyō.

30 Höflichkeitssuffix, das dem dt. «Herr», «Frau» oder «Fräulein» entspricht.

31 Gesamtjapan. Studentendachvereinigung. 1948 gegründet, federführend bei den Studentenprotesten der 1960er-Jahre in Japan.

32 Traditionell zur Jahresmitte an Angehörige, Freunde und Bekannte gemachte Geschenke.

33 Beliebter Hauptgeschäfts- und Vergnügungsbezirk in Chūō, Tōkyō.

34 Stadtteil von Chiyoda, Tōkyō.

35 *Bancha* ist eine preisgünstige Grünteesorte aus harten Teeblättern; beliebtes Getränk nach Mahlzeiten. *Takigawa*-Tofu ist Tofu in Nudelform. Bei *edamame* handelt es sich um junge, grüne Sojabohnen. *Mozuku* ist eine mit Essig zubereitete, algenähnliche Seepflanze. *Shiromiso-ae* ist mit weißem Bohnenmus angemachter gemischter Salat. *Sarashi*-Walfisch ist gewässerter Walspeck. Als Sashimi wird in mundgroße Scheiben geschnittener roher Fisch benannt. *Bainiku* ist das Fruchtfleisch einer *umeboshi*-Salzpflaume. Bei *dobinmushi* handelt es sich um einen in einer irdenen Teekanne servierten Eintopf aus Pilzen, Gemüse und Huhn. *Samatsu*-Pilze sind Kieferpilze, die im Juni und Juli wachsen.

36 Eine alte Kulturlandschaft im Westteil der Insel Honshū, der Hauptinsel von Japan.

37 Kleiner Fisch.

38 Freundliche Anrede gegenüber alten Frauen.

39 Stadt auf Hokkaidō, nördlichste der vier japan. Hauptinseln, und Hauptstadt der gleichnamigen Präfektur. Von Tōkyō etwa 800 km entfernt.

40 Ehemaliger brit. Automobilhersteller.

41 Frz.-ital. Film (1960) von René Clément (1913–1996) nach dem Roman *Der talentierte Mr. Ripley* (1955) von Patricia Highsmith (1921–1995).

42 Bezirk in der Stadt Fujizawa, Präfektur Kanagawa.

43 Matte aus Reisstroh, die in traditionellen japan. Zimmern, den *washitsu*, verwendet wird. In Tōkyō und Ostjapan 88 cm × 176 cm groß.

44 *Shō*: hölzerne Mundorgel; in der traditionellen japan. Musik, so der Hofmusik *gagaku*, eingesetzt. *Hichiriki*: japan. Blasinstrument mit doppeltem Rohrblatt, das wie die *shō* für die *gagaku*-Musik Verwendung findet. *Koto*: ein 1,80 m langes und 25 cm breites, aus Paulownienholz gefertigtes und mit 13 Saiten bespanntes, hohles Saiteninstrument.

45 Unternehmer und Politiker (1869–1965).

46 Japan. Nichigeki danshingu chiimu (NDT): Dieses Tanztheaterensemble wurde 1936 am Nihon Gekijō gegründet. Das Nihon Gekijō in Chiyoda, Tōkyō, abgekürzt Nichigeki, bestand von 1933 bis 1981. Als populäres Revue- und Musicaltheater bot es 4000 Zuschauern Platz.

47 Stadtteil im Tōkyōter Stadtbezirk Taitō. Historisches Unterhaltungsviertel.

48 Olga Wassiljewna Lepeschinskaja (1916–2008), russ. Primaballerina.

49 Japan. Kunst des Blumenarrangierens.

50 *Shima-susuki*: japan. Pampasgras; *mishiro-kusa*: ein Gras; *awamorisō*: Astilbe.

51 Gelehrter der klassischen chin. Literatur, Maler und Kalligraf (1864–1942).

52 Kalter, in Würfel geschnittener Tofu.

53 Shintō-Schrein im Tōkyōter Stadtbezirk Shibuya. Den Seelen des Meiji-*tennō* (1852–1912) und seiner Frau Shōken (1849–1914) gewidmet.

54 Gehobenes Wohnviertel im Tōkyōter Stadtbezirk Ōta.

55 Gemeint ist der Kabukispieler Sawamura Gennosuke V. (1907–1982).

56 Frz. Film (1955) mit Simone Signoret (1921–1985) in der Hauptrolle, nach einer Romanvorlage von Pierre Boileau (1906–1989) und Thomas Narcejac (1908–1998).

57 Schauspielerin (geb. 1941).

58 Die Herrschaftsperiode des *tennō* Mutsuhito (Meiji-*tennō*, s. Anm. 53) von 1868 bis 1912, während der der Umbau Japans vom Feudalstaat zur modernen imperialen Großmacht erfolgte.

59 Diese japan. Kriminelle (1850–1879) wurde wegen Raubmordes zum Tod durch Enthauptung verurteilt.

60 Markt, auf dem Opferblumen und weitere Utensilien für *o-bon*, das buddhistische Totenfest, verkauft werden (12.–13. Juli).

61 Größter Friedhof Japans. 1923 zwischen Fuchū und Koganei in der Präfektur Tōkyō eröffnet.

62 Feierlichkeit innerhalb des *o-bon*-Festes, abgehalten am 16. August.

63 Herbst-Tagundnachtgleiche, Feiertag.

64 Nichiren-Sekte: 1253 durch Nichiren (1222–1282) gegründete Schule des japan. Buddhismus. Jōdo-Sekte: Die «Schule des Reinen Landes» ist eine im Jahr 1198 durch Hōnen (1133–1212) gestiftete Schule des japan. Buddhismus. Tendai-Sekte: Schule des japan. Buddhismus. Sie entwickelte sich Anfang des 9. Jh. als Übertragung der Lehren der *Tiantai zong* des chin. Buddhismus durch Saichō (767–822).

65 Hōnen (s. Anm. 64), dem Begründer der Jōdo-Sekte, gewidmeter Tempel in Kyōto, 1197 errichtet, mehrfach umgezogen. Shinnyo-Tempel: Tempel der Tendai-Sekte in Kyōto. 984 errichtet, im Ōnin-Krieg (1467–1477) zerstört und im Jahr 1693 wiedererbaut.

66 1957 im Tōkyōter Stadteil Chioda eröffnetes Kino der TOHO Chinemazu.

67 Frz.-ital.-bras. Film (1959) des frz. Regisseurs Marcel Camus (1912–1982), basierend auf dem Theaterstück *Orfeu da Conceição* (1956) des bras. Dichters und Musikers Vinícius de Moraes (1913–1980).

68 Stadt in der Präfektur Kanagawa, südlich von Tōkyō. Beliebte Urlaubsdestination für reiche Tōkyōter.

69 Bras. Fußballspieler und Schauspieler (1931–2008).

70 Auch: Espinosa, populärer Boxer (geb. 1930).

71 Japan. Totenfest zu Ehren der Ahnen, meist in der zweiten Augusthälfte gefeiert. Die Feuer sollen den Seelen der Verstorbenen, die zu diesem Fest die Lebenden besuchen, die Heimkehr erleichtern.

72 Fest im Kyōtoter Gion-Viertel (17.–24. Juli).

73 Tempel am Fuß des östlichen Hügels von Kyōto, ein Touristenmagnet.

74 Touristenort in der Präfektur Nagano.
75 Große Veranstaltungshalle im Tōkyōter Stadtbezirk Bunkyō. Insbesondere für Box-, Wrestling- und Kickboxveranstaltungen genutzt.
76 Personalpronomina, dem dt. «ich» entsprechend. *Ore* klingt härter und formeller als *boku.*
77 Chin. Medizinwasser.
78 Traditionelle japan. Nudeln aus Weizenmehl.
79 Baumwoll-Sommerkimono.
80 Kawasaki: Millionenstadt in der Präfektur Kanagawa, Großraum Tōkyō. Nihonbashi: Geschäftsviertel und Verkehrsknotenpunkt im Tōkyōter Stadtbezirk Chūō.
81 Japan. «Abakus». Gewöhnlich auf dem Tisch liegend mit einer Hand bedient.
82 Verweis auf das sich zur Entstehungszeit des Texts herausbildende Genre des *pinku eiga*, dt. «pinker Film», das sich zwischen Erotik- und Kunstfilm bewegt. In den 1960er-Jahren zuerst von Independent- und Underground-Filmemachern bedient, später auch durch den Mainstream der Filmindustrie.
83 Frz. Film (1959) von Robert Bresson (1901–1999) mit dem urug. Schauspieler Martin LaSalle (geb. 1935) in der Hauptrolle.
84 Kleinstadt in der Präfektur Kanagawa.
85 Stadt in der Präfektur Saitama, Großraum Tōkyō.
86 Das Große Kantō-Erdbeben ereignete sich am 1. September 1923 um 11:58 Uhr in der Kantō-Ebene auf der japan. Hauptinsel Honshū. Infolge des Bebens (Stärke 7,9) und anschließender Großbrände starben ca. 142 800 Menschen. Die Hafenstadt Yokohama und weite Teile von Tōkyō wurden zerstört.

87 Einstiger Stadtbezirk von Tōkyō. Heute Teil des Tōkyōter Stadtbezirks Minato.

88 Japan. Politiker (1854–1914). Die Rikken Seiyūkai, dt. etwa «Freunde der verfassungsmäßigen Regierung», oft zu Seiyūkai abgekürzt, war von 1900 bis 1940 die führende japan. Partei.

89 Größte Stadt auf Kyūshū, der südlichsten der japan. Hauptinseln, Hauptstadt der Präfektur Fukuoka und achtgrößte Stadt Japans. Ca. 900 km von Tōkyō entfernt.

90 Insbesondere in China kultivierte Hirseart.

91 Zu den sieben Herbstpflanzen (*nanakusa*) zählen Hagi-Strauch, Stielblütengras, Pfeilwurzel, Nelke, Goldbaldrian, Wasserdost und Trichterwinde. Anders als bei den sieben Frühlingspflanzen, zu denen sie das Gegenstück sind, ist mit ihnen kein Fest oder Brauchtum verbunden.

92 Sehr feines Schreibpapier für Gedichte, oft in Regenbogenfarben.

93 Autor unter anderem von Erzähltexten, Dramen, Essayistik und Tagebüchern (1879–1959). Dominantes Thema seines Schaffens war die sich wandelnde Stadt der Moderne.

94 Japan. «Grille» (*Gryllidae*), in der japan. Lyrik auch Oberbegriff für alle zirpenden Insekten.

95 *Suzumushi*, japan. «Glöckchenzikade» (*Homoeogryllus japonicus*). *Matsumushi*, asiatische Grillenart (*Xenogryllus marmoratus*).

96 Suffix an Namen oder Verwandtschaftsbezeichnungen, welches einen sehr vertraulichen Ton herstellt.

97 Breiter Stoffgürtel, über dem Frauenkimono getragen, hinten mit kunstvoller Schleife und Kissen verziert.

98 *Geta* sind die traditionellen japan. Holzsandalen, ge-

wöhnlich stelzenartig erhöht. Bei *azuma-geta* handelt es sich um Damen-*geta* mit Binsenmatten-Oberfläche.

99 Längenmaß, ca. 30 cm.

100 Distrikt im Tōkyōter Stadtbezirk Sumida.

101 1894.

102 1928.

103 1960.

104 Japan. Socken mit abgeteilter großer Zehe.

105 Göttin des Mitgefühls, eine der meistverehrten Figuren des ostasiatischen Buddhismus. Fukūkenjaku bedeutet «Kannon mit der unfehlbaren Fangschlinge» und ist eine der sechs bzw. sieben Manifestationen der Kannon: Sie wandelt in der Menschenwelt, um dort die Wesen zur Erlösung zu führen.

106 *Sun*: Längenmaß, ca. 3 cm, «japan. Zoll», Tokusuke ist also rund 158 cm groß. *Bu*: Längenmaß, ca. 3 mm.

107 1883.

108 Zentraler Umsteigebahnhof für nationale Zugverbindungen, im Tōkyōter Stadtbezirk Taitō gelegen.

109 Japan. Boxer (1937–1981). Zu dem im Folgenden genannten Shirinoi Rukufurakurisu konnten keine Lebensdaten recherchiert werden.

110 Kishi Nobusuke (1896–1987) war ein japan. Politiker, Vorsitzender der Regierungspartei LDP und von 1957 bis 1960 der 37. Premierminister von Japan. Zur Zeit des Zweiten Weltkriegs war er von 1941 bis 1943 Minister für Handel und Industrie im Kabinett Tōjō. Nach dem Krieg wurde er als mutmaßlicher Kriegsverbrecher der Klasse A inhaftiert, jedoch im Dezember 1948, ohne dass Anklage erhoben wurde, freigelassen.

111 Längliches Tuchstück am Vorderteil des Kimonos.

112 Festlicher, besonders wertvoller *obi* (s. Anm. 97). Der Kenzan-Stil ist ein auf den Töpfer und Maler Ogata Kenzan (1663–1743) zurückgehender Stil der Keramikmalerei. Das *tare*-Stück ist ein kurzes, am Rücken herabhängendes *obi*-Stück, das *obiage*-Tüchlein bezeichnet ein *obi*-Band, und das *obishime*-Band dient zum Schließen des *obi*.

113 Traditionelle japan. Zehensandalen.

114 *Tsuzure*: gemusterter, handgewebter Brokat. *Hanao*: Halteband, bei *geta* (s. Anm. 98) oder *zōri* (s. Anm. 113).

115 Reiskleien-*miso*-Paste. *Miso* wird aus vergorenen Sojabohnen hergestellt.

116 Stadtbezirk von Tōkyō.

117 Chin. Gericht aus mit Sojasoße gewürztem und lange gekochtem gewürfeltem Schweinerippenfleisch.

118 Aus Bambus gefertigter Blumenkorb.

119 Japan. Maler (1878–1963). Suga Tatehiko ist sein Name, Roka Itsumin (dt. etwa: «der Müßiggänger von Alt-Ōsaka») seine Selbstbezeichnung.

120 *Sammlung der zehntausend Blätter*, eine Gedichtanthologie aus dem 8. Jh.

121 Tempel in Kyōto, berühmt für das Herbstlaub (*momiji*, *kōyō*), dem in Japan ähnlich viel Aufmerksamkeit zukommt wie der Kirschblüte. Es ist ein beliebter Anlass für Reisen und Unternehmungen. In der japan. Literatur ist es seit der Vormoderne als Jahreszeitwort für den Herbst vertreten.

122 Distrikt im Kyōtoter Stadtbezirk Ukyō. Hier befindet sich der Tempel Kōzan.

123 Bezeichnung einer Zugverbindung zwischen den Groß-

räumen Tōkyō und Ōsaka/Kyōto. Ab 1958 als *limited train* und ab 1964 als *shinkansen*-Hochgeschwindigkeitszug-Linie betrieben.

124 Millionenstadt und Verwaltungssitz der Präfektur Kanagawa. Gehört zur Metropolregion Tōkyō.

125 Stadt in der Präfektur Shizuoka. Von Tōkyō etwa 90 km entfernt.

126 Schienentunnel in der Präfektur Shizuoka auf der Japan-Railway-Tōkaidō-Hauptstrecke.

127 Stadt in der Präfektur Shizuoka, ca. 100 km von Tōkyō entfernt.

128 Für die Austernzucht berühmte Bucht in der Präfektur Mie.

129 Die Shijō-Straße verläuft von Ost nach West durch das Zentrum von Kyōto.

130 Dünn besiedeltes und bergiges Viertel im Kyōtoter Stadtbezirk Ukyō. Berühmt für das Herbstlaub und reich an Tempeln sowie weiteren historischen Bauten.

131 Als *bentō* wird die in Japan weitverbreitete Darreichung von Speisen in einer Art Lunchbox bezeichnet. *Hyōtei no hangetsu-bentō* sind in halbmondförmigen Schachteln angebotene *bentō* aus dem Restaurant des Hyōtei-Hotels.

132 Hōnen-in-Tempel, Shinnyo-dō-Tempel: zwei Tempel, jeweils im Viertel Shishigatani bzw. im Viertel Kurodani des Kyōtoter Stadtbezirks Sakyō gelegen. Manju-in, Ichijō-in-Tempel: Tempel und Subtempel im Kyōtoter Stadtbezirk Sakyō.

133 Sagano. Viertel im Kyōtoter Stadtbezirk Ukyō.

134 «Kind von Edo», Bezeichnung für in Edo, dem späteren Tōkyō, geborene und aufgewachsene Menschen.

135 Historische Brücken über den Fluss Sumida in Tōkyō.

136 Künstlicher Fluss und Viertel im Tōkyōter Stadtbezirk Kōtō.

137 S. Anm. 61.

138 Gemeint ist der Biwa-See-Kanal im Kyōtoter Stadtbezirk Sakyō. Er verläuft entlang des von Kirschbäumen gesäumten *tetsugaku no michi*, dt. «Philosophenweg».

139 Daitokuji-Tempel: Tempel im Kyōtoter Stadtbezirk Kita. Kitano: Viertel im Kyōtoter Stadtbezirk Kamigyō. Mimuro: Tempel der Tendai-Sekte in der Stadt Uji, Präfektur Kyōto. Senbon-Shaka-dō: volkstümlicher Name des Tempels Daihōon-ji im Kyōtoter Stadtbezirk Kamigyō. Tenryuji: Tempel im Kyōtoter Stadtbezirk Ukyō.

140 Kawakatsu Masatarō (1905–1978), Archäologe und Kunsthistoriker.

141 Saga-Tofu: Lokaler Tofu-Hersteller im Saga, Ukyō, Kyoto. Shaka-Tofu: eine Sorte frittierten Tofus.

142 Hanamikōji: nordsüdlich durch Kyōto verlaufende Straße. Trifft auf die Shijō. Gion: berühmtes Geisha-Viertel in Kyōto. Kyōgoku: Einkaufs- und Unterhaltungsviertel in Kyōtos zentralem Stadtteil Nakagyō.

143 Traditionelles japan. Restaurant im Kyōtoter Stadtbezirk Shimogyō.

144 1185–1333, Epoche der japan. Geschichte, benannt nach dem damaligen Regierungssitz in Kamakura. Es erfolgt der Aufstieg des Kriegeradels gegenüber dem Kyōtoter Hofadel.

145 Architektonischer Fachterminus: konkave Aufwärtskurve eines Daches.

146 In der Präfektur Kyōto gelegen.

147 1334–1392.

148 Yamato entspricht etwa der heutigen Präfektur Nara und gilt als das japan. Kernland. Der hier ansässige Yamato-Clan bildete sich ab ca. 350 zum Hegemon heraus. Auch hatten die japan. Herrscher über Jahrhunderte ihren Sitz an verschiedenen Orten der Region. Auch im heutigen Japan ist eine Vielzahl historischer Gebäude erhalten, insbesondere Tempelkomplexe. Weiterhin bezeichnet Yamato im zeitgenössischen Japan zudem das traditionelle, vermeintlich echte und bessere alte Japan sowie die diesem zugeschriebenen Tugenden.

149 Stadtteil von Kyōto.

150 Amida ist der Buddha der umfassenden Liebe. Er lebt in der Ruhe, dargestellt als meditierender Buddha, und wirkt für die Erleuchtung aller Wesen, dargestellt als segnender Buddha. Er ist im gesamten sinojapan. bzw. ostasiatischen Raum hochverehrt. *Jōin* ist ein *mudra* (magisch-symbolische Hand- und Fingerstellung). Die Finger liegen hierbei mit den Handflächen nach oben auf den Knien. Die hier genannten drei Buddhas/Bodhisattvas – Amida, Kannon (s. Anm. 105), Seishin – treten häufig als buddhistische Trias der Drei Heiligen des Westens (chin. *xifang san sheng*) in Erscheinung. Seishin ist ein Bodhisattva, der die Kraft der Weisheit darstellt.

151 Ein Shintō-Schrein.

152 Der Fluss Kamo fließt durch Kyōto und ist ein Nebenfluss des Yodo.

153 Japan. für «Ziselieren mit dem Meißel».

154 794–1192, klassische Periode Japans mit Heian-kyō, dem heutigen Kyōto, als Hauptstadt.

155 Amida Nyorai: Amida-Buddha. Nyorai ist eine japan.

Übersetzung für «Buddha«. Shaka Nyorai: der historische Buddha, Siddhartha Gautama; laut der umstrittenen Überlieferung geboren 563 v. Chr. in Lumbini, Nepal, und gestorben 483 v. Chr. in Kushinagar, Indien, Begründer des Buddhismus. Yakushi Nyorai: Buddha der Heilung. Miroku Bosatsu: Buddha der Zukunft und großer kommender Weltlehrer.

156 Wörtlich «Eintagsfliegenstein». Dieser befindet sich in der Nähe des Tempels Mimuro.

157 Erscheinen eines Buddha oder eines Bodhisattva, um die Seele eines Sterbenden abzuholen. Hieraus gingen die *raigō-zu*-Abbildungen hervor, die einen von Bodhisattvas begleiteten Buddha darstellen. Traditionell in den Häusern Sterbender angebracht.

158 Großstadt und Verwaltungssitz der gleichnamigen Präfektur. Von 710 bis 784 unter dem Namen Heijō-kyō Hauptstadt Japans. Aufgrund zahlreicher gut erhaltener alter Tempel ist Nara ein beliebtes Reiseziel.

159 Viertel im Kyōtoter Stadtbezirk Shimogyō, hier die Region an der Nijō (2. Straße).

160 Hochwertiger Tuschreibstein, aus Gestein hergestellt, das im Duanxi-Gebiet, Provinz Guangdong, China, gewonnen wird.

161 Diese Person konnte nicht recherchiert werden.

162 Feines chin. Papier, traditionell aus Bambus oder Maulbeerbaum hergestellt und für Malerei und Kalligrafie verwendet.

163 Chin. Zheng Xie (1693–1765), chin. Maler und Kalligraf.

164 *Momi* ist eine glänzend rote Seide, *futon* eine Watteart.

165 Japan. Präfektur, im Großraum Tōkyō gelegen.

166 Heian-zeitlicher Tempel in Uji, Präfektur Kyōto. Abgebildet auf der 10-Yen-Münze. Die nachfolgend genannten Tempel Tōdaiji (mit der größten buddhistischen Bronzestatue), Shin-Yakushi-ji, Hoke-ji und Yakushi-ji befinden sich in Nara.

167 Japan. Gericht aus gesäuertem Reis und Fisch, Meeresfrüchten, *nori*-Seetang, Gemüse, Tofu, Ei und Ähnlichem. In mundgerechten Stücken serviert.

168 Einfaches Gasthaus an der Straße, in einem Park etc.

169 Eine Art Tusche.

170 Tageszeitung. Japan- und weltweit mit dritthöchster Auflage.

171 Mutmaßlich eine Anspielung auf Hatoyama Ichirō (1883–1959), Politiker und von 1954 bis 1956 Premierminister von Japan.

172 Geschäftsviertel im Tōkyōter Bezirk Chiyoda, zwischen dem Bahnhof Tōkyō und dem Kaiserpalast.

173 Violette bis bläuliche Verfärbung der Haut und der Schleimhäute wegen Sauerstoffmangels im Blut.

174 Hohlmaß von ca. 1,8 l.

175 Eigentlich ST-Strecke, T-Welle: Fachbegriffe für die Aufzeichnung eines Elektrokardiogramms (EKG).

176 1961.

177 Aufzeichnungen des chin. Mönchs Xuan-zhuang (japan. Genjō) über seine Reise nach Indien aus dem Jahr 646.

178 Drittgrößte und zweitbevölkerungsreichste Insel von Japan.

Nachwort

Tanizaki Jun'ichirō ist als Romanschriftsteller und Essayist einer der wichtigsten Vertreter der japanischen Literatur im 20. Jahrhundert. Zu Beginn der Sechzigerjahre stand er auf der Liste der aussichtsreichsten Anwärter auf den Literaturnobelpreis.

Sein *Tagebuch eines alten Narren* erschien zwischen November 1961 und Mai 1962 in sieben Folgen in der Zeitschrift *Chūō kōron* und wurde gleich danach als Buch veröffentlicht. Es gilt als sein letztes großes Alterswerk, das umgehend verfilmt und rasch in verschiedene Sprachen übersetzt wurde. Da Tanizaki die Tagebuchform wählte, ist das Geschehen zeitlich und örtlich genau festgelegt. Die Eintragungen beginnen mit dem 16. Juni 1960 und enden mit Notizen, die sich auf Mitte April 1961 beziehen. Schauplatz ist Tōkyō, und es gibt vereinzelte Bezüge auf historische Ereignisse des Jahres 1960.

Diese innere Chronologie des Werks ist zwar fiktiv. Denn in Wirklichkeit begann Tanizaki mit der Niederschrift am 9. August 1961. Andererseits wird das Alter des Protagonisten Utsugi Tokusuke mit 77 angegeben (was nach unserer Zählung dem 76. Lebensjahr entspricht). Dies stimmt wohl nicht zufällig mit dem Alter Tanizakis bei Erscheinen des Buchs überein. Wurde da also eine Überlagerung von Faktischem und Erfundenem bewusst anvisiert?

Utsugi Tokusuke, das Oberhaupt eines gutbürgerlichen, wohlhabenden Familienclans in Tōkyō, leidet unter schmerzhaften Gebrechen und ist pflegebedürftig. Obwohl ihn immer wieder sein bevorstehendes Ende beschäftigt, sind seine Lebensgeister keineswegs erloschen. Er ist zwar impotent, aber nicht frei von erotischen Anwandlungen. Seine Begierden richten sich auf die schöne, laszive Schwiegertochter Satsuko, die ihrerseits offensichtlich mit Wissen ihres Mannes ein außereheliches Verhältnis pflegt, das wiederum die Fantasien des Alten anstachelt. So entwickelt sich ein verqueres Verhältnis mit Fetischismus und sadomasochistischen Praktiken, das aber, so muss man wohl sagen, den Alten am Leben erhält und diesem Leben vor dem Erlöschen eine Art Sinn und Glücksgefühl verleiht.

*

Wenn wir diese Anlage des Werks beurteilen wollen, müssen wir zunächst festhalten, dass das ganze Schaffen Tanizakis von derlei Thematik durchzogen ist. Schon in der allerersten Erzählung *Shisei* (*Tätowierung*, 1910), die ihn berühmt machte, ist es der zufällige Anblick eines nackten, schneeweißen weiblichen Fußes unter dem Vorhang einer wartenden Sänfte, der die nachfolgende Handlung in Gang setzt. Explizit mit Fußfetischismus befasst sich die Erzählung *Fumiko no ashi* (*Die Füße Fumikos*, 1919). Weitere Hinweise erübrigen sich hier. Tanizakis Neigung zu sadomasochistischen Motiven tritt immer wieder zutage. Ihre Verbindung mit Alter, Krankheit, Impotenz und Tod allerdings ist im *Tagebuch eines alten Narren* neu. Neu ist auch die Verknüpfung mit einem religiösen Motiv: den Fußsohlen des Buddha. Deswegen von Blasphemie zu sprechen, wie es Karl Korn in seiner Rezension in der *Frankfurter Allgemeinen Zeitung* 1966 tat, schießt jedoch übers Ziel hinaus. Das wäre allzu sehr westlich-christlich gedacht.

Karl Korn mag uns zu einem kurzen Rückblick auf die Zeit vor fünfzig Jahren veranlassen. In der Tat erregte das Werk wegen seiner erotischen Implikationen beträchtliches Aufsehen, vor allem in unseren Breitengraden. Offensichtlich kam es damals bei uns noch einem Tabubruch gleich, auf diese Weise über Sexualität im Alter zu sprechen. Ich erinnere mich an die enervierte Stimme einer Kritikerin, die sagte, das möge zwar alles klinisch zutreffen, sei aber nichtsdestoweniger abstoßend und verwerflich. Andere, wie Karl Korn, sahen ihre Rolle vor allem als Apologeten Tanizakis. Und der deutsche Verlag legte dem Buch einen gelben Zettel bei, mit dem er sich offenbar gegen irgendwelche Paragrafen oder gerichtliche Verfahren absichern wollte. Der Text des Zettels lautet:

> Ich erkläre, dass ich das 18. Lebensjahr vollendet habe und Junichiro Tanizaki, *Tagebuch eines alten Narren*, ausschließlich für meinen privaten Gebrauch erwerbe. Ich werde das Buch verschlossen aufbewahren und Jugendlichen nicht zugänglich machen. Ich werde das Buch außerdem weder privat noch ge-

werblich ausleihen. Genaue Anschrift ...... Unterschrift ...... Datum ......

Man greift sich an den Kopf, dass solches 1966 noch angezeigt erschien. Zwar mag es auch heute Leser geben, die entsprechende Textpartien als peinlich empfinden. Aber angesichts der Verschiebungen in den sozialen Normen und den Geschlechterverhältnissen während der vergangenen Jahrzehnte begegnen wir solchen Darstellungen doch mit mehr Distanz und Gelassenheit. Das macht den Blick frei auf die von Kundigen bereits seit dem Erscheinen des Werks hervorgehobenen literarischen Verfahrensweisen und Qualitäten.

*

Nicht wenige sehen nämlich im *Tagebuch eines alten Narren* einen literarisch geglückten, kühnen Wurf, was vor allem mit der speziellen Tagebuchform zusammenhängt, die Tanizaki hier entwickelt. Hosoe Hikaru zum Beispiel widmet diesem Aspekt eine aufschlussreiche Analyse: Nach seinen Ausführungen ist das Tagebuch mit dem starren Datierungsprinzip und den in der Regel zufälligen, disparaten Tag-für-Tag-Eintragungen eigentlich ungeeignet für eine zusammenhängende Erzählweise. Es ermöglicht aber eine enge Fokussierung des Blicks, eine radikal subjektive Sicht der Dinge, ein Abdriften in Fantasien und Wunschvorstellungen, was Tanizaki weidlich ausnützt.

Andererseits durchbricht er diese Beschränkung mit Hilfe struktureller Techniken. So entwickelt sich das

Geschehen in Übereinstimmung mit dem Ablauf der Jahreszeiten, vom Hochsommer – Zeit gesteigerter Aktivität – über den Herbst – Zunahme der Beschwerden, Reise nach Kyōto zur Bestimmung eines Grabplatzes, aber doch immerhin auch noch mit dem Höhepunkt der Fußabdrücke Satsukos – zum Winter – Einlieferung ins Krankenhaus und Abbruch des Tagebuchs –, schließlich zum Frühling – mit der Andeutung einer gewissen Regeneration und dem verheißungsvollen Bau eines Schwimmbads. Innerhalb dieses Rahmens vermeidet Tanizaki in der Regel schematische Notate. Die Einträge folgen oft in größeren Abständen und bestehen zum Teil aus längeren Berichten und ausführlichen Dialogen, die den Tagebuchcharakter überlagern. Manche Namen, Episoden, Bilder schaffen unterschwellige Verbindungen auf einer metaphorischen Ebene. Um nur ein Musterbeispiel zu nennen: die Koppelung des sich nähernden Taifuns mit dem Katzenaugendiamanten, der wie das Auge des Taifuns die kleine Welt der Utsugi-Sippe in Aufruhr versetzt (19./20. August).

Entscheidend ist aber die selbstironische Distanz, mit der sich der Alte bei seinem Treiben beobachtet und schonungslos bloßstellt. Dies hat schon Karl Korn mit hellsichtigen Formulierungen herausgearbeitet: «Das Undelikate, Triebhafte, Erniedrigende wird durch Reflexion so sublimiert, dass es Kunst wird. ... Tanizakis Raffinement besteht darin, dass er den Alten mit minutiöser Akribie alle Stationen seiner Altersbeschwerden aufzeichnen lässt, dass er ihm genug Intelligenz gibt, um die Verfallenheit an sinnliches Begehren mit Skepsis und Spott zu sehen und zu durchschauen. Das Buch ist auch sonst von beißender Ironie über die Macht des Eros erfüllt ...»

*

Ein Formelement, das diese distanzierende Wirkung entscheidend mitverursacht, aber in der Übersetzung leider vollständig untergeht und nicht vermittelt werden kann, ist die grafische Präsentation von Utsugis Tagebuch. Während das moderne Japanische üblicherweise in einer Mischung aus chinesischen Zeichen (Kanji) und der runden, weichen Hiragana-Silbenschrift geschrieben wird, verwendet Tanizaki hier bewusst die eckige Katakana-Silbenschrift, die sonst für Sonderfälle wie Fremdwörter, Hervorhebungen und gelegentlich für wissenschaftliche Texte reserviert ist. Reine Kanji-Katakana-Texte gelten als «hart» und wenig leserfreundlich. Hosoe Hikaru charakterisiert diesen Effekt folgendermaßen: «Tanizaki verwendet in diesem Werk die Kombination Kanji-Katakana, die optisch wie holprige Steine wirkt, und verknappt dadurch seinen Stil so weit, dass man ihn als trocken-farblos missverstehen könnte.» Hosoe scheut sich nicht, zwischen dieser (stein-)harten sprachlich-optischen Wirkung und den vielen Steinmotiven im Text eine Korrelation herzustellen. Es versteht sich, dass die am Ende des Werks angebrachten Notizen der Pflegerin, des Arztes und der Tochter Itsuko in Hiragana gehalten sind und somit die subjektiv verengte Perspektive des Alten nicht nur inhaltlich, sondern auch durch das Schriftbild relativieren und zurechtrücken.

Überhaupt verdienen diese «Anhänge» erhöhte Aufmerksamkeit. Um noch einmal Karl Korn zu zitieren: In den Eintragungen des Alten «wird Geilheit zur Groteske und zur Absurdität. In der Groteskform wird die Lächerlichkeit des triebverfallenen Menschen schlechthin enthüllt und aufgehoben. Der trockene medizinische Realismus, mit dem der Greis den langsamen Zerfall der Kräfte beobachtet und ihm entgegenwirkt, die Emotionen der Sinne, die Finten und Tücken, mit denen er sich Lustgewinn verschafft ... geben in dieser trockenen Servierung ein eminent hartes, veristisches Bild der Triebverfallenheit des Menschen, so dass der Leser davon so etwas wie die Reinigung der Leidenschaften oder den Genuss der Ironie gewinnen kann. Beides könnte zur Läuterung von der Sklaverei der Sinne mehr beitragen, als noch so viel moralische Entrustung oder moralische Erbauung.»

Da haben wir sie noch einmal, die Apologetik der Sechzigerjahre. Wird sie – bei aller Spitzfindigkeit – den Intentionen Tanizakis wirklich gerecht? Schon in den Notaten des Alten kommt sporadisch zum Ausdruck, dass sich die Familie zwar über das finanziell selbstherrliche Gebaren Utsugis aufregt, dass aber seine besondere Beziehung zu Satsuko kaum Reaktionen hervorruft und entweder ignoriert oder aber nachsichtig hingenommen wird. Die Tochter Itsuko kümmert sich trotz beinahe bösartiger Zurückweisungen durch den Vater rührend um die Eltern und bringt im abschließenden Tagebuchauszug für die «außerordentlich prekäre und schwierige Lage» Satsukos erstaunlich viel Verständnis auf. Die ehemalige Revuetänzerin Satsuko hat trotz ihrer Freizügigkeit ihren Platz in der noch traditionellen Familienstruktur gefestigt und wird durchaus auch als intelligente, umsichtige Hausfrau geschätzt. Gewiss weiß sie die Situation materiell für sich auszunützen, dennoch erscheint ihr Verhalten nicht nur als Ausfluss von Berechnung und Gier. Bis zu einem gewissen Punkt tut sie das, was einer loyalen, pflichtbewussten Schwiegertochter wohl ansteht: Sie schenkt dem Alten ihre Freundlichkeit, Zuwendung und Unterstützung. Das wird von den Angehörigen anerkannt und entspricht übrigens auch der ärztlichen Empfehlung. Die sadistischen Züge ihres Charakters kommen in den drei abschließenden Teilen nicht zur Sprache; das heißt, sie scheinen in erster Linie eine Projektion des alten Utsugi zu sein. Die schillernde Ambivalenz in der Figur der Satsuko ergibt sich aus dieser formalen Anlage – was zur besonderen literarischen Qualität des Werks beiträgt.

*

Ich denke, es geht Tanizaki nicht so sehr um das Pathologische, nicht so sehr um eine Provokation gegenüber gesellschaftlichen Normen, nicht um Bloßstellung des Grotesken, nicht um Reinigung der Leidenschaften, nicht um Katharsis, sondern um die Darstellung einer besonderen Ausprägung der *conditio humana*, um einen zwar illusionslosen, aber im Grunde doch heiter-amüsierten Blick auf das Menschlich-allzu-Menschliche, auch im Angesicht des nahenden Todes.

Um dies zu stützen, möchte ich auf einen kulturspezifischen Aspekt hinweisen, der meines Wissens noch nirgends berücksichtigt wurde, auch nicht in der japanischen Sekundärliteratur. Die traditionelle japanische Gesellschaft sieht im Alter nicht so sehr einen Lebensabschnitt mit erhöhtem Status, ausgestattet mit Autorität, Würde und Weisheit, sondern einen Freiraum, einen Raum der Narrenfreiheit gar, in dem der Betroffene, von gesellschaftlichen Verpflichtungen befreit, das Recht hat, seinen Neigungen zu folgen und sich allerhand herauszunehmen – sofern er es sich denn finanziell leisten kann. In der städtischen Bevölkerung seit dem Spätmittelalter und besonders während der Edo-Zeit hat sich der Typus des sogenannten *raku inkyo* herausgebildet, des «sein Leben behaglich und in Muße zubringenden Altenteilers». In vielen essayistischen Aufzeichnungen, Erzähl- und Theatertexten wird auf dieses Ideal Bezug genommen, das sich in der Regel auf das männliche Geschlecht beschränkt. Darunter gibt es auch Texte oder Stücke, die eigentlich unpassende erotische Obsessionen und Verliebtheiten im Alter aufs Korn nehmen. Für unseren Zusammenhang drängt sich das aus dem 16. Jahrhundert stammende Kyōgen (komisches Zwischenspiel im Nō-Theater) *Makura monogurui* als Vergleichstext auf. Angesichts Tanizakis unerhörter Belesenheit in klassischer Literatur darf man davon ausgehen, dass er auch dieses berühmte Stück des Repertoires gekannt hat.

Ein hundertjähriger Großvater hat sich unsterblich in die junge Dame Oto verliebt. Diese hat ihm ein Kopfkissen ins Gesicht geschleudert, das nun gleichsam zu seinem Fetisch wird. Zwei Enkel hören von der Begebenheit und entschließen sich, ihn aufzusuchen. Auf dem Weg sagen sie zueinander: «In Großvaters Alter sich zu verlieben scheint mir nicht ganz passend zu sein. Aber wenn es uns möglich ist, ihm in seinem Alter eine Freude zu bereiten, sollten wir das tun.» – «Ganz meine Meinung. Es ist zwar absurd, aber auch ich möchte ihm gern im Rahmen des Möglichen helfen.» Der Großvater ziert sich zunächst, beginnt dann aber von anderen greisen Liebhabern zu erzählen und steht zu seinem «Leiden», zu seiner «Obsession». Die Enkel bringen dann tatsächlich die Angebetete her, und der Großvater heißt sie mit den Worten willkommen: «Ist es wirklich die Dame Oto, die ich auf so glückliche Weise hier vor mir sehe? ... Komm, meine Geliebte, komm mit mir.»

Der Schwank endet wohlweislich an diesem Punkt. Soll man sich vorstellen, was die beiden wohl danach miteinander anzufangen wissen? Das Tagebuch des Alten bei Tanizaki könnte uns gleichsam als Antwort und als Fortsetzung dieser Geschichte dienen. Das zeigt, wie stark bei Tanizaki auch ein formal und inhaltlich kühnes, modernes Werk immer noch in alten Überlieferungen wurzeln kann.

Worauf es mir aber besonders ankommt, ist die verständnisvolle Gelassenheit, mehr noch, die warmherzige Anteilnahme und Fürsorglichkeit der beiden Enkel, die da als Repräsentanten der Familie und im weiteren Sinn der Gesellschaft auftreten. Keine Spur von Ablehnung, Entrüstung oder irgendwelchen moralisch oder gar religiös begründeten Vorbehalten! Das ist auch bei Tanizaki nicht anders. Ich habe den Eindruck, er präsentiert uns mit dem Utsugi-Clan ein vergleichbares gesellschaftliches Umfeld und würde es begrüßen, wenn die Leser sich seinem *Tagebuch eines alten Narren* mit der Einstellung der beiden Enkel zuwendeten.

*

Eingangs wurde eine mögliche Übereinstimmung zwischen dem Autor und seiner Figur Utsugi Tokusuke angedeutet. Abschließend gilt es, der Nähe zwischen Wirklichkeit und Fiktion einige Facetten hinzuzufügen, die für das Umfeld und die Schreibmotivation Tanizakis von Interesse sind und zum Verständnis des Romans beitragen. Es gibt nämlich auch für Satsuko ein Modell: seine Schwiegertochter, die Gattin des Sohns von Tanizakis Frau Matsuko aus erster Ehe. Diese Schwiegertochter trägt den Namen Watanabe Chimako, ist 1930 geboren, stammt aus Kyōto und ist die Enkelin eines bekannten Malers der Japanischen Schule, Hashimoto Kansetsu. Tanizaki war von dieser jungen, gebildeten Kyōto-Schönheit äußerst angetan, er verehrte sie geradezu, sie wurde zur Muse das alternden Schriftstellers.

Dies war unter anderem durch zwei Erinnerungsbücher von Chimakos Tochter Watanabe Taori der japanischen Leserschaft spätestens seit den Achtzigerjahren im Allgemeinen bekannt. Erst 2001 kam dann der Briefwechsel zwischen Tanizaki und Watanabe Chimako – etwa 300 Briefe – an die Öffentlichkeit, die vor allem die Jahre zwischen 1956 und 1964 abdecken. Daraus geht einerseits hervor, wie Tanizaki manche Einzelheiten unverändert in seine Fiktion übernommen hat. Andererseits tritt uns in den Briefen eine Frau von ganz anderem Charakter entgegen, die natürlich keine Karriere als wenig gebildete Revuetänzerin hinter sich hatte, die mit ihrem Schwiegervater auch über Fragen der literarischen Gestaltung diskutierte und ihm Ratschläge erteilte. So wollte Tanizaki ursprünglich das *Tagebuch* mit dem Tod der Hauptfigur Utsugi Tokusuke enden lassen. Auf Chimakos Anraten änderte er dies und ließ dem alten Narren die Hoffnung auf eine weitere Gnadenfrist.

Watanabe Chimako veröffentlichte 2007 ein weiteres Erinnerungsbuch, in dem ebenfalls von jener Zeit die Rede ist, in der Tanizaki am *Tagebuch* arbeitete. Solche Materialien sind über das Biografische hinaus von hohem Wert, wenn es darum geht, den Schaffensprozess bei der Entstehung dieses modernen Klassikers nachzuvollziehen und sich über literarische Fiktionalisierung Gedanken zu machen.

Eduard Klopfenstein

Literaturhinweise zum Nachwort

«Der Kopfkissen-Wahnsinn (Makura monogurui)». In: Morioka, Heinz / Sasaki Miyoko. *Die Bühnenkunst des Kyōgen*. OAG Taschenbuch Nr. 69. Tōkyō: Deutsche Gesellschaft für Natur- und Völkerkunde Ostasiens, 1997, S. 47–61.

Formanek, Susanne. «Die Entstehung neuer Altersbilder: Das raku inkyo ...». In: *Die «böse» Alte in der japanischen Populärkultur der Edo-Zeit*. Wien: Verlag der österreichischen Akademie der Wissenschaften, 2005. S. 365 ff.

Hosoe Hikaru. «Fūten rōjin nikki shōron». In: *Kokubungaku – kaishaku to kyōzai no kenkyū*. Dez. 1993, S. 123–127.

Korn, Karl. «Der Mensch endet in Narrheit – Der Roman des Japaners Jun'ichirō Tanizaki ‹Tagebuch eines alten Narren›». *Frankfurter Allgemeine Zeitung* vom 2.4.1966, Bilder und Zeiten, S. 5.

Tanizaki Jun'ichirō = Watanabe Chimako ōfuku shokan. Chūō kōron shinsha 2001. Taschenbuchausgabe 2006. (Briefwechsel)

Watanabe Chimako. *Rakka ryūsui – Tanizaki Jun'ichirō to sofu Kansetsu no omoide*. Iwanami shoten 2007.

Editorische Notiz

Die vorliegende Übersetzung von Oscar Benl wurde erstellt nach der bei Chūō Kōron Sha Ltd., Tōkyō, 1962 unter dem Titel *Fūten Rōjin Nikki* erschienenen Originalausgabe. Für die vorliegende Ausgabe wurde die Übersetzung neu durchgesehen und mit einem Anmerkungsapparat ausgestattet. Die konsequente Umschrift des Japanischen nach dem Hepburn-System, die Berichtigung der Namensabfolge (Familienname, persönlicher Name) sowie die kulturellen und formalen Aspekte der Überarbeitung besorgte die Japanologin Carolin Fleischer.

Inhalt

Titel der japanischen Ausgabe:
«Fūten Rōjin Nikki» (1962)

MIX
Papier aus verantwortungsvollen Quellen
FSC® C014889
FSC
www.fsc.org

Verlagsgruppe Random House FSC®N001967
Das für dieses Buch verwendete FSC®-zertifizierte Papier
EOS liefert Salzer, St. Pölten

Diese Buchausgabe wurde von Greiner & Reichel
in Köln aus der Sabon gesetzt,
von der Druckerei Friedrich Pustet, Regensburg,
gedruckt und gebunden.
Alle verwendeten Materialien entsprechen
alterungsbeständiger Qualität,
die Papiere sind chlor- und säurefrei.
Printed in Germany 2015
ISBN 978-3-7175-4089-2

www.manesse.ch

Aus dem Japanischen übersetzt von Eduard Klopfenstein.
96 Seiten, Original-Kalligrafie von
Suishū T. Klopfenstein-Arii.
Gebunden mit Schutzumschlag.
ISBN 978-3-7175-4082-3

Am Beispiel des Umgangs mit Licht und Schatten gelingt Tanizaki Jun'ichirō der Entwurf einer japanischen Ästhetik. Hellsichtig und mit faszinierender Leichtigkeit erforscht sein Essay die Wurzeln fernöstlicher Schönheit.

Tanizaki
Jun'ichirō
Lob der
Meisterschaft
MANESSE

Aus dem Japanischen übersetzt von Eduard Klopfenstein.
96 Seiten, Original-Kalligrafie von
Suishū T. Klopfenstein-Arii.
Gebunden mit Schutzumschlag.
ISBN 978-3-7175-4080-9

Mann und Frau begegnen sich in der japanischen Gesellschaft traditionell mit großer Zurückhaltung und Höflichkeit. Wer den Reiz dieser verhaltenen Sinnlichkeit verstehen will, muss Tanizaki lesen.

Aus dem Japanischen übersetzt von Gerolf Coudenhove.
408 Seiten, 90 Tuschzeichnungen japanischer Künstler.
Gebunden mit Schutzumschlag.
ISBN 978-3-7175-4088-5

Frühlingsnebel und Herbststurm, Morgentau und Abendregen, der Gesang der Nachtigall und der Mond über den Reisfeldern: Kunstvoll besingen japanische Kurzgedichte die Schönheit alltäglicher Beobachtungen.